你就适可而止吧

孙爵 著

北京日报出版社

图书在版编目（CIP）数据

你就适可而止吧 / 孙爵著 . -- 北京 : 北京日报出版社 , 2016.10

ISBN 978-7-5477-2283-1

Ⅰ . ①你… Ⅱ . ①孙… Ⅲ . ①故事—作品集—中国—当代 Ⅳ . ① I247.8

中国版本图书馆 CIP 数据核字 (2016) 第 192262 号

你就适可而止吧

出版发行：北京日报出版社
地　　址：北京市东城区东单三条 8-16 号东方广场东配楼四层
邮　　编：100005
电　　话：发行部：（010）65255876
总编室：（010）65252135
印　　刷：三河市华成印务有限公司
经　　销：各地新华书店
版　　次：2016 年 10 月第 1 版
2016 年 10 月第 1 次印刷
开　　本：880 毫米 ×1230 毫米　1/32
印　　张：10.75
字　　数：320 千字
印　　数：1-6000
定　　价：39.80 元

目 录

Part 1 向前一跪

Part 3 勤学三君子

Part 4 两代校友七年情

辆自己的公交车，天天在大连火车站和高新园区之间来回开，见公交站就停，然后告诉别人这是私家车，禁止乘坐。

所谓武大郎，就是一个学长，身高很矬，勉强接近一米六，脑袋还挺大，被同学起外号叫武大郎。他最好的哥们，身高和他差不多，两人形影不离，所以他哥们外号叫翠梨。大一系里办晚会，武大郎和翠梨一起出演一个相声节目。他们刚走上舞台，我下铺就说："两小儿辩日？"

短王自己喝到吐，在 KTV 吃的西红柿和西瓜都吐出去了，红色的一片。钱王去卫生间看了后说："大哥吐血了，花泽泪你去叫 120 急救，大哥要不行了。"

第一次见法王的时候，我以为这人有精神病。当时我去短王家喝酒，走到门口，门居然自动打开了，一个男子站在门口好像在迎接我，站得笔直，一只手放在背后，一只手做着请进的手势。我进屋之后，这位男子极其谦卑地搀扶着我坐在沙发上。我问短王："这哥们儿是谁啊？"

Part 1

向前一跄

毕业三年，接触过的不靠谱公司

1.头衔公司

入职第一天，就封你为大中华区销售总监，或者全球发行战略副总裁、全国市场委员会主席。

然后没有手下、没有预算、没有资源、没有关系，就一个电话，就尽情施展吧，如果再倒霉点，可能连底薪都是责任制的。

曾经在一个金融类公司做客服，名片上头衔印了三行半，从英国的一个金融机构开始，还有一个澳大利亚的什么监管机构，然后是交通银行和证券公司，之后是我们公司，最后是产品的大中华区总咨询、客户服务部执行经理，这么多头衔底薪才1800。

那时和一个校友聊天，问我待遇如何，我就说1800。

那校友说，就您这职务，1800想必是美元吧？绝对是在黑我。

还有一些真实案例。一老乡在北京做销售，当业务员，底薪3000，做了一年升到副经理，底薪变成1700。

我是日语专业，我班有个女生，做一个日本化妆品公司的翻译加讲师，乍一听特别高端，其实就是推销员，把日文说明书翻译一下，讲给别人就成了。

还有一个哥们儿，是日本驻华辽东区地产运营副总裁，其实就是给在大连的日本人租房子——二手房中介的日语版，底薪2500，公司就仨人，一个总裁，两个副总裁。

还有一个哥们儿，做中日蔬菜贸易，往日本卖菜，一个订单至少几亿。我对他刮目相看，一出手就几亿的人，我在QQ都不和他闲聊，人家一分钟几十万上下，就别打扰了。

他自己说订单几亿，其实和他一毛钱关系没有，一个月底薪就3000。

2.唱歌跳舞公司

这种公司，往往领导者比较年轻，自以为管理方法特别，没事就找谁唱首歌，早上大家跳个舞，午休搞个捉迷藏，下班玩个猜谜语，那真是青春快乐我做主，阳光少年就是我。

我待过一个企业，上午10点做广播操，这个倒可以。后来换成跳舞了，跳徐怀钰的《向前冲》。此外，我还跳过《Go West》和《爱情大魔咒》，还好是英文版，要是赵薇那个就更傻了。

一个同学，比我还倒霉，他住的房子楼下是发廊，员工早上在店门口跳舞，跳陈冠希的《三人舞会》，他被吵醒之后，去公司再跳这个歌的韩文原版舞。

那节奏也很傻，“哦吼哦，哦吼哦，哦吼哦吼哦哦”。

反正对于这种活动，大部分人还是持应付的态度，不过有些兄弟姐妹，那真是完全嗨起来了，跳得叮叮咚咚的。

真是上学的时候在寝室没二够，还得惯性几年。

3.死活不发钱公司

这种公司不是不好，只是天天发一些没用的福利，什么大米、白面、罐头、蜂蜜、洗发水、微波炉、电水壶、自行车、打印机。

什么都发，就是不发钱，这谁受得了。

我一同学，就是在这种公司工作，家里堆了一堆没用的，后来感觉碍事，就送人，厨房用具都给心仪女生了，那女生还挺高兴的，他一看来劲了，后来公司发啥都送她。

一次发个电子秤，称体重的那种，也送那女生，那姐姐那段时间正好体重涨停，我那同学拿着电子秤去送，据说吃了闭门羹。

我遇见一个公司，天天分零食，然后还不让吃。

那个经理是个女的，天天在淘宝买吃的，那快递员，一会儿来一趟，送小吃、送酸奶。

当然这不算什么福利，不过也够贱的。我觉得福利是这样，如果工资很高，员工不缺钱了，发东西就发吧；如果工资比较低，还是多用钱体现吧，公司发的东西又用不上，弄得员工天天在淘宝卖东西折现。

4.抠门公司

这个肯定是大家最讨厌的，我也遇见过，夏天连空调都没有，弄个大盆放些冰块，用风扇吹。

给过年不回家的员工发饺子，不过领取饺子要开证明，自己家没有饺子的证明，不知道怎么想的。

组织员工考试，报名用身份证复印件，公司打印机不让用，员工自己出去花钱复印。

说是加班到晚上12点以后，回家打车公司报销，然后每次都加到晚上11点55分。报销？对不起，没到12点。

有些基层员工，工资才1000多点，还交社保，扣了社保，就剩不到800的工资了。该正规的时候不正规，该变通的时候瞎正规了，工资这么少，三个月饿死了，社保给鬼用？交了房租，吃饭只能去山里打猎了，或者不吃饭，吸日月之精华，真是天人合一了。

凡是这种公司，辞职不用想。

5.老板梦游公司

老板一年来公司不到两次，除了几个高管，剩下他都不认识，然后来公司吧，还丫的瞎指挥：让司机去做翻译，让翻译做财务，让财务下来看车位。

一次我在电梯里看见老板，就说："早啊，王总。"

老板不认识我，也不问我是谁，就说："哎哟，是你啊，那个微电影项目的歌手，歌练得怎么样了？"

我刚想解释，我是个毛歌手啊。

然后老板电话就响了，说个不停，我也懒得解释。后来日本的合作公司代表来公司做客，老板带着他们在公司走，到我这儿，老板还介绍说："这是我们的歌手。”

日本人一向傻客气，说：“你要用心去唱，太君我包销量。”

因为他说的日语，老板还翻译给我听。

我说：“我大概能听懂。”

老板说：“好，会日语啊，在公司能用到的地方多了。”

我说：“我是公司的信函翻译。”

老板问：“那，歌手呢？”

我哪知道啊，我又不是他经纪人。

这时经理看不下去了，说：“歌手在家录歌呗，一个唱歌的在公司待着干吗啊？”

老板呆呆地说：“哦。”

我一同事比我还逗，一次和老板喝酒，喝到半死，称兄道弟的，差点结拜。

没过几天，他去老板屋里送材料，老板竟然说：“谢谢你，请问你贵姓？”

6.什么都做公司

这类型的公司就是员工什么活都做，乱做一通。比如我后来转做文字方面的工作，职责是文案策划。

真是做出花来了，写过墓志铭，写过歌词。

墓志铭那个经理出去装李白，非要帮别人写，写了1000多字。写这么多字，秦始皇啊？直接弄个ipad放坟前算了，弄个电子书加PPT。

后来家属说不行，最多150字。经理让我改，把他的1000字浓缩一下，取其精华。我直接全删了，重写，大概100字。经理非要加上他的内容，结果又增加了500字。

不管多少字，我都服了，文案还得做这个。

写歌词更逗。一个三四线歌手，写本书，想出版，经理给他落实，就算认识了。

歌手最近写了几首曲，没有词，经理让我写。懂不懂啊，歌词那是谁说写就能写的么?

我也不管，找我写，就写呗。我说，把曲子给我，咱们走起来。

歌手不给曲子，说是绝密。没有曲子，让我凭空写词。我居然还写出来了，他还真唱，弄了个小型歌友试听会。

他说，他一唱，大家就都睡着了。

7.骚扰女生公司

兔子不吃窝边草，有些老板总是意淫自己公司的女员工，都成功人士了，下到“足疗”，上到“天上人间”，自己玩去呗，非要在公司搞。老板的儿子也就算了，他不知道创业的辛苦，老板自己玩自己的产业，不知道想什么呢。

大四时很多女生去面试，老板就问能接受潜规则么?

有些没当场问，事后发短信问，想得到这个工作要啥啥啥，你愿意么?

女生好像全拒绝了。

有一个女生，很漂亮，做市场方面的工作，自己公司的人素质都高，但是客户不行，总是动手动脚。这女生也挺有心机，一直应付着，还不吃亏。

她说，她有底线，就是让摸手，随便摸，过界就报警。

有一个老头，在酒座摸手摸了几个小时。

每次同学聚会，她都一身正气，振振有词地说："本姑娘只让摸手！别的没门！"

我想，美女你真是有雅量啊。

还有一个软淑萌，英语系，大学时特花痴，总想嫁给欧美帅哥，毕业做外贸方面的工作，总被老外骚扰，公司一聚餐就要灌她。

然后就不花痴了，尽量不接触外国人，却被本国同事缠上，辞职换了一个公司，和日本有关的，居然又被日本人意淫。那个日本客户，给她发邮件，她看不懂，在QQ群里喊人翻译。

我就接手了，一看写了一堆废话，一起工作很开心，最近日本的天好蓝，中国的天也好蓝之类的废话，最后一句是关键，字面的意思是：我们能进一步加强"合作"么?

我结合语境，翻译为：鉴于我们的友情，我能上你么?

软淑萌就说："啊！怎么全世界的男人都这样啊？"

我说："你想自夸一下漂亮，也不用铺垫这么多情节吧。"

然后就被拉黑了。

8.面试问傻缺问题公司

面试最讨厌的问题1：你怎么了解到我们公司招聘的？（明星企业除外）

还用问么，智联上看的呗，还能是我夜观天象看出你们公司缺人么。

还问得神秘兮兮的，满互联网都是你们公司的小广告好么。

面试最讨厌的问题2：为什么选择我们公司求职？（明星企业除外）

因为，你们公司给我打电话了，其他公司没回我简历。

现在找工作不大量投同类职位，能找到么？还以为自己是谷歌、微软啊，谁天天关注你们招聘不。

公司在百度一搜，都是差评，还想让人说是公司粉丝么？

直接进入面试不行么？

面试最讨厌的问题3：为什么离开前公司？

因为不满意呗，这还用问。或者是人往高处走，还能是什么原因？

还能是钱发太多了，不知道怎么花了，闹心了，想换个工资低的么？

虽然了解应聘者的过去，有时也很必要，不过他会说自己的不好么？

他也知道不该说前公司不好，最后说那些冠冕堂皇的理由，你们还百听不厌了。

还有一些公司想显得自己有个性，面试不谈工作，聊一些别的，这样从侧面下手也是一种办法，不过问的那个问题简直太低级了。

我被问过："你偷菜么？"

我以为这么有个性的公司，指的一定不是QQ农场的游戏，应该是某种隐喻，我问："什么偷菜啊？"

面试官还很火星地看我说："QQ呗，你不上网么？"

第一次来北京面试，就被面试官教训了。

他问我心理价位是多少，因为换工作领域了，我说："2500到3000就行吧。"

面试官叹了口气说："你刚毕业么？"

我说："不是啊。"

面试官说："那你要这么低，这些钱在北京活得了么？"

我说："慢慢来。"

面试官说："这不是快慢的问题，是要有自信！"

我说："你说得挺有道理，请问你们公司的待遇是？"

面试官说："2000。不过以后的发展，我跟你说啊……"

我想，咱们还是拜拜吧。

还有的可能大家也见多了，从面试就开始吹：去年公司盈利几百亿；年会出游去年去三亚，今年去澳洲，明年去南极领养企鹅；等加拿大的地批下来，一人一个高尔夫球场；一个月买奥迪，三个月开奔驰，一年迪拜自建房。

然后你问："老板，工资多少钱啊？"

答："实习800，转正1200，外加全勤200。"

还有一种公司，聪明一点儿，给的工资低，但是不说找你来上班，而是说咱们来创业！

创业，你听见没有？这个厉害了，创业你就要承担风险，准备拿低工资，或者没工资。

这种情况，就让他自己嗨个够好了，现在啥人都以为自己是下一个马云。

9.开会总结心得公司

这个也常见，每天早会全公司人员一起开，然后各小组开小会。晚会也是先集体会，然后小组会。周五还有周例会，还有月度大会、季度大会，等等。

而且还时不时地叫你去办公室开会，这还只是开会，还有总结呢。每天都要总结工作，登录那个破OA系统，网络还总掉线。写每周的工作日内，遇到了什么问题，有什么心得。有些人每天都能总结出来一堆，真心佩服。

去的第二家公司，第一天上班就赶上月度大会。我所属的那个小组，上个月业绩倒数第一，经理让我总结原因，我哪知道上个月怎么干的。

来北京之后，公司组织去KTV唱歌，经理唱了一曲《我相信》。

唱之前他就说，希望大家能好好地体会这首歌，唱到一半居然暂停了，让大家拿麦克风轮流发表心得，大家都目瞪口呆。

经理还要求我们天天想：我是谁？我们是谁？

在办公室经常用曹操的口吻问：“我们是谁？”

精神分裂啊，天天想我是谁。

一次开会讨论项目，做品牌策划。

经理说：“比如长城，长城就是个品牌，它为什么是个品牌？”

让一同事总结，那同事就回答一个字：“长。”

经理说：“还有呢？”

同事说："除了长，还有什么啊？"

我觉得是很精确的回答。

然后经理又换人总结，最后什么"五千年的风和雨啊，藏了多少梦……"都弄出来了。

10.无理要求公司

就是每月给你发1000的工资，却要求你做出月薪10000的业绩，这种公司里的领导想一出是一出。

只给你张到威海的船票，却让你去釜山买泡菜，等你快到釜山了，让你去横滨再买个寿司。然后你讽刺地说："用不用再去纽约给你来个汉堡？"他还豁上脸了，说："行啊，麻烦你了，顺便再去趟新泽西呗。"

夏天的时候，帮人做品牌策划书。一个汽车配件公司，都没听说过，成立六年，亏损四年，要求做出丰田广告的感觉。

安排我做，做完经理说："不行，丰田的感觉没有出来。"

我说："那不是胡扯么？"

经理说："那丰田怎么就能做出那种感觉？"

我说："废话，那是人家丰田！这是什么破企业？"

经理说："你整理一下思路，看看汽车产业的宣传片，要震撼的感觉，你脑中能出现什么词？"

一个做策划的同事说："车震！"

我笑抽。

然后又重做了一个，经理又说不行。

我说："小的江郎才尽了，经理您做一个，垂范一下。"

经理很不高兴地做了一个，做完给我学习用。

不过客户把经理的策划案否了，说完全不着调。

还得重做，又是我亲自来。

真是做出丰田的感觉了，模仿呗。

客户说："这不是我们的风格啊。"然后改成他们的风格。

客户说："没有丰田的感觉啊。"

先后改了10次，目前还在等待答复。

还有一次帮一个美容机构做文案。

就是想一个词，想不出来。经理说："想一个形容女性美的词，一定要震撼，让人一下子就记住了。"

大家把汉语的词都想出来了，经理说："不行，还是没有挖掘到极致，有没有一个极致的词？让人一听眼前就有画面感？"

那个做策划的同事又说："一看就硬。"

的确挖到极致了，经理又不敢用。

11.挂假招牌公司

这种公司最坑，特别是对于应届生来说。

什么微软数据处理中心，IBM客户呼叫中心，百度运营推广公司，千百度公司……名字里都带一个明星级企业，其实和它们任何关系都没有。

就像什么“北京大学人文学院”“清华大学海南继续教育学院”这种感觉，同学里一群戴着IBM、戴尔胸卡的，一个月工资就1500。

我大四的时候就遇见了一家号称花旗银行分部的公司，就是所谓“伪美企”，给人家打个下手而已。因为他们让我去上班，我就连课都不上了，一辈子能有几次机会进世界五百强企业，还是花旗银行这种美国金融大户。

上学成绩一直不好，还没毕业就去这种企业，谁能不去，就连平时不爱说话的书呆子女生，都来请教我如何找工作了。

那时我还年轻，难免有些高调，老师给我打电话，让我回去上课，说快考试了。

我说：“上什么课啊，我忙着呢。”

老师说：“上班就请假，咱不着急赚那点钱，一步一个脚印，先毕业再说。”

我说：“咱们学校那破毕业证和花旗银行的职位能比？稍微有点常识的人都知道怎么选。”

然后老师再没过问过我。

两个月之后，我知道被骗了，不是真正的花旗银行，只是外包的一个数据处理中心。待遇低、工作无聊，就是中学生都能做，估计再过几年，电脑自己就能智能处理了。

我就辞职回去考试，结果考啥挂啥，毕业告急。

我跟老师说：“老师您看清楚，是我啊，您不能让我不过啊，我这四年跟着您，那是死心塌地啊。”

老师说：“滚，赶紧去办补考！”

这个给毕业生当教训吧，遇到这种企业，先问清楚，别被骗了。

12.“精溢求精”公司

有两个成绩优异的日语系男生，去了一个日本的动漫公司做翻译，听起来很美好吧，内容更“美好”，给黄漫画翻译对白。

日本人的漫画就是好啊，太逼真了，那两个男生，一天八小时上班，七小时下面支起小帐篷，时不时去厕所缓解压力。白天这样不说，晚上更是春梦了无痕，真是“精溢求精”，感动天感动地了。

当时一个月工资3000到4000，刚毕业在大连算可以了，不过要先拿出1500交房租，然后花1500补肾，六味地黄丸当爆米花吃。

同学聚会吃火锅，不是吃当归狗鞭锅，就是吃什么老鳖滋补锅。

我们都问：“怎么了你俩？当‘少爷’了吧？”

周末去两位“黄图哥”家串门，一个在床上躺着，一个在沙发上躺着，聊着聊着就睡了。

后来实在挺不住了，辞职。

真好奇他们的辞职报告是怎么写的。

13.形式主义空前强大公司

注重形式的时代已经过去了，很多老板只看结果。即使你天天自愿加班，到最后什么也没做成功，估计老板也不会高看你一眼。不过还是有空前注重表面工作的公司，老板在的时候，都忙得和孙悟空似的，老板一走，人人刷微博和淘宝。

以前有校友在某名企上班，主管要求男职工都剃平头，办公室里的男的，脑袋都和显示屏一个形状。

还有一个校友，在办公室穿拖鞋，因为他皮鞋太臭，被主管拿着从写字楼扔下去了。下班他穿着公司的拖鞋回的家。

我就职的第二个伪日企，每天早上8点，全体起立，面向东瀛，由日本人带头，高呼五句日语口号，最后行鞠躬礼。

上个月，一客户邀请我们去参加一个活动，这客户是位老先生，喜欢传统文化，见人就鞠躬示意。经理知道我在日企工作过，要我去参加活动时，来一个日本最标准的鞠躬，展示一下公司的涵养。

老先生真有涵养，在现场门口，见到来宾就鞠躬。经理也还礼，动作完全不行，我就过去来了一个，老先生一下就抓着我了，我以为他想问我，怎么修炼的，鞠躬这么标准。

结果他说："唉呀，小伙子，你鞠躬为什么有一种谢罪的感觉啊？"

我当时就笑了，这些年跟着"太君"，真是影响到气质了，老先生真是一叶知秋。

其实这些还好，算是企业文化，如果做得好，真有效果。

最恶心的，是假装忙公司，天天早到晚走的就是好员工，一个文件能写一周的才是认真负责。要是一天写完、下班不加班的，就是心思不在公司。一个PPT做30页主题明确，是没用心做，做成100页不知所云，才是用心了。

14.待猝死公司

现在竞争压力大，难免加班。不过要看怎么加班，有没有意义。比如说明天客户就要了，那就是熬通宵也得干。但是客户后天要，今天通宵，明天在家睡觉，那通宵的意义何在？还不如今天正常下班，明天白天再继续做。

加了一个球迷群，里面有个设计院的哥们儿。天天早上上QQ都看见他凌晨在群里喊，有人在么？然后白天他还在线聊天，真是猝死的节奏！

感觉我们这代年轻人，身体素质真是差。10个人跑1000米，能累死3个。

经常听说白领猝死。我就说，一定是有人捡到死亡笔记了。

公司一加班就吃吉野家，喝红牛。我从来不喝红牛饮料，怕刺激神经，脑溢血了。最害怕的就是，晚上下班的时候，看见吉野家的送餐人员在公司门口。

公司有个哥们儿，天天加班到凌晨2点，一般就睡在公司了。

这哥们儿一天一包半烟，食欲不振。他租的房子，邻居是做“足疗”的，不睡公司的晚上就偷听小姐聊天。小姐一般家世都比较惨，小姐妹们在一起诉苦。

这哥们儿是个文人，多愁善感，在隔壁听得泪流满面，弄一瓶小啤酒，一夜未眠！第二天还邀请我，晚上去他家，偷听小姐聊天。

我和同事经常说，这哥们儿说不定哪天就猝死了。

周末的时候，几个小时不见他发微博，就打个电话，看看挂了没有。经常是欠费停机。然后，我就去他微博评论，别文艺了，先把电话费交上。

15.当你是野人的公司

这类公司的领导总以为自己很高深，有文化，员工都是头上插鸡毛的野人，不管说什么，都要问："理解了么？我这么说你能懂么？明白我的意思吧？你好好琢磨一下我的意思。"

你自己讲没讲清楚不知道么？我们不理解，也是因为你没讲清楚。

不过现在的应届生啊，也是很让人晕。年初新来个毕业生，让我带，也没什么工作，我就找本书给他看，然后让他写个读书笔记。

这哥们儿第一句话是："我觉得作者的写作动机是……"

动机？我又没让你看《杀人回忆录》。

做一个讲企业管理的PPT，他用的背景图片是黑猫警长，还问我经理怎么评价。我就先晕了，好么？

这小男生的确很喜欢文化行业，还是个诗人，大学写了很多诗歌、散文，还给我看，让我帮他联系出版。

水平的确不敢恭维，我就安慰说："写得不错啊，我这关你是过了，不过出版社那边，据我了解，不喜欢这个风格。"

他就反问我："难道出版社不想换个风格么？"

我说："可能不想吧。"

他沉默了很久后，用绝望的眼神看着我，说："哥，我想哭。"

我想死。

作为文化行业的一位精英

我一位同学作为IT行业的精英，他说现在连一晚上撸两管的力气都没了。

作为文化行业的一位精英，我同事说他心脏都不跳了。

作为文化行业的一位精英，从来没有同学打电话让我推荐书籍或者电影。

一旦找我，不是问怎么办证，就是问怎么找替考，在哪打印小抄之类的。

我的确和办证的打过交道，那时大四实习，公司求贤若渴，人事部敦促我去办假证转正。算我给公司办的，不是我个人办的。

替考我也干过，不过是帮一个英语系的哥们儿考日语二级。那是我学力巅峰时期，闭着眼睛都能过。可是遇见一个校友，让我给他扔答案，我连扔了三次，都打在他桌子角上，弹回我脚下，第四次我被老师赶出去了，考试成绩作废。

在学校考试，小抄我也拿过，不过都是别人送我的，质量太低，上面一点正儿八经答案都没有，我翻了10分钟，就看见1分的答案。一个单词，我自己也会。

所以我从没办过假证、找过替考、用过小抄。

记得2012年夏天，公司让我去参加培训，主讲人是一位知名的图书策划人，旗下有很多大牌作者。

不过他第一句就说：“大家换行业吧。干这行赚钱太费劲，你说××那小子，当年去我办公室谈出书，特别谦逊，现在给他发短信都不回，没意思。”

我们这儿没那么大牌的作家，也没有轰动一时的畅销书。不过也的确出了很多书籍，经常能在外面看见。

一次我同事在地铁上，看见一个女生在读他操作的一本成功学的垃圾书，一个月就能写完的那种。

同事于心不忍，说：“这书不好，你别看了。”

那女生很不高兴地说：“你看过？”

同事说：“我写的！”

去年我还代笔编写了一本企业法律全书。我是日语专业的，不到两个月就编写完了。

作者是一个律师，他看了稿件说：“这书别人没法看呀。”

我听了心想，到底还是糊弄不过去，可能要删了重写。

律师接着说：“咱们这书写得太专业了，一般人看不懂，我看重新定位一下，给那些法律专业的学生看。”

我痛快地说：“好嘞！”

经理更傻，问我：“你抄袭了么？”

废话，不抄我咋写，我是干啥的你不知道么？就算我是法学院毕业的，一个月能写17万字？你说我抄没抄？

还有一次，他让我一周写了一份5万字的商业计划书，然后问我：“有借鉴别人的么？”

真是气死我了，有一点常识没有？谁能一周写一份5万字的商业计划书？我要是有这水平，早发财了。

他应该问我："哪些是你原创的？"

答："标题和副标题。"

因为身处文化行业，大家经常坐在一起谈文化，一次经理开会让我们谈谈各自大学的校训。

我还真记不住，再说我又不是啥名校的，弄那没用的干什么。

我说："我们好像没有校训。"

经理说："怎么可能，你们学校大门口写的什么？"

我说："禁止遛狗。"

每次出新书，都能在当当之类的网站卖得不错。

其实都是公司自己买的，为了能上畅销榜，好让书店重点码放。

也是业内的一个惯例吧，自己先买一点，然后马上会有人跟风。

上次一个企业家出传记，因为名气不够，出20万做推广。

经理让我们写推广方案，我们说，就拿这20万直接买书吧。

一下就卖许多本，肯定轰动。

作为文化行业的一位精英，前几天我陪同经理去见了一位企业家。

原因是企业家想学马云、俞敏洪出版一些成功学和心灵鸡汤类的书，提高一下人气。

经理说："交给我们，我曾经策划过一本畅销书，卖了1000多万本。"

我和搭档作为跟班，在旁边都没忍住，笑出声了。

1000多万本？一页算一本也不够数啊。

看见有利可图，吹牛连智商都不要了。中国有那样的书么？

多说个几万或几十万本也就算了，1000多万本，你写《哈利•波特》了？

当晚经理训斥我们："带你们俩出来见见场面吧，唉，关键时刻给我掉链子！"

搭档说："经理，你以后再跟客户说这种爆炸性的言论，最好提前告诉我们一声，没心理准备，真心憋不住。"

经理说："我哪有那个时间？你们要跟上我的思路！不然差距太大根本不行。"说着，他一只手伸向天，好像摸着天的郭敬明，高亢地说："我上天了，我上天了！"

周围所有人都惊奇地看着他。

我和搭档目瞪口呆。经理接着说："我虽然上天了，但是你们跟不上，我就不能落地！知道么？"

第二次和企业家接洽的时候，由于对方对文化界不了解，问："你们要价多少？"

经理说："算一算啊，给你出几本畅销书，让你去央视做访谈，等等一系列套餐，300万！"

企业家说："太贵了，我不玩儿了。"

经理后悔报价太高，连忙改口说："100万！"

企业家直接走了，一下掉200万，明显没有诚意。

不知道经理怎么想的，还特意报高价，让对方砍价，去动物园买衣服去多了吧。

从300万到100万玩跳水，也就是我们这行业文明一点，要是做其他的，这么报价，等着挨干吧。

现在经理吹牛上瘾，看见大小企业家就要给人家做整合文化营销。

上次遇见一位女士，家里是在四川种猕猴桃的，现在压货两百多吨，没做好营销。

经理说："交给我，给你出一本讲猕猴桃的畅销书，书火了，再包装产品。"

女士问："怎么包装啊？"

经理说："你不能把它当猕猴桃卖。"

女士问："那怎么卖？"

经理说："它是营养顾问，咱们这个猕猴桃就是好，买回家就是私人营养顾问，高端产品，有钱人家给小孩儿吃，补钙！"

我们办公室的人都听傻了，谁家孩子不喝奶吃猕猴桃补钙？后妈也干不出来啊。

经理学日本当年"一杯牛奶强壮一个民族"的思路，提出了"一个猕猴桃带领中华民族崛起"的惊人言论。

经理一直敦促一个编辑，赶紧把方案做出来，好给女士过目。

那位编辑不论怎么做，经理都不满意。

编辑说："就一个猕猴桃，我真找不到卖点。"

经理说："你别想猕猴桃。"

编辑问："那我想什么？"

经理说："它们不只是猕猴桃，还是一个让民族崛起、让国家振兴的项目，你不激动么？"

那个编辑现在一听别人说猕猴桃就翻脸。

还听见经理上蹿下跳地跟他喊："两百多吨，卖出去就是几千万，给你提300万，你不心动么？"

那几天经理就像朋友圈微商在招代理商一样，天天喊："300万！300万！你不心动么？"

那位编辑是学计算机专业的，干了一阵程序员，觉得太无聊就来搞文字。

去年年底公司网站出了点问题，经理说："唉，你以前不是程序员么，帮公司一把。"

那天我看见他在办公室狂敲键盘"啪啪啪"的。

我说："写什么书呢，下笔如有神啊！"

他说："别黑我，我在写代码呢！"

我快笑抽了，说："你信命么？你注定要当程序员。"

经理还有一个毛病，总认为自己随便说点什么都是名言。

据说他的学校还是985和211工程的，我怀疑是911工程院校毕业的。

特别是开会的时候，他就用眼睛盯着我们记笔记。

真的没啥可记的，我一开会就默写日语五十音图。或者假想我是翻译，把他说的话翻译成日语在本上写。本来我日语都忘了，总开会，我又能去给人替考二级了。

我搭档就是默写诗歌，这周开会，我看他在写李白的《将进酒》。

经理总夸奖我搭档说："看人家这态度，谁能记这么多笔记，看看多厚的一本！"

废话，都写成《唐诗三百首》了，能不厚么。

最近我和搭档在跟经理谈话时都拿着录音笔，他随便说点啥，我们都说："太经典了，录下来。"

搭档把录音转到MP3里面，晚上躺在床上当笑话段子听，笑得直蹬腿儿。

我现在和搭档有了默契，经理一说话，我就说："好！"搭档接着说："非常好！"

上周经理问："谁有苹果充电器？"

我顺口就说："好！"搭档接我话说："非常好！"

给经理干懵了，又问了一遍谁有充电器，我们说没有。

最近经理可能也有点察觉我们在黑他，我们一开录音他就不说话。

去年我们公司招聘了一个新编辑，很胖的一个小伙，看上去特别像江湖高人，偶尔带着礼帽，有点像庄聚贤。

经理就喜欢带他出去谈生意，在气场上给自己撑腰。

庄聚贤天天听经理口若悬河跟别人谈几千万上亿的生意，对经理是死心塌地。

这要是毕业几年的人，听了也就当一乐，庄聚贤刚毕业，人特别单纯，全信了。

他以为年终奖怎么着也得有个几十万，毕竟公司业务这么大。

也不能怨他，去年我知道的，就有五个过亿的项目。

庄聚贤毕竟就是一个新人，年终奖很少，外加一个烤鸭奖励。

这导致他心理落差巨大，当时痔疮就犯了，去了医院。

庄聚贤说他年轻的心灵，受到公司严重的打击。

前一阵看他QQ签名写道：“文化行业的人，就是一群自己屁股还在流血，却在教别人怎么治痔疮的人！”

我回复说：“好！非常好！”

经理的头衔特别长：××集团（下属）××出版社××编辑部主任。著名畅销书《×××》作者，×××文化发起人，×××管理学第一人，等等。

我看他名片都写不下，说以后就直接扫二维码吧，太长了。

一次开会，轮到经理发言，主持人居然说：“有请××集团主任。”

吓我们一跳，中间省几个字，官衔也变得太大了吧。

去年Facebook的桑德伯格出了本自传，由中信出版社引进出版，叫《向前一步》。

我觉得非常好，打算以后也出本职场的书，就叫《向前一跪》。

经理有一句名言：“你们先不要想着赚钱，先让公司赚，锅里满了，自然会掉到碗里。”还有，“不要把书当书，它只是一个媒介！”

我到现在也不知道啥意思，就像《天龙八部》主题曲《难念的经》里面唱的一句：参一生参不透这条难题！

去年一个同事辞职，经理问：“为什么？”

同事说：“年纪不小了，该去做一些事业，争取功成名就了。”

经理说：“功成名就还不简单？下次出书，把你的名字写上，你就是畅销书作者，不就功成名就了么？”

每次开选题策划会，领导都再三强调不要给市场再添垃圾书了。

不过再怎么宣誓，最后出版的肯定还是垃圾书。一两个月，最多半年写出来的，能有什么好东西。

这次算是做一个大项目，最近发展得不错的某企业要出一本书。

该企业今年开年会请了一些娱乐明星助阵，明星逢场作戏，说了一些赞扬企业的话，都要写在扉页上。

据说还要请著名经济学家×××写个推荐序，不惜花30万。

后来居然有人（他们企业高层）说要请莫言作序。

我见过我们出的一本书，作者是个美籍华人，由前美国总统克林顿作序，不知道怎么整的。

一次看一本书，封面上印着释迦牟尼，难道是释迦牟尼作序？仔细一看，是“释迦牟尼启示”，虚惊一场。

反正买书的时候，封面写啥你都别信，多看看内容再买。

书名是《30天搞定×××》《价值百万的×××课》《×××不会告诉你的×××》这一类风格的，一眼都别看。

典型垃圾书的格式是：章节标题+一段引子+案例（朋友张、闺蜜李的故事啥的）+总结案例讲道理。

谁有这种书，赶紧别看了，送朋友吧。你朋友们都看这种书，你就是朋友圈里最聪明的。

不是开玩笑，有些书你们读过都不知道作者是谁。

从署名的作者到主编，到策划编委会，可能都没参与这本书的写作。

比如上面说的那本法律书籍，一旦读者知道真正的作者是我，估计能气吐血。

不过我能保证那本书还是不错的，虽然我不懂法律，但是我上网摘抄的，都是精华部分。

在网上也看过很多反思图书行业为什么这么低迷的文章。

有业内人士写的，也有网友写的，我觉得没有一篇能真正说清楚。

大多都过于强调版权保护、互联网的冲击等商业方面的问题。

虽然我一直是和读者们站在一边的，多次和公司说，能不能不做垃圾书了。

不过我也真得批评一下部分读者，太能买垃圾书了。

他们想不出版，你们却总买。市场有需求，肯定还得继续做。

有些垃圾书能卖几十万册，简直是难以置信。

想起一句话：傻子太多，骗子明显不够用。

就像奶粉，大家都说国内的不好，都疯抢国外的。

那些奶粉企业，脸皮再厚也得做出一些改变，不然不能生存。

如果真想看书多学习，作为文化行业的一位精英，从易于筛选的角度，我最后说一句："多看外版书。"

见面就问“你现在赚多少钱”的毛病是改不了了

你多大了，赚多少钱?

这是一个很正常的问题。

不过问的人太多了，实在是让人生厌。

大学认识一个女生，绰号叫大西瓜，因为她一次上台表演翻跟头，体重太沉，只听见舞台“咚”的一声，仿佛有人扔了一个大西瓜在地上。

她绝对有病，只要你身上佩戴了东西，她就会问多少钱。从手机到钱包，从手表到项链。如果你身上什么都没有，她会问你理发多少钱。

要不就翻别人手机相册，看见照片里有别人，就问是谁。

除了她教室后排还有一个占星神婆，只要有人路过，她就问我们：“他，是谁啊？”

同学们说：“你捡死亡笔记了，天天问别人是谁。”

记得一次日语老师在黑板上写题，趁着这工夫，有同学就各种问。

问：“天皇一个月赚多少钱？”

老师说："跟你有关系么？"

又问："天皇女儿今年多大？有对象么？"

老师说："你想都别想！"

又问："老师您一个月赚多少钱？"

当时就像看视频暂停了一样，老师定格在面画中，好久才转过来说："干吗啊你们？"

下铺没事就爱问别人赚多少钱，今年多大。

学校有个大哥，高中复读几年，考研又几年，没人知道他多大了。

下铺为了问出来他多大，请他洗澡，请他抽烟。

之后回寝室回忆他们所有谈话的蛛丝马迹，最后推算出来他今年大概32。兴奋地在地上手舞足蹈。

我说："你有病吧？"

一次他在食堂看见窗口卖发糕，就自言自语道："What is it？"

结果师傅淡然地说："It's a fagao!"

下铺说："这外语学院果然牛啊！"

后期，下铺和食堂的师傅混熟了。有时饭卡忘充钱了，师傅也给他饭吃，说："下次一起刷，相信你是忠诚的党国战士！"

一次下铺欠了2块5毛钱，拿着饭卡去还钱，正好有同学说："给我带5毛钱米饭。"

下铺刷了3块钱，拿走了一碗米饭。

一个新生看在眼里，以为米饭3块一份，拿着餐盘和师傅说：“给我来3块钱米饭。”

师傅说：“啥？？”

只见师傅搬出一盆米饭，一勺接一勺。

新生端着餐盘都要接不住了，很无助的模样。

是不是赚得多了就不烦别人问了？天天盼着别人问。

大四时有个同学，工资3000多。一次回家看见楼下一群老太太聊天，他想去炫富。老太太一月退休工资几百，听见3000不得吓死啊。

他凑过去聊天，终于有一个老太太问：“你现在赚多少钱？”

该同学迫不及待地说：“3000多呢！”

老太太们说：“太少了，干得没啥意思。”

这同学就受刺激了，发誓要赚大钱。

一番奋斗之后，被骗去做传销。

在传销点还给我打电话，陌生城市、陌生号码，上来就问我：“你现在赚多少钱？想不想赚大钱？”

我说：“你谁啊？你有精神病吧？”

他说：“连我的声音都忘了？”

我辨别了一下说：“好像一个成人电影男优的声音。”

他说：“你给我滚！我是日语系的老包啊！”

然后他说自己现在做新能源环保项目发财了，想拉我一把。

老包我记得，虽然来往很少，但知道他很喜欢在YY上唱歌。

一次参加唱歌比赛，唱五月天的《天使》，还让我们去那个频道给他捧场。

我在寝室听他唱：你是天使，你是天使，啊，啊，啊，啊呀——

因为唱得难听，让隔壁学生揍了。起初我以为老包是即兴哼唱一段，后来听着声音有点惨，出门一看都打起来了。

有观众还在频道里面问："12号选手，你怎么不唱了？"

所以我接到电话后很感慨，这么一号人物居然腾达了，后来大家都说接到过老包电话。

我们就给老师打电话，老师去传销老窝把他带了回来。

昨天偶遇一个疑似同学的人，都不确定是不是认识，上来就问我："你现在赚多少钱？"

我想，你没病吧？你认识我是谁么。

他还感觉不过瘾，又问："还有谁在北京，他们都赚多少钱？"

我哪知道，我去北京也不是统计别人工资去了。

更逗的一次是在商场，坐电梯看见同学，我上行，他下行，擦肩而过的瞬间，也被问一句："你赚多少钱？"

真是操着天子的心！

记得大学下铺结婚时，我们刚刚参加工作。我和一个同学去参加婚礼，这个同学是从日本回来的，在日本打工。到了下铺家，他妈就问："你们赚多少钱？"

我说："2000多吧。"

同学说："20多万。"

全场宾客都寂静了，齐刷刷地看着这个同学，大家都想：这孩子这么牛？

怎么赚的钱?

同学说："日元！日元！"

全场宾客无视我俩，继续谈笑。

我从来不问别人赚多少钱，除非我想做这个行业。

我也不问朋友赚多少钱，因为他们喝酒后会告诉我，不听都不行。

唯独有一个朋友没说，因为他今年没工作。

最近参加婚礼，没工作的朋友很难为情，担心别人问他赚多少钱。

果然还是有人问了，他说："我在家待着呢。"

有人打圆场说："呵呵，自由职业者！"

谁没失业过啊，我当年不工作的时候，坐船围着渤海转圈。

遇见一个北京的记者和我聊天，问："你是做什么的？"

我说："现在停下来了，事业有瓶颈，静养一段时间。"

他不但没鄙视我，还给我一张名片。

亲朋好友除外，见面就问别人赚多少钱的人的确很不招人喜欢，感觉不成熟。好奇心谁都有，问题是怎么问。

问问做什么行业、什么职位、什么公司，就差不多能估算出来了吧。

当然会有一些偏差，但是知道那么准确干什么，赚钱又不给你花，恨不得别人有几块钱零钱都想知道。

最后引用"百度知道"常用的一句真理：没分你问什么!

Part 2

你就适可而止吧

同学们一起玩真心话大冒险，谁输了，就在街上找一个有“祖传秘方治疗阳痿早泄”广告的电线杆子，抱着大喊：“我的病有救了！！！”

如果谁输了不照做，就是傻子，我班老蒋输了，抱着电线杆子酝酿良久，也没喊出口。

旁边看热闹的同学起哄说：“那你就喊三声‘我是傻子’吧。”

老蒋无奈地冲我们喊：“行，我是傻子，我是傻子，我是傻子！”

路人都以为这孩子触电了，一个骑三轮车的大叔，差点没拐电线杆上。

后来玩法又升级到直接打电话咨询。

那次是外号“神龟”的同学输了，被逼打电话咨询，神龟和江湖医生侃侃而谈，各种男科病的术语及概况无一不有所涉及，极为专业，最后和对方约定见面，还要求医生左手带白手套，容易辨认。

我们都分不清神龟是在按赌约作乐，还是真有病要看了，就说：“你就适可而止吧。”

上海同学在东北

大学有个寝室特别复杂，一个朝鲜族人、一个上海人、一个蒙古族人、一个东北人，黄色的脸，黑色的眼，不变是笑容。

一次上海人的家长打电话到寝室，东北人接的，拿起电话听不懂，以为是朝鲜语，就喊朝鲜族人接电话。

朝鲜族人和上海家长一番对话后，感觉不对，又喊蒙古族人来接电话。

上海家长疯了，这是什么寝室啊，根本无法交流，挂了寝室座机电话，给上海人打手机。

全寝室才恍然大悟，那是上海话而已。

这次讲的就是这个寝室上海人的故事。

一次上海人来挑战我们寝室爽哥，掰腕子，爽哥迎战。

两人激战几回合，谁也掰不倒谁，互相兑掉能量，两只手成静止状态。

上海人兜里有面包，心想反正也是僵局耗着，不如先吃两口，拿出面包就咬了一口，爽哥被吓了一跳，走神，上海人趁机掰倒爽哥。

爽哥大怒，在我们寝室，胆敢如此放肆？

一是比赛中吃面包有对爽哥的藐视之嫌，二是胜之不武。

爽哥拿起地上的雨伞，就刺上海人胸，上海人像被开棺的僵尸，一下子蹦过来掐爽哥，冲突瞬间爆发。

不过两个寝室的人都在，第一时间就控制住了局面，只是声音特别乱，上海话、蒙古语、朝鲜语环绕，还有我们寝室胖子的大连话，万国租界的感觉。

我下铺是说普通话的，但是他只管自己趴在床上笑，只有我和另一个同学喊着："算了吧，都认识，都认识。"

整个大一学期，上海人都是恍恍惚惚，对北方极其不适应，吃的用的倒还好，就是人情上吃不消。

比如说在寝室，或者在浴室，大家都一起脱光了，他就不适应。

大夏天的，寝室闷热，还罩着蚊帐，他依然穿着衬衫睡觉，等别人都睡着了，再偷偷地脱衣服。一天半夜脱衣服，正好炮哥起来喝水，他慌忙地拿被子挡住自己，炮哥一口水差点没呛死。

第二天炮哥来我们寝室吐槽，然后以我下铺为首的几个好事的男生，晚上在睡觉前把上海人衣服扒光了。

上海人哭了，说："你们不为自己的行为脸红么？"

之后上海人上大火了，额头上起了一个红色大包，拿本动漫杂志，躺在床上闷闷不乐。

炮哥就应景地放孙燕姿的《神奇》，特别是那一句歌词："眉中间有个红点，头纱遮住脸。"

本来蒙古族人和朝鲜族人就喜欢歌舞，大家就一起载歌载舞，"我换换换！我转转转！”

上海人大为恼火，喊道：“你们给我收声！”

秋天的时候，上海人发烧了，躺在床上说冷，加了一层被之后还说冷。

炮哥找了很多同学，把不用的被子毯子都拿出来，给上海人雪中送炭，不管三七二十一，站在地上就往上海人床上扔。最后他躺在上铺，被子的高度接近灯管，他趴在床上，像只蜗牛，背上顶着大大的壳，每爬一下，都摇摇欲坠。

同学们还在把乱七八糟的东西往上扔，有的人恨不得自己爬上去，上海人闷喊一声：“你们给我适可而止吧！”

这位上海人也是个萌物，当年在大连星海广场一顿吃了10条铁板鱿鱼，一战封神。

直到我们寝室爽哥一天早上吃了12个粽子，才得以打破纪录。虽然鱿鱼比粽子分量大，不过注意一个细节，爽哥吃的只是早餐。

记得军训的时候，上海人一家三口在校门口饭店吃饭，入座之后，很久没有服务员来点餐，因为校门口生意太好，人来人往，你不大喊几声“服务员”，一般没有人注意到你。上海人还以为是在外滩的西餐厅，一进门就有一位扎蝴蝶结的服务生过来打招呼“Excuse me”。

一家三口在饭店坐了差不多半个小时，也无人过问，最后愤愤地找肯德基去了。

晚上，上海人跟我们说这事儿，大家都很生气，说：“真是岂有此理！明天你再去那家饭店，喊三声服务员，没有人来点餐，你就拿菜单砸他脸！”

从大三之后，上海人就不是原来的他了，天天光着膀子挨个寝室转悠，或者穿着拖鞋、大裤衩子去网吧躺着打游戏，或者去打篮球。

此时上海人吃胖了50多斤，肚子特别大，每次打篮球冲刺上篮，落地后都需要有人拉他一把，不然他会因为惯性一直跑下去。

他家里条件不错，暑假没事儿就去马来西亚晒太阳，或者去日本吃炸串，同学都叫他“拿督”（马来西亚称呼富人的头衔）。

他不仅不再腼腆，没事还要和我们喝酒，每次他都在超市买一只烤鸭，拎着到我们寝室，坐在地上拿瓶酒就整。

一次暑假过后，蒙古族人从家里拿了自酿的一桶酒，大家都知道这东西健康，抢着喝，那酒一股酸奶味儿，喝起来一点压力都没有，一杯接一杯，当优酸乳喝。

还好我胃不舒服，喝了一些就吐了，之后没有继续喝。其余的同学第二天上课，都开启了“飞行模式”，一整天都仿佛飞机遇到了强气流，感觉教室都在颠簸。

上海人后来挺不住了说：“哎哟，我突然好想吐啊！！”

他们寝室的人左右搀扶着，说：“来来来！都给让路，拿督急着呢！”

除了喝酒之外，上海人还经常来我们寝室打牌。

寝室当时由我发起，玩一种叫“刨幺”的牌，是吉林省通化一带的玩法。上海人偶尔在我们寝室围观，打法规则不久就熟记于心，而且这种打法的确极具娱乐性，上海人时常要求参与进来，总来我们寝室问：“刨么？”

后来很多人都来学习这种玩法，包括辽宁人、黑龙江人，以及江苏人等南方的同学，当时我感觉特别自豪，好像是初代吸血鬼，其余的小鬼都是由我衍生的。

后来我发现这些非吉林省的人，玩的思路都不对，就叫了一个老乡给大家示范一下——初代幺王们，是怎么刨幺的。

那天我和老乡一伙，让上海人和一个南京人一伙，实力比较悬殊，不过用意就是告诉大家什么叫专业。

不过刨幺和打麻将一样，有一个怪圈，就是越是会玩的人，牌越是不好，越是新手，牌越是好。我和老乡的牌烂得令人发指，上海人和南京人真是“小楼昨夜又东风”，牌顺得不行。

我和老乡连输数局，都不是一般的输，不是大雪就是小雪（相当于斗地主的加倍，反正就是一局翻倍地输），恨得牙痒痒。

之后又打了一局，上海人用那种高处不胜寒的口吻，冷冷地问：“还玩么？”

虽然不赢钱，我当时还是想一手抓他一个耳朵，像拎锅一样给他脑袋端起来，然后一锅汤扣地上去。

老乡更惨，本来很久不刨幺，被我拉来玩一把，输得头破血流。晚上回寝室泄愤，在我们老家一个专门刨幺的网站继续玩，想找人出出气，结果充了几百分，一会儿就输没了，捧着电脑在床上都快气死了，说人家作弊。

最后的时光，上海人也得到一些当大哥的感觉。

当时系里很多男生一起玩FIFA OL2，统一在一个网吧，上海人贪玩，早上6点多就去了，在网吧刚玩两局，键盘的支架坏了，掉在腿上。他就喊网管，早上网吧也没什么人，几个网管在一起聊天，也不管他。

最后上海人爆发了，喊来一个网管，质问：“你说，你系个虾米？你说，你系个虾米？”网管听不懂，也不在乎，看见键盘掉在他腿上，处理一下就走了。

键盘好了，上海人继续玩，顺便给女朋友打了个电话。之后很多男生一起，陆陆续续从学校过来玩，网管以为是上海人打电话叫来的，赶紧跑到他身边，说：“哥，我再给你看看键盘和鼠标，哥，你抽烟不，我给你拿个烟灰缸？”

上海人坐的是无烟区。

爆卡时代的整人方式

大学时期，中国联通总是推出一些优惠的电话卡，比如30元卡含有70元话费，或者50元卡送50元话费等条件吸引学生购买。

爽哥一直用这种卡，但是从来不续费，因为续交话费没有优惠，爽哥都是用完就扔，重新买新卡。当时流行“爆卡”，就是用话费所剩无几的电话卡疯狂地在网上开通付费业务，最常买的是QQ币、QQ会员和钻石，然后把严重欠费的废卡扔掉。这样几十元买的电话卡总能有超值的回报，坏处就是没有一个固定的电话号码，家长有时联系不上孩子。

在爆卡时期，我也偶尔换手机号。因为总换号，都懒得互相记新号，换了新号之后，给下铺发骚扰短信，告诉他最近不要太嚣张，不然肯定有人整他。

下铺收到短信就不睡觉了，查这个号码，很快就查出来是大连地区的什么什么卡，然后就问是不是我们。

我看他查地区，就让我在全国各地的高中同学帮忙发。

我跟高中同学说：“帮个忙，同学过生日，凑齐100条的祝福，按我给你们的内容发短信给他。”

高中同学说："你们学校的生日祝福真怪。"

晚上就听见下铺在读短信："请你不要和潘玮柏闹不和，他经纪人是我朋友。"

下铺查了查说："北京的号，会是谁啊？"

然后又读下一条："只要你配合我说的，就让你取代周杰伦在公司的位置。"

下铺查了查说："上海的？这都谁啊？我招谁惹谁了？"

爽哥和胖子感觉有点意思，和我一起弄，也发动全国各地同学，给我下铺发短信，内容千奇百怪。

那段时间下铺患了强迫症，几乎身亡，每天所有的精力都用于侦破骚扰短信。

最后下铺决定从大连的号开始调查，外地的先不管，挨个打电话，我们不接，回寝室关机。一天我大意了，回寝室忘记关机，手机扔在被子里，正好下铺打我电话，手机一直震动个不停。

我第一反应是赶紧发起聊天，转移注意力，但是下铺非常执着，一直在打，也隐约听见震动声。

这时胖子和爽哥也听见了，出来给我解围，和下铺打闹。

下铺说："别动！别动！我好像听见了。"

我们假装听了一下，说："什么声音也没有啊？"其实都能听见手机震动的声音，然后继续打闹。

下铺说："别动！别动！就在这附近，附近！"

胖子和爽哥拉着他就要摔跤，我趁机换了一张电话卡。

下铺挣脱后，继续打电话，已经没有声音，但是他不放弃，让我们把电话都给他，他拿我们电话，挨个给自己的手机打，想对上刚才那个号码，结果没有对上，失望地跟我们说："到底是谁啊？我让人欺负了。"

虽然下铺没有抓到我们，但我们看他真快不行了，就没再继续捉弄他，适可而止。

东瀛虎老师与山口组

老师中有一个佼佼者——“独霸东瀛之虎”，是他的网名，他在日本待过十几年，简称他“东瀛虎”。

他40多岁，教我们基础日语写作，两节课90分钟，40分钟吹日本，40分钟吹自己，10分钟讲课。

东瀛虎总说日本人有钱，特别是老头老太太，钱多得银行都放不下，埋在自己家院子里，上街前先拿铁锹和麻袋，在院子里挖钱。

他说一次商场促销，就看见一群老头，背着几袋子钱去买东西。是去买UFO么?

他还说东京的地铁线路特别复杂，日本人都看不懂。

他第一天去日本，要找一个亲戚，他说：“我那亲戚没时间来接我，就告诉我一个地址，让我坐地铁找，东京多大啊，几十条地铁线路。”各种描述困难，突然话锋一转：“但是，我是谁啊？我顺利坐地铁到亲戚家，没过几天，我就能给日本人指路了。”

然后用眼神示意我们鼓掌。

他的代表作是钻石事件，说他在商场捡到一个盒子，里面有一颗钻石，心脏那么大。

捡到之后，东瀛虎就一直等失主，后来和商场员工一起找到了失主。

失主问：“我怎么谢你？”

东瀛虎说：“不用谢，这是中国人应有的品格。”

说完就走了，失主和全商场的员工，在后面鞠躬送他。

然后用眼神示意我们鼓掌。

掌声经久不息，那是迫于他是老师的压力。

再就是讲课特别贱，每讲一个单词，就问：“你们知道这词现在日本流行说法怎么说么？”故作悬念一会儿，等着大家都看他的时候，再突然施舍地说：“唉，我就告诉你们这个吧。”

全班都晕了，学校花钱找你是来干什么的，你知道不告诉我们，站在讲台上当招财猫么？

然后东瀛虎又说：“跟你们讲啊，我有一个学生在日企工作，带着我的日语课笔记，他们上司（日本人）一看就说，哎呀，你学的这些单词都是日本最前沿的，你老师一定是位高人啊！”

然后用眼神示意我们鼓掌。

我们班想读书的少，听他吹牛当打发时间了，有的班级投诉他，说他讲课时没用的东西说得太多。

东瀛虎特别生气，在我班说：“他们真是不懂啊，我是讲什么的？讲写作！写作靠什么？靠视野啊！我这是在给你们开拓视野，他们真是不懂，还是咱们班同学的觉悟高，我对你们多讲。”

为了回馈我们，东瀛虎给我们押题——考日语等级的题。连单词都能押，真是半仙儿。一天通知我们去教室秘密押题，我们寝室就爽哥去了。

我看爽哥划的范围，一本日语二级题库，除了前言都押了，真是“百发百中东瀛虎”。

刚出电影《钢铁侠1》的时候，东瀛虎买了一个盗版DVD，效果特别差。

上课就说：“《钢铁侠》你们看了么，电影太好了，老师这有DVD，谁想看，下课来拿。”

寝室爽哥一向喜欢贪便宜，正好他买了一个DVD播放机，下课就去找东瀛虎。

东瀛虎说：“我20买的，10块给你吧。”

爽哥不敢和老师争执，10块钱买了。

晚上在寝室，爽哥招呼我们一起看《钢铁侠》，画面太黑了，根本看不见人，就听见“叮叮咚咚”的打斗声。

我们看了一会儿就不看了，爽哥很不高兴，嫌我们不给面子，自己假装看得很嗨，希望我们后悔。

我看了一眼他的屏幕，漆黑一片，掩耳盗铃咚咚一会儿后，爽哥也顶不住了，关了DVD，嘟囔说：“东瀛虎，你居然敢耍我？”

这事导致了后面爽哥和东瀛虎的暗战。

各位都应该知道山口组是日本第一黑社会组织，东瀛虎有时候会讲到在日本留学期间的一些民族冲突问题。

东瀛虎说日本也有一些极端分子，欺负外国人，大家也不敢反抗，毕竟是在日本，发生冲突肯定没好结果，要是被学校开除就完蛋了。

不过东瀛虎有智慧，说：“和日本人打架不行，但是打闹可以啊，大家都是同学么，只要有日本人惹我，我就和他打闹，我满面笑容，看上去是在闹着玩，但是我脚下是真踹啊，把日本人踹得东倒西歪的，问我是来真的么？我说就是跟你闹呢，日本人也没借口找我麻烦。”说着触景生情，有点哽咽了，说：“在外国都是难免的。”

我们就知道这里面肯定有故事。

高年级的学长说是与山口组有关，上课可以问问东瀛虎。

一次上课说到日本，下铺就问：“老师，山口组是怎么回事？”

东瀛虎很不自然，眼神非常警戒，好像触到他的记忆禁区，说：“哎，不该问的不要问。”

这个故事一直到有次一起喝酒，喝多了，东瀛虎才说出来。

东瀛虎在日本一直打工赚生活费，有一段时间在酒吧当服务生。

那个酒吧就在山口组的势力范围之内，有些大哥经常来坐坐，一天一个中年男人，进门就给他鞠躬，原来是那个大钻石的失主，一直没忘了他，这人是山口组的一个头目。

随后就坐下跟东瀛虎喝酒，匆匆忙忙，留了一个电话，说有事儿再找他。

后来，大哥偶尔来找他坐坐喝酒。

东瀛虎说：“我不能总喝酒，我还得工作。”

大哥说：“哈哈，我跟你们老板招呼过了，你就放心吧。”

东瀛虎回头，看见老板正在对他微笑，就这样东瀛虎和大哥成了忘年交。

到了冬天，东瀛虎把老家带来的羊绒裤换上。

日本人没见过这种裤子，毛茸茸的，当时就笑趴了。

东瀛虎就不敢穿了，又收了起来。

谁知道日本人把他的羊绒裤拿走了，给很多日本人看，说：“这是什么东西？笑死了。”

讲到这，东瀛虎已经45度仰望天空，眼角有泪划过，看来这段经历肯定是真的。

于是，东瀛虎很生气，就和日本人吵起来了。

日本人说：“行，晚上在寝室等着！”

晚上日本人去召集人马，东瀛虎自己在寝室很害怕。

天黑了之后，有室友跑回来说：“他们来了，怎么办？”

东瀛虎只好打了大哥的电话，大哥听了之后说：“地址给我，5分钟到。”

日本人已经到寝室和东瀛虎叫嚣了，大哥过了5分钟还没有来。

东瀛虎心中一片凄凉，就在这时，突然感觉背后传来一道光束，天仿佛亮了。

回头一看，窗外几个丰田摩托大头，几十辆轿车已经在楼下了。

车队的灯光照亮了一条街，山口组的人来了！

东瀛虎自豪地问：“晚上是人最困的时候，我一个电话能叫这么多人，你们说我是什么力度？”

我们心里想：“你不是报警了吧。”

之后说到日本人怎么给他道歉，草草收尾，就醉倒在桌子上了。去喝酒的他最年长，估计是怕买单，赶紧装死。

我们付了钱之后，他又梦回山口组了，脚下生风。

结下梁子之后，爽哥弄了几个无名的电话卡，给东瀛虎发骚扰短信。

比如大半夜发“东瀛虎起床了，山口组的车队在你家楼下呢！”

爽哥那时看《死亡笔记》，自比“L”，上课也敢给东瀛虎发短信。

东瀛虎就说：“现在不知道哪个同学天天发匿名短信气我，我都知道是谁，我不爱和你们闹，跟你们讲，适可而止吧。”

后来我下铺也加入了爽哥团队，一般都是喝酒之后玩真心话大冒险，给东瀛虎打电话，用家长的口吻说，想给孩子办去日本留学，但是孩子内向，怕去日本被欺负。

东瀛虎信誓旦旦：“老哥，你这么说就是不了解我了，我在日本人脉极其广泛，有些话电话里不方便说，我就点到为止了。”

下铺就说：“好的，最后一个问题，日本人把绒裤还你了么？”

东瀛虎就爆炸了，说：“小子！你可玩大了，明天我就去找你，我知道你是谁！”

我劝住他们说：“适可而止，别再玩儿了。”

连妈笑（ましょう）先生都哭了

“适可而止”是大学里常用的一句话，翻译自日本一句口语，日本人也没有什么太凶狠的话，无非也就是“适可而止吧”“你太放肆了”之类的。

所有日语老师，不论中国的、日本的，男的、女的，年轻的、年长的，发怒的时候都是这句：“给我适可而止吧！”

一次考试发成绩，我得了70多分，还算比较满意，取回卷子后，回座位的路上不知道哪来一个矿泉水瓶子，被我无意踩了一脚，老师就说：“哎，哎，不要闹情绪啊！”

到座位要坐下的时候，因为空间狭小，碰了一下桌子，老师突然不开心地喊了一句：“孫さん！你给我适可而止吧！”

弄得我莫名其妙。

大二时，有了第一位日本籍老师。

四五十岁的男子，日本人的外貌特征很明显，一米七多一点，偏分头，衣服很整洁，拿着挎包和教鞭，走起路来静悄悄的，脸上习惯性地带着微笑。

和其他第一次上课的老师一样，他先把自己的名字写到黑板上，三个繁体汉字，一个比一个笔画多。

作为一群中国人，我们一个都不认识，一直到他讲完课走人，都没人知道这老师叫什么。

有人说他姓田，有人说姓烟，还有人说姓逼。

不过他很快有外号了，名字已经不重要了。

第一个外号是“萨其马”，因为这个老师好像在家不吃早饭，课间的时候总是找个位置吃几个萨其马。

有些人开始叫他“萨其马老师”，听起来也像个外教。

第二个外号是“妈笑”，来自日语ましょう一词，相当于汉语“吧”的意思。

这老师说话总喜欢带“吧”，比如：我们一起读课文吧，我们来造句吧。

我们感觉他每一句里都有ましょう（妈笑），就叫他“妈笑先生”。

后来统一使用“妈笑先生”这个名字。

妈笑的老婆也是学校的老师，中国人，在日本留学期间与妈笑结识。

她当时在日本一家包子铺打工，妈笑偶尔一次去用餐，看上了她。

后来妈笑就每天早上去吃包子，其实这家店离妈笑很远，每天都要骑很久的自行车才能到。

他老婆并不是每天都打工，要考试的时候就先停下打工。

妈笑找不到她，就托老板留了一张纸条，尽量用了中文语法“我日日探你”（日语中“探”相当于“找”）。

毕业后两人一起到中国发展，都当了老师，据说妈笑怕老婆到极点，同时也内向绝顶。

一次去银行取钱，他排队的窗口暂停服务，他就直接回家了，连去其他窗口都不会，回家被老婆骂得很惨。

妈笑教我们日语会话。

日本人脑袋一根筋，中国老师一节课90分钟，最多讲80分钟，留10分钟自己看看。日本老师90分钟，保证一秒都不少。

一个学长教日本人中文，按课时收费，说好讲两个小时，最后想留几分钟给日本人消化，马上有学生说："老师，还有5分钟呢。"

学长说："真是一毛不拔啊。"

妈笑第一天来我们班就用了日本人一贯的表面恭维："20班，久仰久仰，都说你们班啊，上课的时候非常认真，那句中文怎么说来着，教室里静得掉地上一根针都能听见。"

全班都笑出来了，那得多大的一根针？金箍棒吧，定海神针。

妈笑除了我们班还接手了一个专科班，第一次带队考试成绩就不好。

他要求专科班及格率70%，而我们班尽量达到100%。

结果专科班及格率50%左右，妈笑深受打击，面子上有些挂不住。

妈笑寄希望于我们——王牌日语20班给他打翻身仗。

的确是要翻身，翻沟里去了，我班及格率才40%。

第二天上课，妈笑坐在讲台上低着头要哭，和电影里日本人听天皇宣布投降的神态一模一样。

教室里鸦雀无声，不是因为大家在反思，而是在看小说。

20分钟之后，妈笑开始发牢骚，唉声叹气的，一节课没讲课。

下课休息的时候，班主任来训话了：“你们赶紧认错，看看你们，看看你们，好好的一个日本人，让你们气成那样了！”

后半节课，妈笑非常勉强地开始讲课，说：“不放弃自己的同学继续学习，放弃自己的就随便吧。”

有人安慰说：“老师您别上火，这次题有点冷，不然不能这样。”

妈笑说：“哪里冷了，考法语了么？连专科班都比你们及格的多，还有何面目找借口。”

这么一说很多同学脸上也挂不住了，就说：“专科和我们一样么？他们一共就学那么几门课，我们呢？学20多门课，压力能一样么？”

妈笑气坏了，说气话：“那你们说，怎么办？如果觉得课太多，干脆取消我的课算了。”

有一个公主病的女生说：“那取消你呗。”

这一句气得妈笑差点背过气去，一句话也不说了，坐到下课，背着包就走了。

班长和几个优等生在后面追。

这是气坏的第一个日本人。

第二个被气坏的是女老师明美先生，是日本近年兴起的单身族之一。

人家说到做到，我们大三时她48岁，仍然单身，游历世界各国。

她是个非常优秀的老师，可是大三的时候，班级已经沦为一盘散沙，而且对日本人一毛钱新鲜感都没有了。

大三分配日本教师的时候，学校本来给我们分了一个日本大美女，30岁左右。

白教授为我们着想，替我们争取了经验更丰富的明美老师。

为这事儿男生背后没少抱怨白教授。还有传言说，白教授为了让我们班在学习上回心转意，甚至想冒充日本人给我们当“外教”。

明美很用心，各种岩井俊二、宫崎骏等文化洗脑，还带来日本的一种食品“纳豆”，传说中既健康又能减肥，就是一种发酵的豆子煮熟了拌酱吃，芥末酱。她端了一盆来教室，吓我们一跳，以为上课要整麻辣香锅呢。

明美让我们一人尝一口，发表发表感言。每个人都说不爱吃，吃到我这，再说不爱吃，有些辜负她一片苦心。

我吃了一口，尽管差点吐了，还是说：“好吃，谢谢。”

然后别人继续吃，仍然都说不好吃，甚至有人不给面子一口不吃。

最后明美把那盆纳豆放在我桌子上，说：“既然你说喜欢，就都你来吃吧。”然后很期待地等着看我狼吞虎咽，我骂了自己一声：让你嘴贱!

我鼓足勇气，吃了三口，明美很高兴，说：“好，你留着吃吧，减肥。”

我想我还用减肥么，看不见学生我已经皮包骨了么?

明美的课，大家都不听，都把姿势调整成标准的听课造型，死盯着黑板，然后自己想自己的，集体走神。

起初明美还没有发现，一天明美说大家请看书，全班都直勾勾地盯着黑板，眼神空洞得吓人。

明美说：“你们没事吧？”

明美在班级做过一个调查：想多少岁结婚。

毕业就结的，少数人举手。

30岁左右结，大多数人举手。

40岁左右结，很少人举手。

50岁左右结，我和下铺举手。

明美说："听错了吧，你俩？"

为什么在50岁左右举手？因为走神了。

爽哥一度想请明美吃午饭，本来想说："我请你吃午饭。"

结果说成："你请我吃午饭吧。"

明美以为爽哥吃不上饭了，拿出50块钱，就要给爽哥，爽哥不知道为什么，不敢要钱，明美就追着他在食堂跑。

明美也是个一根筋，一次给我们拿了一些日本的报纸。

其中有一份是讲体育的，有一个写郭晶晶的专栏，讲述跳水女王。

明美问我："你们男生都喜欢她吧？"

我说："不喜欢。"

明美说："怎么会？她得了那么多金牌。"

我说："真不喜欢。"

明美说："那你喜欢哪个女选手？"

体育明星女的哪有几个漂亮的，我想说莎拉波娃，不会讲日语，就说："福原爱。"她会说东北话，挺可爱。

明美说："不可能吧。"她的意思是，在日本她都没那么红，在中国哪来的粉丝？以为我应付她。

我说："可能啊，她在中国出名。"

之后明美见到学生就问："你认识福原爱么？"

大多数认识，当然也有不认识的，明美就找我，说："怎么还有不认识的？你不是说她在中国很出名么？"

我想说，我哪知道，我又不是福原爱亚洲地区经纪人。

大三时期，学校搞一次表面文章，让各个老师填一张表，说说对现在教学的意见。

这就是给领导挑毛病，谁敢啊？

明美拿到这张表，就写了一句话："一张不够写意见的。"

这一根筋没法混啊。

明美在我班生气的原因是课堂纪律差，主要是她的课时安排不好，是周五最后的一堂课。

大家累了一周了，到了她的课就睡觉、聊天，商量周末干什么。

明美第一次发火，说想学习的往教室前面坐，不想学的去后面自己玩，别影响别人。

后来发现根本就不分什么前面后面，大家都在玩。

明美脾气要比妈笑大一点，摔门就走了。

又是班长和几个优等生在后面追。

这是被气坏的第二个日本人。

事后，系领导训斥我们说："你们啊，给我适可而止吧！"

我被电销的姑娘训斥了

今天和朋友出去逛街，路上有英语培训机构的兼职人员，让我们填个名字和电话，说帮忙完成任务。

我和朋友照办，这又不是什么大事儿。

下午就接到电话，一个女生打的，邀请我去中关村附近参加一个英语培训的免费活动。

我说："我出差了，机会给别人吧。"

这是我一贯的用词，考虑到他们也不容易，一个善意的谎言。

她说："不对啊，你不是上午填表申请了么？怎么能出差呢？"

我说："上午还没出差。"

她说："那既然要出差，干吗还要填申请呢？"

我说："公司突然通知。"

她说："什么时候走，去哪啊？"

我随便瞎编，说："明天，去天津。"

她说："那没关系，我们晚上的活动，不影响的。"

我说："不行啊，我得准备行李。"

她说：“天津好近的啊，还用收拾么？”

我说：“你怎么这么认真，我不想去。”

她说：“不想去干吗填表。”

我说：“你们的人求我帮忙。”

她说：“帮什么忙？你不参加活动还能帮什么忙？”

我说：“他让我留电话，说一天有多少任务。”

她说：“他们就这样，总说留个电话就行。你说那能行么，嗯？”

我说：“嗯。”

她一声叹息：“唉。”

我不说话，等她挂机。

她说：“让你留电话你就答应他，这对我们没意义啊。”

我说：“学生兼职不容易，帮一下呗。”

她说：“想帮，你就来参加活动。嗯？”

我说：“不去。”

她说：“不来你还敢说帮。”

我说：“行行行，我错了。”

她说：“唉，以后别再这样了，好么？”

我说：“好。”

她说：“为了礼貌，请你先挂机吧。”

我说：“再见。”

我只是觉得有意思，还有这么执着的电销呢。

北京的电销真是绝了，天天中奖，不是让我去西单取钱，就是去西直门取金条。

最逗的是，都问："您的尾号是××××么？"

你都打通了，你说我是不是？

前几天还有保险公司打电话，说马航都失事了，快买保险吧。

这根本就不能触动我，本人有恐飞症、恐高症。

以前陪朋友坐摩天轮，到最高处的时候，向外面看了一眼，差点没被背过气去。

那摩天轮质量不佳，转的时候还吱吱地响，要命了。

主要是我有童年阴影，我小时候喜欢火车，去游乐园就想坐火车。进去之后就一直找，还真有一辆小火车，我就坐上去，工作人员还给我系安全带。我就感觉要出事，往前一看，跑道是上天的，是过山车。

我要下车已经来不及了，跑了一圈之后，平生再没去过游乐园。知道了高处不胜寒，还是在地上待着吧。

我有个同事比我还熊，去年郊游，在一个公园玩小美人鱼，就是一个人鱼的模型，坐在里面转圈，转得非常快、非常突然。转了三圈，同事就傻掉了，像唐僧被妖精关在山洞里一样，高喊："放我出去！放我出去！"

大学的时候就有人打电话让我买保险，也是一个姑娘。

她说不推销，搞个活动，问我叫啥、哪里人。

我说："东北的。"

她说："你废话，我这是东北区公司。"

我说："吉林的。"

她说："听说你那里的人，男的帅气，女的漂亮。我能介绍一下活动么？"

我说："好吧，啥活动？"

毕业后短暂做过一段销售才知道，那是最基本的话术。

随便你老家哪的，都是人杰地灵。

随便你做什么行业，都是人才辈出的精英行业。

随便你哪个学校毕业的，都是久仰贵校。

有的同事就爱乱取悦客户，一次还和客户说："哎哟，您和潘玮柏是校友吧？"

喝多了吧，内地学校怎么可能和台湾人是校友。

一次我促成一单，约人来公司开户，到约定日期时经理着急，让我提醒一下。

我跟客户说："今天下午3点，拿×××钱，在×××见面。"

经理说："你是绑匪么？"

反正那个团队都是精英，一次和一个同事去办事，路上他摔了一跤。

摔之前是穿着一条西裤，站起来就剩半条西裤，一个裤腿摔碎了。

他说："40买的裤子就是不行。"

我说："一会儿还见人呢，先买一条吧。不能一半西裤，一半裤衩啊。"

公司还有一个百万宝儿，她总遇见大客户，说要来公司投100万，弄得经理赶紧开会准备迎接客户，结果第二天那人说"姑娘，我逗你玩的"。

还有一次，又出来一个人要投100万，经理又开会，这次客户真来了，不过说：“我其实不是来投资的，想跟你处对象，来见见你。”

客户走后，经理要去厕所，抽面巾纸，一张，两张，三张，六张，八张，拿了一大堆。

我们说：“不是哭去了吧？”

走在街上，也总能遇见推销的。

去年我同事坐地铁，有美女和他搭讪，后来聊天也是推销保险的。

一个女同事要换房子，她说一出门全小区的地产中介都跟着她，要跟她签合同，都赶上保镖了。

我从来没遇见地产行业的推销，以前可能是年纪小，看着不像潜在客户，现在不小了，也没遇见过。

可能是我气质太差，在日企的时候，一次下班遇见路边有人刷油漆，我闻油漆味上瘾，站着陶醉了一会儿。

刷油漆的师傅居然问我：“你想当学徒？你看见我贴的广告了？待遇没广告上写得那么夸张，不过三四千的没问题，也不累，就是刷刷么。”

反正在街上拦住我的，基本上都是培训班的，最搞笑的是还有推销减肥的。看不见本人已经皮包骨了么，再减肥就能穿墙了。

我最讨厌的就是美发店的推销，不胜其烦。

去年夏天在北京理工大学门口，我在等人，一个做美发的，非让我进去，说给我一点建议。

他非常客气，而且我等人也没事儿，夏天多理发几次也行。进去后他给我简单说了几句，大概就是说我头型不行，应该由他设计一下，今天友情价38元。

我说："行。"

他说："你赚了，我不是一般的理发匠，我是造型师，总给明星设计发型。"然后拿出手机，里面有一张和李晨的合影。

有一个哥们，被骗进来后，听说要花钱，直接跑了，搞笑的是，理发店给他洗头，但是没有冲洗，头发上都是泡沫就出门。

理发后，我给他100。

他不找钱，说："这样，今天我高兴，就60块钱，给你烫头。多便宜啊，平时500多，就是交朋友。"

我说："不烫，不是钱的事儿，我们公司是传统行业，发型普通点就行。"

他说："就10分钟。"

我说："刚才让我进来，你还说就1分钟呢，我得走了，在等人。"

他说："真的假的？"

我听了就生气，推销业务是你的本职，但是你有什么资格问我真的假的，怒道："你找钱不找钱？"

然后他找钱，我走人。

我大学时对外表还算在乎，定期去一家理发店。

那个师傅认识我后，向我推销发蜡，说："每天抹一点，显得自然一些，这是韩国进口的，50元成本价给你。"

回去第一次用那发蜡，抹了一些在手上搓，准备抹头发的时候，双手差点没分开，太粘了。

我感觉这发蜡太极品，叫下铺说："来，我给你造个型？"

下铺刚洗完头，说："弄呗。"

我用了至少整瓶十分之一的量在他头上，胡乱地抓了几把，他的头型被我弄得很乱，有点像七龙珠里的贝吉塔，我说："敢不敢就这样？"

下铺说："我自己来吧。"

他自己把头发抹平，头发特别亮，像《黑客帝国》时期的基努•里维斯，在窗边站了一会儿说："我去！你这什么发蜡，这么大的风，我连一根头发都不随风飘扬，你给我弄固体胶了吧？"

然后下铺又去洗头，据说洗了三遍。

后来一个老乡来我寝室，看见发蜡说："明天早上借我用用？"

我说："你说啥呢？就咱这关系，这就是你的，拿走。"

老乡说："得嘞，回头咱喝酒。"

第二天听说，老乡抹了发蜡在太阳底下打篮球，头发差点没着火了，这发蜡里面得是什么成分。

之后我再也不去那家理发店，换了一家，师傅比较成熟，已经30多岁，不扯那没用的。

师傅从来不推销，冬天的时候，我想总得让师傅有点业绩，就要求做一次头型。

款式是我自己选的，烫完之后都是小卷，像香港律师戴的假发，还感觉有些像HBO《罗马》里面的少年屋大维的发型，惨不忍睹。

我让师傅给我剪到最短，折腾了一次。

关于理发，我同事还在中央民族大学附近被骗过，500元办张卡，第一次去就花了300多。

第二天没看出来头发是长了还是短了，也看不出是烫了还是没烫。

我们说："300多去洗洗头，你真有钱。"

再说回拙劣的推销。

有一个同学做过一阵儿化妆品的客服，电视购物打热线电话那种。

一接电话就是："恭喜你！你是第98位！"

说是100人截止优惠，但永远都是第98位。

有一个日本大姐，看电视购物推销某种玉石的按摩床垫，说在上面睡觉，一夜满血。差不多2000元买的，几天下来睡得她腰酸背痛，跟我们吐槽。我们说电视购物都是骗人的。

她那天一直在喊："你们谁买？我500元就卖！"

无人响应，你都说睡得腰疼，还敢卖？

日本人真愣！

小泽，我就问你在日本哪

有些人，问他点问题能急死。

比如你问去台湾玩一周大概多少钱，他能给你说出10000字的攻略，还是没告诉你多少钱。

然后，你追问他大概多少钱。

他突然又说："哎呀，这么一算不如去日本。"

最后还是没告诉你多少钱，急死人。

大学的时候对这种人，就是往死里捶。

隔壁寝室的小泽，性子慢，一次把系主任都惹生气了。

军训的时候，系主任没事儿过来溜达溜达，指指点点，一次看小泽军装有一个扣子系错了，就批评小泽军容风纪不好。

系主任就是想在新生中找找存在感，把扣子系上就是了。

小泽不以为然，不紧不慢地打量系主任的穿着。系主任可能是早上出门着急，有一个衣兜翻在外面。

小泽立刻说："你还说我呢，你看看自己的衣兜！"

系主任看看自己的衣兜，先是羞愧地脸一红，然后是暴怒，没想到新生敢顶嘴，一时气得语塞，没对策了。

随即突然把小泽拉到队伍中间，大喊："我把你交给全院同学！现在把你交给全院同学！"

然后面向大家问："你们说怎么处置他，怎么处置他？"

没人知道小泽怎么了，也没人知道系主任这是在干吗，大家都不说话。

系主任又没对策了，收场说："你就站在这儿！我要把你交给全院同学！"说完就走人了。

没人知道他要把小泽交给全院同学干什么。

后来，"我要把你交给全院同学"就成为大家开玩笑时常用的一句话。

别人给小泽介绍一个女生，我们就问漂亮么？

小泽说："我跟你们讲啊，真是太巧了，原来我和她一所高中的，她大我一届。"然后讲了很久高中往事。

我们问："就问你，漂亮么？"

小泽说："看和谁比，你们说咱们系谁漂亮？"

然后大家众说纷纭，都熄灯了。

我们又问："你就直接说，漂亮么？"

小泽说："八字还没一撇呢，还不一定处不处呢！"

我们要疯了，说："你就直接回答，漂亮还是不漂亮？别扯那些没用的。"

小泽也委屈了，说："那你们自己去看呗。"还是没回答。

我下铺是最生气的，他煽动我们，一会儿捶小泽一顿。

之后所有人以洗漱为幌子，团体来到我们寝室开会。

下铺亲自设计了“绝对死角打法”，具体的操作方案就是，趁小泽睡觉的时候，我们悄声走到他的床前，上去五六个人按住他的被子（小泽习惯蒙头睡觉），让他在被子里连一只手都伸不出来。

然后剩余的几个人狠狠地打他，但是默不作声，让他不知道外面什么情况，甚至分不清是梦还是真实的，在被子里惶惶不可终日。

最后，感觉小泽精神快崩溃的时候，我们掀开被子，小泽像小鸡崽儿被狗撵了一样，吓得毛都起来了，问：“你们干啥呀？”

我们说：“那女生漂亮不漂亮？”

小泽说：“你们有病吧？”

我们说：“直接回答！”

小泽快被逼哭，说：“我今天还真不说了，你们自己去看！”

这时他们寝室大哥姚哥出来说：“长得还行吧，比一般人强点，我见过。”

我们说：“那你不早说，还带着我们打小泽？”

姚哥说：“这是我的审美，不能代表小泽。”

如果说之前大家被小泽弄得半疯，这下都疯了。你以为这是砸十个亿拍大片，选女主角呢？还他的审美、我的审美，早说不就完了。

我下铺就说：“你们寝室今晚是遛我们玩呢？”

所以相比之下，我就更喜欢和下铺交谈，不论问他什么问题，都是直接正面，点对点地回答。

一次有人问他，和美女搭讪的人太多，如何能让她在众人中记住自己。

下铺说："上去就喊妈，肯定忘不了你。"

大三时小泽去日本留学。

五年后快言快语的下铺再想捶小泽的时候，他已经身处异国，不是在隔壁寝室，推门就见了。

几天前小泽在班级QQ群发言："谁想去日本打工，帮朋友招人，待遇不错，活还不累，一次三年签证！！"

有同学问："在哪里干活？"

小泽说："日本。"

同学说："日本哪？"

小泽说："我朋友那里。"

同学说："具体一点。"

小泽说："肯定是大城市啊，待遇不错，活还不累。"

没人说话。

过一会儿同学2问："什么地方，什么工作？"

小泽说："日本。"

同学2说："具体一点。"

小泽："看聊天记录。"

同学2沉默。

同学3说："能急死人，人家问你在日本哪？"

小泽说：“先说去不去，再谈那些，都说了在日本，活不累。”

同学3说：“不知道在哪，干什么活，谁敢去？”

小泽说：“看聊天记录。”

同学3沉默。

同学4说：“头都大了，日本哪啊？”

小泽说：“你是公务员，你去不了。”

同学4说：“你别管我是啥，我就问你，在日本哪？”

小泽说：“你问了你去不了，我能不管么？”

同学4说：“呵呵。”

小泽说：“呵呵。”

这时下铺出来说话了：“哎哟！”

半天没人搭理他。

下铺又说：“行啊，小泽，有什么发财的生意都先想着咱们。在哪发财啊，干什么？”

小泽说：“在日本。”

下铺说：“在日本干什么？”

小泽说：“看聊天记录。”

下铺说：“工作就是看聊天记录？”

小泽说：“我说，能不能把聊天记录看完再说话，我还得跟所有人解释？”

5分钟后，下铺说：“哎呀，我真是一条一条看的，到底在哪发财？具体干什么？”

我忍不住说：“在日本。”

下铺说：“废话。”

我说：“在他朋友那。”

下铺说：“具体呢？”

我说：“看聊天记录？”

下铺说：“小泽，你是在日本搞传销吧。”

同学5说：“能去日本传销我也去，在哪？”

大家说：“日本。”

同学5：“……”

下铺说：“哎哟！”

同学5说：“急死没有？”

下铺说：“死了。”

小泽单独@下铺说：“你个富二代，你也不能来。”

下铺说：“我是什么富二代，我都穷死了，你告诉我具体在哪，干什么，我考虑一下。”

我说：“人家都告诉你N遍了，日本。”

下铺说：“哪？”

我说：“日本啊，就像吉林省有个吉林市，日本还有个地方叫日本。”

下铺说：“你最近在哪混的，也学得这样？”

我说：“日本。”

下铺崩溃。

小泽@我说："你来日本算了。"

我说："我有啥技能啊？"

小泽说："你会日语啊！"

我说："日语在日本还算技能么？"

小泽说："中文算。"

我说："日本中国人少么？"

小泽说："不少。"

小泽说："你干专业洗狗、洗猫，在日本挺火的，我能安排签证。"

我说："我至少本科毕业，去给日本人洗狗？"

小泽说："别小看这些，除了正常洗一只给多少钱之外，我估计额外给1000的小费，一点问题没有。"

我说："1000什么？"

小泽说："日元。"

我说："你觉得多么？"

小泽说："架不住次数多啊。"

我说："我宁肯搓澡，也不洗狗。"

小泽说："搓人多累啊！"

我说："狗还咬人呢。"

下铺说："别扯没用的，小泽！我就问你，在日本哪？"

小泽说："东京，东京，行了吧。"

下铺又自寻死路地问："东京哪？东京大了去了！"

小泽说："我朋友那。"

看来小泽是要利用下铺的强迫症报仇了，因为当年的"绝对死角战术"。怎么说呢，恶有恶报。

果然看见下铺继续问："具体点呢？"

小泽说："你又不来！"

勤学三君子

Part 3

君子如爽

一次升国旗的时候，全校都行注目礼，爽哥自己行少先队礼，大家不看国旗，都看他。

在民间，说一个人有点二，有一种说法是："脑袋让门挤了。"

对于爽哥来说，这不是一个比喻，而是真被挤过。

教室有前门和后门，下课休息的时候，爽哥与其他男生打闹，围着教室跑圈。

快上课的时候，一个女生要关门，这时爽哥脑袋刚伸进来。人跑步的时候，身体容易前倾，爽哥脑袋一下被夹了，精准得如生产线的机器。

那女生吓一跳，把门打开，爽哥呆了几秒之后，抱着脑袋"嗯哼"一声就倒地了，同学们就围上去，老师也来了，问怎么了。

有人说："爽哥脑袋让门挤了。"老师为之一振。

爽哥在地上一听，感觉脸上挂不住了，自己又站起来了，跟没事儿人似的，回到自己座位。

1.初识爽哥

我对爽哥的第一印象不错，穿着湖人队服，短发，很健壮，大眼睛，以为日后会成密友，结果还没等军训结束，全寝室都疯了。

首先是他太依赖父母。第一天到寝室，自己在地上吃泡面，父母给他整理床铺。

我对他父亲的印象特别深，在学校食堂吃饭，还喊："服务员！"

还对我们说："孩儿们啊，我家爽儿啊，从小没离开家，你们要好好相处，这孩子生活不能自理啊。"

记得当时我们其余三个人，都笑出声了。

军训后，一家人在校门口分离的时候，抱头痛哭，据说把看门的保安都看哭了。

这还没哭够，爽哥在学校找个隐蔽的角落，一个人哭，没想到他找的那地方是水房，下午打热水的时候，全校直播。

我们时常洗些小东西。寝室窗外就是晾衣服的栏杆，不过一楼窗户有护栏，不然在寝室就能收挂衣物，省得出去一趟。爽哥要拿回一条四角内裤，又不想出去，伸手又够不到，就找了一根小木棍试图挑回内裤，不过还差一点距离。寝室外面路过两个女生，看到爽哥的举动先是被逗乐了，然后过来问："同学，用帮忙么？"

爽哥收回小木棍，尴尬得一言不发。

女生捂着嘴边走边笑。

爽哥的内裤和袜子都是彩色的，红内裤，绿袜子，或者紫内裤，墨绿袜子。他洗得还挺勤，洗完就放在外面晒。滨海城市风大，一次内裤被风吹飞，爽哥一路狂追。外面学生挺多的，正常人的话，就会知难而退。

可是爽哥不管多少人围观，在烈日之下，穿着大黄裤衩，在风中追小红内裤，跑得脸上汗毛都立起来了。我们在寝室窗户边都看傻了。

内裤追回来再洗，洗完再晒，再吹飞，再追，再洗。爽哥基本一个周末都在洗内裤。

9月的天气还是很热，晚上睡觉人在床上流汗。特别是爽哥，有时大半夜的拿扇子坐在地上，不睡觉。一天，下铺醒来一看，爽哥坐在他床边，就说：“你守灵呢？”

被这么一说，爽哥才笑呵呵地爬上床。

爽哥父母每次找他都打寝室电话，时间特别别扭，不是早上睡觉的时候，就是午睡的时候。

一天早上6点多他父母就打过来电话，爽哥知道吵醒我们了，跟家人说：“以后别再打寝室电话了！”

第二天早上6点，管舍务的大爷来敲门，说：“爽哥，有你的电话，快去接电话。”

爽哥不耐烦地去接电话。

下铺翻了个身说：“五体投地啊！”

最气人的一次是，爽哥有一天晚上饿了，半夜居然拿出个酒精锅，最神奇的是还有茄子。

凌晨3点，我们都在熟睡中，爽哥要做干锅茄子，用筷子碰得酒精锅“叮叮当当”响。

这下我们是不忍了，说：“你是不是傻？”

爽哥还委屈了，说：“我饿啊。”

我说：“拿水泡点面巾纸，喝了！”

2.爽哥与葫芦丝

一天晚上，我与下铺、爽哥三人在校门口散步，一位卖乐器的老头游击到我们学校门口，乐器中有笛子、葫芦丝等。

爽哥到了老头那里，就拿出一副极其专业的姿态，对葫芦丝又摸又敲，像买瓜一样，老头也不管，只顾自己坐着吹笛子。

爽哥片刻后敲定了一个葫芦丝，放在嘴里就要吹一曲，猛吹了一阵子，结果一声都没响，爽哥说：“这葫芦丝做得不好，吹不响。”

这时老头站了起来，拿过他挑中的葫芦丝，吹了一段，说：“这不挺好的么？”

爽哥说：“哦，那我买一个吧。”

爽哥一想，刚才那个葫芦丝被老头吹过了，有点不干净，又重选了一个，放在嘴里又开始试吹，还是没响，说：“这个也不怎么样。”

老头拿过去，又吹了一段。

爽哥无言，不过这个又被老头吹过了，又不干净了，爽哥再次挑了一个，又没吹响。

老头不厌其烦地，又接过去吹了一段。

爽哥又没话了，不过老头吹过的，他还是不要，还要换一个。

我和下铺看着，不说话，看爽哥和老头谁先崩溃。

特别是有一段，老头与爽哥各持一个葫芦丝共同演奏，但是只有老头能吹奏出声音，爽哥虽然动作上金蛇狂舞的，但是一声不响，诠释了什么叫滥竽充数。

最后老头和爽哥都崩溃了，葫芦丝都试遍了，老头都能吹响，爽哥一吹就哑。爽哥不想买了，一是郁闷，二是都被老头吹过了不干净。我和下铺看不下去了，说："买一个吧，你都给大爷折腾成什么样了。"

爽哥有些不甘地买单，拎着一个葫芦丝回寝室，像从冥界穿越而来的小妖。

3.爽哥的口才

爽哥是个话痨，但却词不达意，往往用一本正经的表情，说着一些不正经的话，或者自造一些莫名其妙的词汇，比如"棒打伸头蛇"（枪打出头鸟）"强龙不压坐地鸟""好汉不提当年爽"等。

大一时我下铺过生日，中午大家在食堂稍稍喝了点啤酒，有一些面红和酒气，但是精神状态没有异常。但是辅导员让我们在走廊站着，不准进去上课。

爽哥自以为口才好，要玩一句话说服，他内心要表达的大概是："我们没喝多，就是喝一点酒，情绪上难免有些兴奋罢了。”

结果爽哥一本正经地目视辅导员双眼说：“我们没事儿，就是酒后乱性。”

辅导员是刚毕业两年的学姐，外表还算不错，不过思想有点保守，被爽哥说得又紧张又生气。

之后将我们赶到厕所里面站着了。

一次上日语课，学了一篇课外阅读，内容与《东郭先生和狼》差不多，讲的是好心没好报的故事，老师让大家找中心思想。上过学的都知道，一般中心思想就是文章中的一段话。

老师让大家各抒己见，就是让大家把那段话找出来。爽哥举手。

老师准许发言，爽哥起身就说：“其实我感觉吧，这个社会就是弱肉强食，你不吃我，唉，我就吃你，我不同情东郭先生，可怜之人必有可恨之处……”说了一堆。

老师打断说：“你是想表达什么？”

爽哥说：“我喜欢狼。”

老师脸都绿了，说：“Who care？我让你找中心语，谁问你喜欢什么了。”

爽哥翻译课文，也是屡屡奉献经典，比如：“你妹妹是男的还是女的。”

或者问老师一些没用的问题，比如“天皇家孩子一顿吃几个菜”或者“老师你说我毕业能赚多少”。

老师说：“我哪知道。”

下铺退学的时候，回家的前一天我们喝酒送别，爽哥喝很多，下铺就让他别喝了。

爽哥搂着下铺说："没事，今天你走，我高兴！"估计是想说，你要走了，我们尽兴吧。

有同学去留学的时候，有送别会，爽哥发言："你们去留学，是如今教育发展的大势所趋，是在劫难逃。"

老师都听不下去，说："爽哥，你停！"

4.爽哥的交友观

学校的浴室，我们很少去，为了更高的性价比，都是去校外。附近有一家浴室，环境还说得过去，面积大，也比较卫生，还有桑拿浴。

不过男浴室却生意惨淡，因为那个搓澡的大哥是个自来熟，话多得让人受不了，还爱吹牛，说他搓澡功夫了得，一些市里领导都找他搓。他还说工作不为了钱，是出于兴趣爱好，就是爱搓人。

唯独爽哥对搓澡大哥情有独钟，爽哥从来都不花钱雇大哥搓澡，都是自己搓自己，但是大哥寂寞，就跟爽哥聊天，还告诉爽哥怎么学习。一次爽哥在寝室看起了《现代文化秘书》，我们问"你看这书干吗"，爽哥说搓澡大哥建议他看的，说不看毕业没工作。

爽哥和大哥关系熟了后，大哥开始免费为爽哥搓澡，可能真是兴趣爱好，不搓一个手难受、心没底的。当然也不能白搓，爽哥走之前也要帮大哥搓一搓，一次被我们遇见了，看见爽哥卖力地在浴池给搓澡大哥搓澡，还以为是做梦呢。

下铺说："你们看，爽哥多务实，担心日语就业不乐观，拜师多学一门手艺。"

爽哥和大哥决裂是在大三。大哥搓澡时和新生起了冲突，吃了亏，马上求助高年级的爽哥。爽哥回寝室找我们，当时我们都不是一年级的菜鸟了，有一定的人脉。

下铺说："我虽然不是什么名门子弟，但是不可能帮一个搓澡的打架。"

我和胖子也是同样态度。

爽哥只好放弃对大哥的援助，从此兄弟两人，天涯两路。

5.爽哥与酒

某年9月的一个雨天，我们寝室喝醉酒后回学校，刚进入操场，爽哥就发作了，表情极其享受地漫步前行，张开手臂朝天沐浴小雨，嘴里呻吟着："嗯嗯嗯，啊——爽！"突然跑了起来，还把衣服脱下，随手扔掉，随后爽哥失足跌倒，正好摔在积水之中，他手摸着积水，冲我们喊："哎哟，摔死我了，地上都是我的血啊。你们快来啊！"

第二天，爽哥发现衣服上有淤泥，手上有淤青，问我们："我昨天喝多了，是不是走路不太稳啊？"

下铺说："哪里是不太稳，你都自由飞翔了。"

过了新生期，就流行喝白酒了。

我那个时候还行，没多久就喝了两杯白酒。

爽哥好像是干了8杯啤酒，然后就犯傻了，跟我说："你快点喝，我都8杯了。"

我说："我喝的是白酒啊。"

爽哥反复说："那我喝了8杯，那我喝了8杯，那我喝了8杯……"

看爽哥要不行了，我就换啤酒和他喝，最后都喝多了，全寝室人回宿舍楼的时候，就爽哥自己进去了（我们好像去超市了）。

反正爽哥一进宿舍楼，就晕了，在走廊脱衣服就睡。衣服叠得还挺规整，放在走廊墙角。

胖子回寝室了，他也不行了，看见爽哥在地上睡觉还说："哥们儿你让让，别睡我们寝室门口。"爽哥没动，胖子连滚带爬自己回寝室睡觉了。

后来，我和下铺回来，看见爽哥在地上躺着。下铺脾气不好，上去就踢了爽哥几脚。爽哥醒了，一看是我们，就冷笑道："谁刚才踢我了？"

下铺又踢他一脚说："回寝室睡，别在这丢人！"

爽哥说："哎哟哟，还跟我玩这套，我不干你，你不知道我一向铁腕！"

然后在地上滚了几圈，也没站起来，我和下铺只好把他扶回去了。

回去爽哥就睡了，睡到半夜，去了趟厕所，回来就哭了，说："我吐了，你们谁去看看。"

我们没理他，结果爽哥跪下了，对着胖子跪的，握着胖子手，各种抒情。

我和下铺一看胖子接手了，就继续睡了。

第二天爽哥失忆了，感觉是装的，说昨天晚上的事记不起来了。

就记得一个细节，从那之后，胖子就叫爽哥"儿子"。

喝多了认干爹了？我也不知道。

爽哥总干傻事儿不是因为笨，而是因为有点小聪明，但是聪明的方式不太合适。

一次在学校附近的饭馆喝酒，爽哥想灌倒我们，又知道自己酒量不够，就想办法快速醒酒。理论上来讲，只要酒精排出体外就等于没喝，爽哥认为出汗能排出酒精，于是趁着我们在屋里喝酒，他自己偷偷地在外面做俯卧撑。

我们丝毫不知情，还是服务生过来跟我们说："咱们包间是不是有一位在大厅做俯卧撑？有点影响客人走动。"

出去一看，爽哥还真在那里做俯卧撑呢，把他拉回包间，问明缘由之后，下铺就说："你今天就别再喝了。"

爽哥说："没事儿，我马上就精神了。"说着脱了衣服（反正屋里也没外人），继续做俯卧撑，其余人继续喝。

等他做够了之后，发现唯一的疗效就是折腾得胃里翻腾，好想吐。

还有一次明知道寝室同学要喝酒，爽哥还在食堂喝了两碗绿豆粥。原因是他知道空腹喝酒容易吐，自作聪明地提前去食堂吃点饭，感觉绿豆粥挺美味，喝了一碗，又要一碗。最后剩了半碗喝不进去了，但是他心疼钱，捏着鼻子喝掉。回寝室后，刚喝了一瓶啤酒，他就开门跑去垃圾桶处要吐，干呕了几下，没吐出来。

爽哥说："没事，继续喝。"又喝了一瓶，又想跑去垃圾桶，这次是真要吐了，抬着脑袋（怕突然吐衣服上），看不见门把手在哪，摸了半天没拉开寝室门，干脆对着门哇哇大吐。

我们在喝酒最频繁的时候，都说喝两瓶是"漱漱口"，或者天热开两瓶当水喝。啤酒这种东西，至少五瓶以上才能上升到酒的概念，居然有人喝两瓶就喝吐了。

爽哥每吐一口，都解释一句："我没喝多，我没喝多，你看我多清醒。"然后继续吐。

吐舒服之后，还说："我没喝多，刚才是胃里满了，之前喝了两大碗粥。"

看他的精神状态，应该是真没喝多。不过喝酒撑吐的，他是我见过的唯一一人。

6.答案门事件

我下铺是个厌学之人，在他眼里北大和北大青鸟培训机构是一样的。高中时家里逼迫，他无奈考了大学，到了大学，彻底放弃了。第一学期期末考试，就要买答案。先不说没有卖答案的，就算有，也是高年级的考试，新生的考试这么简单，答案哪有什么市场，满世界地打听之后，也没买到。

一天晚上聊天，下铺突然说："我买到答案了，一科150。"

有钱能使鬼推磨，说不定真能买到，我就问："是么，我看看。"

下铺就说："不给看，要看就原价卖。"

我一听就知道他在逗我们，一是他那个性格，要是有答案恨不得贴教室门口；二是还说要卖给我们，太假了。

爽哥挺关心，说："就让我们看看呗，大家都是兄弟。"

下铺说："不行，我的钱也不是买彩票中来的。"

爽哥的脸一下子就黑了，我也忍不住恶搞了，就说："胖子，你成绩也不好，不然我们买一份日语答案吧，图个稳。"

胖子反应也挺快，就说："行，行。"

为了逼真，当场我和胖子就交钱了。下铺说："明天给你们答案。"

爽哥可能是受刺激了，去水房了，估计是打墙发泄去了。

我们就在寝室笑。

第二天下课，爽哥私下找我问："你下铺真要你们钱了？"

我说："是啊，亲是亲，财是财啊。"

爽哥说："那答案你有了么，给我看看呗。"

我哪有什么答案啊，说："不好吧，这让下铺知道了不好，你还用看答案么，爽哥你这实力？"

爽哥说："我也不让你白花钱，给我看看，我给你出一半钱，75，你再卖给别人，你的钱就回来了。"

我说："不行，直说吧，你找我也是150，找他也是150。"

爽哥脸一下子红了，眉毛都竖起来了，慢慢地说："好，我算知道你们了，看不起我齐齐哈尔人是不是？"说完愤愤地转身走了，还骂了句："什么寝室啊。"

爽哥走了之后，我第一次感受到，被人气乐了是什么滋味。

当天晚上，爽哥在寝室宣布和我们绝交，互不说话。

有一天我去隔壁寝室走动，进门就听见爽哥的声音："我们寝室这帮人啊，虽然不学习，但我一直觉得都挺好的，没想到出了这么个事，真让我生气，还跟我要钱，你说我用得着答案么？我这日语水平……"

爽哥看见我进去了，开始默不作声。之后的几天，爽哥都和隔壁寝室的人一起吃饭、学习，只是晚上回来睡觉。

下铺说："让他下学期搬走算了。"

7.爽哥的经济学

我们总结了一下爽哥的为人，两个字——小气。

想想还真是，印象中爽哥好像很少买吃的喝的回寝室给大家分。

只要是花钱，爽哥都会心疼，花别人的钱也心疼。

一次下铺请客去洗浴泡澡，门票一人100多，休息室里有免费的饮料，有红牛和花生露，爽哥为了赚回门票钱，不停地出去喝，嘴里还在嘟囔着算钱："4块，8块，12块……"最后喝了7瓶花生露，红牛不知道几瓶。

一次在学校门口吃饭，爽哥正好坐在餐桌上放餐巾纸、辣椒油那侧。

下铺吃炒面，让爽哥帮他来一勺辣椒油，爽哥小心翼翼地给了他一小勺。

下铺吃完后，又让爽哥帮他拿点餐巾纸，爽哥两个手指捏了一张给他。

下铺忍不住了，说："我去！你家亲戚开的店？给我多拿几张！"

夏天的时候，我们总在学校周围吃烧烤喝啤酒，也不固定谁请客。每次算账的时候，我们四个都起身说："我来！"

其实，下铺、我、胖子，是真的想买单，爽哥都是跟着喊，从不真出手。

一天晚上买单的时候，我们四个又一起喊："我来！我来！"

最后下铺最先把钱给老板，但是老板把他的钱推了回去，对爽哥说："你来！"

因为我们总去这里吃，老板认识我们，他看见爽哥天天说买单，却不掏钱，看不下去了，点名让爽哥来。

爽哥脸色还行，但是心里一定在骂老板："你个烤串的，收谁的钱不一样？居然让我来。"

我也跟老板学会了这招，只要爽哥再喊"我来"，我就说："都放下，爽哥来，爽哥有零的。"

下铺退学之后，学习的东西都给了爽哥。毕业后，胖子走得匆忙，也有一些书没拿走。我上班之后，教材什么的也放在学校。

爽哥就开始处理，挑值钱的卖给新生，最贵的是《日汉大字典》，原价一本90元左右，50元就卖。

特别受欢迎，爽哥不仅把我们三个的字典卖了，连自己那本都卖了。

我们主课老师白教授也带几个新生班，一天看一个学生字典上写的我的名字，就问那同学，字典哪来的，那学生说，50一本买大四学生的。

白教授很生气，给我打电话质问我："不在学校上课了，还不自学？上班了就不学习了么？想不想毕业了？"

我就想，白教授您真是一派胡言，诬陷我离校了就不学习，我明明从大三就不学习了。

不过我还是狡辩："我学啊，每天下班都看书。"

白教授说："你就撒谎吧，字典都卖给新生了。最让我生气的是，字典用了三年还是九成新，你说你这外语学的，能找到啥工作？"

挂了电话，我就猜是爽哥搞的鬼，打电话问爽哥。爽哥爽快承认，说准备买电子词典，差点钱。

我说："你别卖我教材啊，我还没毕业呢。"

爽哥图便宜在淘宝网上买个国产电子词典，总死机，然后100元卖给新生。

最牛的是，下铺上学的时候，买了一个衣柜，挺不错的，700多买的。

毕业的时候拿不走，太重了。我说，不要了吧，永远留在这个寝室。

爽哥说不行，非要拿走，爽哥和隔壁寝室合租，找搬家公司，把衣柜运过去了，花了200。

用了不到两个月，学校有人出500收购，爽哥一口答应。

在一个周末，又花钱雇人，运回学校，也花了200多。扣除来回运费，可能还赚不到50块钱。

毕业后，隔壁寝室的人和爽哥合租过一段时间，终于体会到我们当年的感觉，说爽哥用电热棒热脸盆里的水，把盆炸了。或者爽哥做饭炒蒜薹，切都不切，整根炒。

一次我去他们那玩，晚上住他们那，就睡爽哥那屋，本来和爽哥睡一屋的同学，去别处玩了。

爽哥半夜从网吧回来，脱衣服就在我边上睡了，凌晨突然大叫一声“啊”，滚下床去。

我起来说：“你傻啊？”

爽哥说：“我不知道是你，还以为是×××，我刚才一看，他怎么变脸了，以为鬼上身了，吓死我了。”

晚上和爽哥在楼下散步，买雪糕吃。

爽哥说：“就在楼下吃，吃完再上去。”

我问：“怎么了？”

爽哥说："上去还得给他们买雪糕。"

我说："买呗。"

爽哥说："哥们儿现在穷啊，钱都没了。"

在寝室的时候，我们有一天突发奇想地讨论，假如寝室有一个人发财了，自己却很落魄，好意思去借钱么？

爽哥说他好意思。我们玩模拟，说我下铺现在是大富翁，一天请爽哥去他家做客，问爽哥怎么谈。

爽哥就对着下铺说："兄弟，现在你混得不错，要啥有啥，帮哥们儿我一把吧？"

下铺说："怎么帮啊？"

爽哥说："唉，现在哥们儿我一直起不来。"

下铺说："起不来，就定闹钟呗。"

先生或有大才

高中时期的爽哥，女生对他来说是谜一样的存在。大学就读日语系之后，求老师给他弄个日本女笔友，老师给他实现了。爽哥凿壁偷光，字典翻烂，写了几千字，估计是内容比较隐私，没找老师修改，就寄给了日本女生。笔名叫：北海一爽君。

很久之后，日本女生回信："先生的信，看了数遍，先生或有大才，小女子实难读懂。PS：请不要再来信了。"

从此，爽哥把择友的范围正式放到我校。

1.爽哥的感情史一：小桃

上课时老师不允许男生们坐一起，都是和女生搭配着坐。

爽哥的同桌叫小桃，我们对她印象都挺好的，不是美女，但是很耐看，平时只是学习和宅在寝室里面看电视剧，很简单的女生。不过她最近不太走运，因为爽哥开始意淫她了。

爽哥在寝室说："我发现小桃对我有好感。"

我说：“怎么看出来的？”

爽哥说：“在咱们男生里面，她和我说话最多，你们发现了么？”

下铺说：“废话，你们是同桌，说话能不多么？”

爽哥说：“眼神也能看出来。”

下铺说：“哎哟，现在都会读心术了啊。”

爽哥说：“我准备和她发展一下，这样在大一结束前我也有女朋友了。”

我说：“小桃挺内向的，你适度。”

爽哥见胖子没说话，问：“胖子，你同意么？”

胖子说：“你管我同意不同意干什么？我又不是你爸。”

爽哥被胖子这么一说，恼羞成怒，瞄准胖子的胳膊就开始打，胖子在看电影，被爽哥打得烦，说：“你干什么呢？”

爽哥边打边说：“我让你看看我是怎么打我爸的。”

这不是主动认爹么，我和下铺被爽哥智商折服，都懒得笑了。爽哥打着打着发现自己一语双关了，马上停手站到窗边，暗地里观察我和下铺的表情，见我们表情平静，以为我们没听出他话语中的问题，暗自窃喜。

爽哥主动增加了和小桃之间的聊天，还会给小桃买点零食，小桃都会接受，但是晚上吃饭的时候会给爽哥买一道鱼香肉丝什么的，多么得体的女生。

爽哥要表白了，爽哥觉得对小桃这种简单的女生，表白也要简单，写份情书就行。爽哥每晚像莎翁一样，拿着钢笔和笔记本在床上拟定初稿，写不满意了就扯下来丢在地上，写了三个夜晚，确定了内容。

但是爽哥不让我们看他的情书，我们只好拣爽哥扔的废纸，上面的话语看得我们不知所措。

我记得几段话：

我是真心喜欢你，你会得到至死不渝的爱。

(真爱如血？)

我不是说笑，我认真到想和你结婚。你就是那天上星星，一颗两颗三颗四颗五颗六颗七八颗，一闪一闪亮晶晶，最亮的那一颗。海可枯，石可烂，我们手牵着手牵着手牵着手。

(这不是《还珠格格 2》片头曲歌词么？)

如果我们今生爱不够，请让我们来生再续缘。

(这是要自杀的口吻啊，要死要活的，想吓死小桃啊。)

就记得这几句，至今仍为没能看到完整版情书而遗憾。

小桃看到爽哥的情书后，当时就哭了。不过不是感动哭的，是气哭的，她认为爽哥是故意嘲讽她，不再和爽哥说话了。

爽哥很伤心，回到寝室就睡觉，蒙着被子不知道哭没哭，下铺一看爽哥的情绪就说："我去网吧了，今晚是不敢在寝室睡了。"

爽哥为了避免尴尬，不和小桃同桌了，和胖子换了座位。

几天后，爽哥问胖子："小桃说我坏话了么？"

胖子说："没说。"

爽哥说："要是说了你回来告诉我，我揍她。"

胖子说："她根本没说起过你。"

我说："对女生你也说揍？"

爽哥说："她不仁，我不义。"

爽哥受了打击开始做噩梦，还是午睡的时候，惊恐地大喊："啊啊啊！"

我们都被喊醒了，看见爽哥满头大汗，张圆了嘴呼喊，我们没敢叫醒爽哥，等到爽哥自己吓醒，才问缘由。

爽哥说："我梦见一个白衣女子，挺漂亮的，我不知道为什么过去亲了她一口，她一抬头脸上没有肉，是骷髅，我转身就跑，她追我，后来我跑进一个楼房里，上到6楼就到顶楼了，没地方跑了，她追过来了，一边上楼一边哈哈大笑，吓死我了！"

我们说："你吓死我们了！"

2.爽哥感情史二：韩语系妹妹

大二暑假，在开学返校的火车上，爽哥认识了一个韩语系的妹妹，聊得不错，互换了电话号码。

回学校两人就天天发短信，说是韩语系妹妹，其实还大爽哥一岁，又成了什么"姐姐"。

那时候爽哥天天开口闭口"我姐她……""我姐说……"。

这个妹妹姿色一般，不过气质上比较文静，综合素质也还可以。对异性的审美上比较花痴，喜欢李俊基。

我想这妹妹要是喜好李俊基那个类型的，爽哥算是完了。

不过他们那一段时间的亲密程度，让我感觉马上就要合二为一了。

那段时间下铺、胖子还有我和女生交往，都处于劣势。

下铺闹分手，胖子失恋，我还算维稳，但地位太低，矿泉水喝什么牌的，都得听她的。

这时爽哥决定出面救市，要去韩语系对妹妹表白。用爽哥的话说是“势在必得”。

爽哥问：“你们说我用什么表白？”

下铺说：“用嘴。”

爽哥说：“我是说来点什么花样？就是给她点惊喜，英雄救美怎么样？”

胖子说：“太老套了吧，再说你怎么救啊？”

爽哥说：“你们三个假装坏人去欺负她，我打你们一顿。”

下铺说：“一打三？”

爽哥说：“咱们不是演戏么！”

我说：“上次一起去海边玩，她不是见过我们三个么？演个毛了。”

爽哥说：“蒙面呗。”

我说：“蒙面也认得出来吧。”

爽哥说：“天黑了去，看不出来，回寝室我让你们三个打回来，怎么样？”

下铺说：“去你妹的吧，她未必接受你，我们四个还都挨顿打。”

爽哥说：“那就电灯或蜡烛了。”

胖子说：“电灯是怎么回事？”

爽哥说：“就是让寝室楼的灯光组成一个心的形状，电视里演的。”

我说：“还是蜡烛吧。”

爽哥说：“行，用蜡烛摆个心形，点亮，把她带到心中间，表白。”

爽哥去超市买了一堆白色蜡烛，我们先在寝室摆了个模型，没点火。

下午4点下课后，我们在校园找到一个小亭子，附近有假山、花园、小树林。

爽哥说要在小亭子里面摆蜡烛，我们拜托里面的同学让出场地，一会儿要在这表白，同学们都很配合，纷纷离去。

摆出心形后，下铺问："她人呢？"

爽哥说："等天黑了再叫她，有太阳不出效果。"

我们就一直等。6点半的时候，爽哥打电话说："我找你有事，你在寝室楼下面等我。"

她答应了，爽哥又跟我们说："我去接她了，你们在这看着，等我给你们发短信，你们就点火，然后就离开这里。"

大约20分钟后，爽哥给我们发了条短信：点火！

下铺说："还发射呢。"

我们把蜡烛全部点燃，一个心形的火焰在夜空下闪烁。

我们看见爽哥和韩语妹妹已经往这面走来，我们没有离去，而是蹲在旁边的树林里暗中观察。

爽哥先行进入小亭，然后招呼韩语妹妹进去，韩语妹妹看到蜡烛后停顿了一下，走到心中间的时候，脸上露出了笑容，虽然情节老套，但是对于一个18岁的女生来说，还是难免被感动。韩语妹妹被感动得哭了，爽哥拿出面巾纸给她擦眼泪。

胖子说："爽哥要成了。"

下铺说："先别说话。"

韩语妹妹大概哭了5分钟，才渐渐稳定，往后退了一步说："我好意外啊，我以为你把我当妹妹，没想到你居然喜欢我，刚才我真的好感动，但是我一直把你当哥哥啊，对不起，我不能当你女朋友。”

说完转身就跑，头也不回。

爽哥呆了一会儿后，反应过来自己被拒绝了，冲着蜡烛就踢了几脚，感觉踢不过瘾，用手捡起蜡烛就往树林里扔，一个个小蜡烛像小火箭一样飞向我们，起初我们还躲躲闪闪，后来实在受不了了，跑了出去说：“别扔了，我们三个在这里面。”

爽哥看到我们，骂了声：“滚！”

然后也转身就跑，头也不回。

3.爽哥感情史三：红衣女郎与米奇妹妹

又是火车上，大三开学返校的火车，爽哥又认识了一个女孩。因为在爽哥与她的合影中，她穿着红裙子，我们就叫她红衣女郎。

红衣女郎很外向，挺漂亮的，爽哥又是个话痨，两人在火车上聊得甚欢，交换了手机号和QQ号，时有沟通，聊天内容比较暧昧。

红衣女郎总和爽哥抱怨寝室关系什么的，抱怨前男友，刚分手，说前男友是个30多岁的男子，有些变态，不过有钱。

我们一听就感觉这女的不靠谱，但是爽哥喜欢。

爽哥和红衣女郎打电话经常冷场，他总是讲一些夸张还不好笑的笑话。

比如红衣女郎问：“最近有什么新鲜事儿么？”

爽哥就说：“有啊，我们学校有两个女生，因为喜欢我打起来了，拉都拉不住。”

爽哥有时怕我们听，就到走廊打电话，但是嗓门太大，估计全楼都能听见。

不过爽哥第一次约她就成功了。约喝酒，红衣女郎心情不好，爽哥说请喝酒，一拍即合。

爽哥在寝室冷笑，说：“明天我给她灌醉，让她像死人一样，我就嘿嘿嘿……”

我下铺说：“都成死人了，你还能干什么，赶尸？”

爽哥一听就黑脸，不聊了。

第二天下午课后，爽哥欣喜赴约。

晚上还发来短信，给我们带来了来自红衣女郎的问候，而且没回寝室。

我在寝室还感慨“真是天道酬勤啊，爽哥终于铁树开花”。

第二天上午有课，爽哥迟到了半个小时，一脸疲惫。

原来爽哥昨晚让红衣女郎灌醉，不省人事了。

红衣女郎叫了寝室的女生，拖着爽哥，找了个旅店安顿好。

爽哥觉得颜面大损，最搞笑的是，红衣女郎的朋友还问，那个男生是你叫的“少爷”么？

爽哥居然把我们都拖下水了，约红衣女郎和她的朋友和我们全寝室拼酒，要报仇。

地点在星海广场，说喝完看海，我们寝室应战。

我和下铺最能喝，啤酒七八瓶，白酒三四杯，胖子和爽哥不行。

红衣女郎带了两个朋友，喝白酒像唱白水一样，我和下铺螳臂当车几下后，就被击倒，好在安全离场，但是没走几步就停下了。

晚上星海广场有大妈跳广场舞，下铺和胖子还有爽哥，就冲到队伍里，开始跳，我在边上坐着。

突然响起了宋祖英的《好日子》，非常喜庆，胖子招呼我："来，哎，走起来！"

后来我叫了出租车回学校，师傅开一会儿，我们就要停车吐，师傅恨不得给我们扔下车。

被喝傻之后，我们就不插手红衣女郎的事，爽哥单方面继续跟进，不过不敢提陪酒的事儿，换成看风景。红衣女郎来者不拒，又答应爽哥去海边一日游、烤肉。

那天爽哥穿得很帅，牛仔裤，粉色衬衫，白西服，但鞋还是绿的，袜子还是花纹的，还背了一个包，借了我下铺的相机。

大连的景点两人玩个遍，爽哥算是下了重本，成败在此一举。

回来后，爽哥洗了很多照片，照片里两人挺幸福的。

爽哥几乎把照片拿给每一个人看，连班主任都看了。

最牛的是，还去韩语系给那个韩语妹妹看，妹妹表达了祝福之情。

然后爽哥就陷入了僵局，红衣女郎不拒绝他的表白，也不同意。

爽哥慌了，四处找高人破局。因为在寝室我们劝他放弃，他就另求高人。

这些高人可有来头，一个是"鬼哥"，一个是"强哥"。

第一次领略鬼哥的风采是半夜起床尿尿，我一进厕所就看见一个人在月光下挥舞着双节棍，并且伴随着声控灯的一亮一灭，像索命厉鬼一样，我还没进厕所，就差点吓尿了。

原来这个鬼哥爱好武术，半夜在厕所习武，早上还闻鸡起舞，练习飞檐走壁，围着寝室楼跑，想顺着墙飞到楼上，结果踩得一楼都是脚印，一步也没飞上去。鬼哥出道以后，半夜上厕所的人都先敲门，看看鬼哥在里面不，免得被吓到。

鬼哥日夜习武却长期被同学欺负，我觉得这是习武之人不与常人计较，谁知鬼哥的第一个刀下鬼却是个女生。

一日鬼哥和女同桌因为座位的原因发生了口角，鬼哥口齿不够伶俐，败下阵来。那个女生不急不忙拿着水杯，边喝水边训斥鬼哥，鬼哥终于大怒，脱下袜子，一下套在女生的水杯上，说："我让你喝水。"

鬼哥的辅导员是个男的，把鬼哥拉到走廊就是几个耳光，鬼哥穿着一只袜子愤然跑回寝室。

强哥古香古色的，自称作家，专写黄色小说。给全楼的人看，谁也没看起兴，强哥自己却欲罢不能。

这就是爽哥的智囊团，在自习室认识的。

当时鬼哥的建议是："油炸了她 。"

强哥的建议是翻脸，问："我请你吃饭你就吃，请你玩你就去，做朋友不同意，是什么意思？"

爽哥听从了强哥，去说了上面的话，爽哥是真心疼钱了，态度非常激动，据说红衣女郎都要哭了。

结果可想而知，彻底拜拜。

爽哥就在寝室天天骂：“这个贱人，我就知道不行，吃、喝、嫖、赌、抽什么都干……”

半夜不睡觉砸墙，那真是“夜半鬼打墙”，我们疯掉。

大三下学期，爽哥被一个女生倒追，终于恋爱了。

不过因为总吵架，那个女生大四时被一个外校的胖子给抢走了，那胖子总穿花裤衩，所以人称“花裤衩子”。爽哥一度想揍花裤衩子，可是大四时我们寝室就剩下爽哥自己。

据说那天，爽哥拿着一把扫帚，鬼哥拿着双节棍，追了花裤衩子几个校区。

强哥拿一把扇子，在后面喊：“爽兄，鬼兄，你们莫乱跑……”

爽哥失恋后，追另一个女生，米奇妹妹。

她是我们班里的，很甜美的一个小女生，特单纯，上课画米老鼠玩，因此得名。

她和爽哥关系还不错，还戏称爽哥“爷爷”。

就是这么好的一位姑娘，爽哥居然起了歹心，和鬼哥、强哥密谋了很久，制订了一份周密的计划。

爽哥预计到这是一场艰难的战争，可能要持续很久，就是死缠烂打。

终于在一个周末，战役正式打响，邀请米奇妹妹看电影。

结果战役开始一分钟就结束了，米奇妹妹说：“宁肯死，不爽哥。”

鬼哥、强哥泪涟涟，爽哥伤心绝食。

我一点也没吃惊，到寝室看见爽哥躺在床上，一副对着墙睡觉的样子。

我说：“干吗绝食啊？”

爽哥说：“活够了，死了算了。”

下铺说：“那也不用死这么慢啊，跳楼呗。”

说完我们就不打扰爽哥了，想去校园转转。

爽哥问：“你们去哪，给我带一份鱿鱼盖饭。”

这次绝食长达20个小时。

4.爽哥感情史四：倒追女

读到大三，我和这个倒追女说话没超过三次。

印象中她一直在学习，是目标很明确、成绩优异的那种女生，外表比较一般，反正不丑，身材偏瘦，只是皮肤干枯，有点儿显老。她的表情总是很严肃，偶尔在教室对视，感觉她眼神空旷，一副生无可恋的样子。

大三下学期听说她和爽哥暗中有往来，我感觉是说笑，没当真。

第二天发现爽哥路过她的座位的时候，拿了她桌子上的一块饼干 。

第三天发现倒追女开始化妆了，第四天穿高跟鞋。

然后两人就公开了恋情，我们寝室是最晚知道的。

那时候一有时间，爽哥就和倒追女缠绵，在楼下接吻，自以为找了个视觉死角，其实全班同学在窗户旁都看得见。

在寝室爽哥总傻乐，做梦都笑醒，我们问他乐什么啊？

爽哥说：“今天在小亭子里，我摸她胸了，各种占便宜啊。”说完自己笑个不停。

我们就晕了，都成男女朋友了，还用“占便宜”这个词？

隔壁寝室有个男生，女朋友很猛。两人晚上吵架，男生没吵赢。回寝室打电话吵第二架，男生又没吵赢，晚上在被窝里哭。这事儿成了笑柄。

还有胖子，总说他有个两小无猜的“妹妹”很漂亮，看过照片，的确漂亮，有点像林允儿那种。胖子明显暗恋她，嘴上不承认，后来“妹妹”去上海上大学，交了男朋友，晚上发照片给胖子看。胖子当时就沉默了，半夜哭得像狗似的，哭得我睡不着，想拿被子闷死他。

有了上面的教训，爽哥和倒追女交往的初期，试图让自己站在主动的位置，天天很牛的样子。

我们下午课后，一般在寝室打牌，等着晚上再吃饭。

正玩着，倒追女给爽哥打电话，说要吃饭。

爽哥不耐烦地说：“玩着呢，等会儿再说。”挂了，然后狠狠地扔下电话。

我说：“你就去吃呗，扑克什么时候玩不行。”

爽哥说：“不去，就是这么强硬。”

我下铺就说：“你看着吧，离黄不远了。”

爽哥那时候手机丢了，弄了一个黑白屏幕的小手机，也不喜欢拿出来，总放包里，经常听不见。一到吃饭时间，就听见倒追女在寝室楼下喊：“爽哥……爽哥……爽哥……”声音极其怨念。

然后爽哥不紧不慢地走到窗前，伸头说：“等一会儿。”再缓慢地走下楼去。

倒追女可能因为比较高傲，在寝室里受排挤，愁眉苦脸的，和爽哥好，可能是想让爽哥为她出头，爽哥那时候是男生中的大哥。

在一次遗产事件后，爽哥就成了公认的大哥。那时爽哥家里有个长辈去世了，给亲属的孩子都留了点钱。

爽哥那部分少了点，可能因为年纪大吧，比他小的反而拿得多。晚上爽哥给家里打电话，吵起来了。

我们听见他在寝室走廊大喊："我告诉你们，咱们家这些孩子以后肯定我最强，他们几个谁也不行，谁也不行！"

当时怕影响爽哥，整个楼里没有一个寝室敢出声，停电了一般，爽哥上位。

后来倒追女在寝室又被欺负了，爽哥决定给那些女生一个下马威，方式是在教室里敲桌子，算是指桑骂槐吧，只能这么理解了。

早上到教室，爽哥酝酿了一下情绪后，就边骂边用拳头敲桌子。

我趴在桌子上睡觉，还以为地震了，抬头一看是爽哥，就让爽哥停。

爽哥说："不用管我，你看着，今天肯定出事儿。"

结果老师一进教室，爽哥就老实了。

爽哥特别做作，一次在食堂和倒追女遇见胖子和女友，就喊他们坐过来一起吃。

吃完了大家一起聊天，爽哥给胖子偷偷发短信，说："你们先走吧，我们要独处。"

胖子很理解，就和女友说："我们出去转转。"

这时候爽哥却假装挽留说："外面多热啊，坐着聊会儿天呗。"

胖子说，当时看爽哥那副嘴脸，都想把桌子掀了。

爽哥和倒追女，一出校门就是去小旅馆，连超市都没去过。

那些事儿都算隐私吧，爽哥每次回来都详细复述，说自己一夜几次，一次一个半小时，原话是："一个半点不下线。"

刚炫耀完，没多久就出乱子了，先是出来一个老家的前男友，差点给爽哥来个绿帽子。

天天穿绿袜子，终于"天道酬勤"。但爽哥不分手，与天斗与地斗，其乐无穷。

那之后，他们就天天吵架，每次路过倒追女身边，地上都是一堆面巾纸，她每日以泪洗面。

爽哥一直威胁其前男友，敢来大连找倒追女，脑袋打掉。

不过很快爽哥又相信倒追女是无辜的，是前男友死缠烂打，两人又恢复了甜蜜，终于也像对情侣了。周末去逛逛街，爽哥也给她买点东西，一开始爽哥还乐在其中，钱花多了后，爽哥就变了脸，一次买了盒100多的减肥茶，在寝室骂了一晚上。

出去玩回来也不讲隐私了，回来就算钱，花多少、谁花的，发现自己花多了，就开骂。我们一看他们像中年夫妻一样互相斗，特别是斗钱，就想乐。

我们和倒追女少有接触，和爽哥相处一段时间后，她加了我、下铺和胖子的QQ号，胖子接受了请求，我和下铺连礼节都不管，直接点了拒绝。

反正那段时间爽哥和倒追女也算甜蜜过，甜蜜到爽哥没事儿还研究一下健身，买一个80公斤的杠铃在寝室练。

一般都是半夜练，有时候手滑，杠铃掉地上，真是吓死人。

160斤的东西砸在地上，很多人以为地震了，穿着内裤就跑出寝室。

爽哥看个电影《暴力街区》还要学习跑酷，问我："大连跑酷的多么？"

我说："就知道跑业务的挺多的。"

爽哥家里知道他有女朋友，因为爽哥总是增加生活费。

大三下学期的五一假期，爽哥把倒追女带回家了，像介绍未婚妻一般，拜了一圈亲友。

结果回校不久，就又闹上了，因为一些琐事。

那阵子爽哥态度特别不好，总听女生说，倒追女晚上在寝室哭，说爽哥对她不好。

好像这时候，倒追女的校外闺蜜心疼她，劝她分手，还给她介绍了一个男生，就是后来的花裤衩子。倒追女也想开了，决定跟爽哥分开。

爽哥以为自己绝对强势，一直牢牢地掌控局面，这下子傻了，开始拼命挽回，给倒追女买吃的、洗衣服，还在夜市地摊给倒追女买了一堆"金银首饰"。

洗衣服时爽哥怕我们笑话，都在半夜偷着洗。一次上课，班主任说院里有校风检查之类的，让我回去整理一下寝室。我回去看爽哥床挺乱的，就想给他收拾一下。结果一看，被窝里好几个胸罩，枕头下面都是袜子。

我把寝室门锁上，谁也别来检查了。

这位花裤衩子对倒追女一见钟情，短信和QQ不停地示好，倒追女正好在空虚期，两人进展不错，当然爽哥不知情。

她对爽哥越来越冷淡，爽哥计划用一次浪漫KTV挽回。

那天爽哥从KTV回来说取得空前的成功，说自己“假哭”感动了她，赢得了一次谈话机会，说自己是金马影帝。

不过倒追女的版本是，爽哥哭成狗了，她没反应，爽哥就跪下了，还用KTV的烟灰缸，不停地打自己的脑袋。

我更相信后者，因为爽哥脑袋上还真有包。

爽哥去和倒追女谈判，结果不太理想。

爽哥说：“我们决定先半分手（注意是半分手），一年以后彻底分。”

我到现在也不知道这句话什么意思。

之后倒追女和花裤衩子就确定了关系，这时爽哥才知道，气急败坏。爽哥就组织鬼哥和强哥要揍花裤衩子。一次听说花裤衩子来了，找了一天，最后居然没找到，其实那花裤衩子就在图书馆和倒追女看书。

大四时，我周末还是回学校待着，在寝室聊聊天，到中午准备吃饭。

爽哥说：“不用出去买，你吃什么？鸡腿饭行不行？等着就行。”

然后爽哥出去一趟，几分钟就回来了。

半小时后，有新生来送饭了。

毕恭毕敬地说：“爽哥，饭来了。”爽哥给他钱，他都不敢要。

看见我还问候：“哎呀，孙爵哥也回来了啊。”

我根本都不认识他。

吃着吃着，又有别的新生来了，气喘吁吁地说："爽哥，花裤衩子来了!"

爽哥说："行，小五，我知道了。"

我就彻底懵了，这都是谁啊？还有通风报信的！

我在学校也观察了一下花裤衩子，他的学校离我们学校有一个半小时的距离，他下午4点多准时过来陪倒追女去图书馆看书，6点多一起去吃饭，吃完回学校，来回三个小时，每天不间断，而且倒追女说什么是什么，绝对听话。

我一看，说："爽哥，这次你就认栽吧，也别总想找机会揍人家了，这哥们儿挺好的。"

一年后，爽哥毕业求职不理想，后来去沃尔玛超市工作，缓兵之计，挺正常的，毕竟是500强企业。

不过爽哥一次遇见前女友（倒追女）和前情敌花裤衩子逛沃尔玛。

三人还说话了，花裤衩子已经是公司小领导了，炫耀说："不然，我给你安排个工作吧？"

爽哥受打击了，回来就喊我去喝酒，说什么要重新做人。

第二天辞了沃尔玛的工作，我以为爽哥这次真开化了。

过了一个月，听说爽哥换新工作了，家乐福。

有事就送一箱奶

其实爽哥是个很勤奋的学生，但是不知道为何，班主任和各位老师，都看不上他。

他就是老师说的“一瓶子不满，半瓶子咣当”。

爽哥喜欢问老师各种问题，听起来很有志向，比如：“××考试满分是多少？××最高分记录是多少？”

老师上课推荐什么书籍，他就找老师借来，然后放在寝室不看，要来听力CD放在寝室却不听。

不过他积极的假象，迷惑了很多老师，包括教我们主课基础日语的白教授，一天他对我们班主任说：“你们班爽哥，你注意一下，这孩子不错。”

此外还有几位老师，也表示过对爽哥极为看好。

因为他积极表现，老师们都喜欢提问爽哥，这一提问就知道，这哥们什么都不会，就知道胡诌八扯。

学外语难免动嘴，天天早上轮流演讲（日语），题目自选。

人家都讲什么文化、留学等话题。我们寝室，胖子讲“大连水鬼”，下铺讲“二战德国”，爽哥讲“农村之冬”。但是没讲出来，一站在讲台就乐，一个字没讲呢，自己差点乐断气了。老师给他三次机会，他一次都没浪费，每次都笑个够。别的同学都碍于面子不好意思笑，甚至还给予鼓励的掌声，我们自己寝室的可不管这套，下铺都乐得掉椅子下面去了，老师气得看我们咬牙。

我当时看美剧《绯闻女孩》，演讲题目就是“Gossip girl”。

我的电话铃声很长时间就是绯闻女孩片头那段：“Who am I? That's a secret. I'll never tell you， you know you love me. Gossip girl……”

可见当时寝室的风气如何。

班主任讨厌爽哥，因为他总和女生吵架，班主任就是女的，肯定讨厌这种行为。一次我们寝室四个都迟到，班主任站在教室门口，大喊了一句：“干什么去了？”

但是，我们发现班主任只盯着爽哥一个人，我们仨试探性地往教室走，她果然无视我们。

班主任继续对爽哥喊：“干什么去了？”

后来大家都知道，迟到的时候，不要跟爽哥一起走。

爽哥为了自保，和老师套近乎，曾经先后三次给班主任、公共课老师、日语课老师送奶。

同学圈中称“送奶门”。

第一弹是经济学老师。一次考试爽哥得了25分。虽然不是正式考试，但是爽哥天天跟老师吹牛，问问题，老师当他是自己的得意弟子。考试的时候，还特意在他边上站了一会儿，看见爽哥各种不会答，当场就生气了。

寝室找了一首《爽哥之歌》以表达敬仰之情。

下铺选的歌是说唱歌手弗洛·里达的《Sugar》，他读这个单词为“爽哥”。

晚上只要高兴，就关上寝室门，跳《Sugar》。

下铺手里拿着吃肯德基送的小老虎领舞，大家高唱：“Da ba dee da ba da！Sugar爽哥，Sugar爽哥，So call me your sugar爽哥，So call me your sugar爽哥。一起来！Sugar爽哥！”

跳得爽哥躺在床上装死，像部落里有人垂死了，几个巫医法师围在他床前跳舞。

第二天，爽哥下课还去问问题，老师说：“你自己回去看！”

回到寝室爽哥就慌了，问我们怎么办？

我们让他买点东西，去找老师认个错。

不过爽哥心疼钱，不想买太贵重的东西，当然贵重的东西也不合适。

最后锁定送奶，问我们行不行。

下铺说：“可以的，学生也没有经济来源，送东西就是个心意。”

可是，爽哥图便宜，那天超市伊利搞促销，买一送一，爽哥买了两箱优酸乳。

一箱原味的，一箱草莓味的。

爽哥留着原味的自己喝，草莓味的送给老师。

那个老师都七老八十了，喝奶也是纯牛奶。

爽哥去送奶那天，老师不在家，他留了一张便条，放在门口就走了。

想想都可笑，邻居看见这老头，都快退休了，还收学生草莓味酸奶喝。

第二天，老师课间到我们班两趟，问："爽哥呢？"可惜爽哥都不在，不然老师在气头上，能搧他。

第二弹是我们班主任。

一次爽哥逃课到校外网吧，出来的时候，正巧遇见班主任。

爽哥刚出去网吧半个身子，就与班主任对视了。爽哥卡住了，不知道是退回网吧装没看见好，还是走出去好。

最后爽哥镇定了一下，心想，任课老师我都搞定了，不差你一个班主任了。

两人走到一起后，还没等班主任开口，爽哥就洒脱地说："你想吃啥？"说着指旁边的一个饭店，意思是他要请客贿赂。

班主任说："我想吃大虾。"

爽哥感觉大虾挺贵，但还是狠心说："走！"

班主任说："你给我回学校去！等着我收拾你！"

爽哥回寝室又慌了，问怎么办？

之后决定又送奶。

这次爽哥学会变通，买了一箱纯牛奶和酸奶，打包送给班主任。

班主任是不领情的，好在那天她男朋友在家，且为人忠厚，劝她，爽哥才得以平安。

第三弹是主课老师白教授。

基础日语课结束后，他继续教我们商务翻译课，爽哥学得一塌糊涂。

考试的时候又不行，最后一道题是作文，写一篇日文商务信函。

爽哥写了开头语就黔驴技穷了，只好接着写："老师，我家是农村的，条件非常困难，家里好几个小孩，家里已经迫不及待等我毕业工作了，求您不能再让我挂科了啊。"

白教授自然是生气了，上课点名批评爽哥："耍小聪明，不诚实，旁门左道。"

这次爽哥回寝室谁都没问，自己就知道应该送奶了。

白教授虽然不吃这套，不过他是日语学到骨髓之人，非常注重表面礼节，让爽哥进家里坐了一会儿，说："咱们课上是师生，课下就是朋友。我看这两箱奶也挺沉的，就不让你再拎回去了，你们寝室喝酒么？"

爽哥认为喝酒的学生不是好学生，说："不怎么喝。"

白教授问："一般你们谁最能喝，能喝多少？"

爽哥说："下铺最能喝，能喝一两瓶（啤酒）。"

白教授以为是白酒，说："还挺能喝啊！"

之后给爽哥带了两瓶日本拿回来的清酒，客气地说哪天一起去吃饭喝酒。

回来之后爽哥就各种吹，说白教授对他视如己出，说："不管爽哥你成绩如何，在我老白心中，你永远是我的Number One！"

爽哥说不知道白教授对自己如此厚爱，感觉对不起他，一直没把最好的自己展示出来，说得都要哭了，不知道怎么报答师恩。

下铺说："下次白教授上课的时候，你把所有不及格的卷子都顶头上，白教授一进门，你就跪下喊，儿子不孝啊！"

爽哥说："你滚！"

爽哥为了保护自尊，给老师送奶的事情，不想让寝室之外的人知道，就差逼我们发誓了。

下铺、我、胖子，真的没走漏过半个字。

但是一天，对面寝室的男生知道了，爽哥雷霆大怒，说寝室出了叛徒，质问我们："是谁说的？"

没人回应。

爽哥去对面寝室找人来，当面对质说："你怎么知道我给老师送奶的？"

对面寝室的人回答："咱们去洗澡，你自己告诉我的啊。"

爽哥说："不是，不是，你一定是从我们寝室这儿听到的。"

对面寝室的人说："对啊，就是从你这儿听的，当然是你们寝室。"

爽哥无言以对，但是拒绝承认。

爽哥最经典的贪便宜事件，还是下铺一手安排，造成的"蛋蛋门"事件。

那时正逢爽哥接连追女生受挫，在寝室闹绝食。

下铺为了让他的情绪得以发泄，帮他找了一个漂亮的姑娘。下铺考虑到爽哥可能会拘谨，给他限制时间的话，不好发挥，就给他安排了包夜，慢慢来。

包夜的费用是1000多块，爽哥又开始心疼钱，尽其所能地让下铺这钱花得值。

早上7点爽哥返回寝室，气色还成。

下铺问："昨晚那个美女怎么样？"

爽哥说："挺好的。"

下铺说："你和她玩了多长时间？"

爽哥说："到早上4点。"

下铺说："打扑克什么的不算，我是问那个。"

爽哥说："我懂你的意思，就是那个到4点。"

下铺说："有点过了。"

爽哥说："你钱都给了，我不能让你白拿啊，我现在腰疼，腿也软。"

下铺说："别上课了，在寝室休息吧，你这个过度了。"

爽哥说："不用，我这就去洗漱。"

爽哥把毛巾挂脖子上，拿着脸盆就走了。

胖子说："爽哥心情好多了。"

下铺哼着小曲，说："我就是心灵捕手。"

下铺没得意几分钟，爽哥就回来了，把脸盆扔在地上，锁上寝室门说："出事儿了。"

我们问："怎么了？"

爽哥说："我少了一个蛋蛋。"

我说："没懂你的意思。"

爽哥说："本来不是一个人两个蛋蛋么，我刚才尿尿一摸，就剩一个了。"

下铺说："这个笑话挺冷。"

爽哥快哭了，说："真是，我的蛋蛋真少了一个。"

我们看爽哥的情绪不像假的。

胖子确认问："你是说，医学上叫'睾丸'的那个，少了一个？"

爽哥说："是，这是怎么回事儿啊？"

我说："你确定么？再找找看。"

下铺说："你是不是一直就一个？"

爽哥说："昨天还两个，现在就剩一个了。"

下铺说："胖子你电脑开着，你百度一下，做多了，蛋蛋能融化么？"

胖子开始百度，我们紧张地等。

胖子说："百度上没有答案。"

我说："去医院吧，这事儿不小。"

胖子说："请病假啊。"

下铺说："请什么病假，这事儿能说么？"

我说："胖子你去上课，班主任问我们三个哪去了，就说昨晚上在饭店吃饭，下铺钱包丢了，包里有不少钱，我们三个去找了。"

胖子说："行，我吃完早饭就去找班主任请假。"

下铺很紧张，是他安排爽哥的，出了事儿他是要负责的，就骂胖子说："胖子你说什么？你还要吃早饭？？你没长心是不是？都什么时候了你还吃饭，爽哥的蛋蛋都没了。"

胖子说："那我这就过去。"

我用电脑查了几个男科医院，开始打电话询问。

我说："您好，是王医生么？"

对方说："是，你好。"

我说："我想咨询一下个人情况，您有时间么？"

对方说："请讲。"

我说："是这样，我和女朋友半年没见了，昨天晚上终于团聚，晚上一起睡的，那个……"

对方说："是不是因为过度而出现症状了。"

我说："是。"

对方说："这个我见多了，你怎么了？"

我说："那个，那个，蛋蛋少了一个。"

对方说："什么？少了一个？哪去了？"

我说："我这不是问您么。"

对方说："少了一个，另一个还在正常位置么？"

我说："在，医生，那个是不是化掉了啊？"

对方说："不能，你以为是汤圆呢？肯定还在身上，就是不知道哪去了。"

我说："医院能治好么？"

对方说："能，能，这样，有没有时间，10点过来，先检查一下。"

我说："有时间，再问一下医生，这个得花多少钱啊？"

对方说："钱？蛋蛋重要还是钱重要？"

我说："蛋蛋重要。"

对方说："那不就得了，准时来。"

我们三个一言不发地到了那个医院，诊断室里坐着一个秃顶男，西装革履的，一点不像医生，像售楼处的置业顾问。我问："王医生？"

秃顶说："是我。"

我说："我是刚才给你打电话的那个，现在我过来了。"

秃顶说："我知道，你们三个，谁要问诊啊？"

爽哥向前迈一步说："我。"

他带爽哥到里屋，还拉上帘子。

10分钟后爽哥和秃顶出来了。

秃顶说："你们啊，小年轻的要注意节制，女朋友又跑不了。事儿不大，是疲劳性回缩（大概是类似说辞），位置上移了。休息休息就好，以后要注意了。"

回到寝室后，下铺四处看床底下。

我问："你找什么呢？"

下铺说："寝室还有成箱的奶么？让爽哥给医生送去啊。"

这人不像好人啊

寝室四个人除了我之外，感觉没有一个正常的。开学那天按照名单，只剩凯文一个人没来了。其实他早就来了，去海边玩耍去了。天黑的时候，寝室又进来一个少年，也不说话，径直奔着一张床走去，坐下之后，拿出一包烟，点上一根，那是最后一根烟，然后把烟盒随手扔在地上，疲惫地吐了一口烟雾。他长得还可以，不过是个小光头，像刚被劫狱救出来的。还没等我们说话，他一拍大腿说："我忘买烟了！"

胖子拿出一包烟，说："我这儿有。"

他瞟了一眼说："我自己去买吧。"

他走出寝室之后，爽哥说："这人不像好人啊！"

第二天早上，我们才问他："同学，你是凯文么？"

凯文点点头，骄傲的表情似乎在说："没错，正是本宫！"

之后，点燃一天中的第一根烟，又说："为什么学校的床都是上铺，天天上上下下，累不累啊？没有带下铺的那种么？"

我环视了一下寝室说："好像除了上铺，只有地铺了。"

凯文说："我要找学校说说，我可不这么睡四年。"

凯文是真神，真弄了一个上下铺回来组装，跟我商量说："咱们睡一侧，换这张床，你还睡上铺，我睡下铺，行么兄弟？"

本来就都是上铺，我说："行。"

凯文就成了我的下铺。

1.互相黑的历史

跟下铺现在还能保持联系，纯属当年互相黑出的感情。想想大一时，真是有可能闹僵。当时我看不惯他，一副少爷相，总打发别人干这干那。

一次周末，我准备出门，他说："你给我带一张100元的充值卡呗，我电话要欠费了。"

举手之劳，我说："行啊。"

下铺递给我钱，我就出门了。

下铺在后面喊："哎，哎，我感觉你没明白我的意思，你一会儿先把充值卡给我送回来，然后再出门，不是等你回来再带给我。"

我听了比较生气，哪有这么麻烦别人的，我把钱扔给他说："你自己出去买！"

军训尾声，附近寝室偶尔有男生过来聊天，主要是听下铺讲"如何追女生"，那哥们儿给下铺孝敬了一袋瓜子，打开一看中奖了，下铺说："兑奖去吧。"

那哥们儿颠颠地跑去超市，回来一看又中奖了，下铺说："再去兑奖。"

那哥们儿又跑出去了。

胖子说："你太欺负人了。"

我说："这哥们儿老实不说，脑袋也不好使，他可以在超市把包装都撕开，刮到没有奖了，再回来。"

下铺看我一眼说："这是高中被大哥遛三年总结的吧？"

我没回话。

没过几天，下铺晚上在寝室吹牛，说他高中是个混子，而且是个城府很深的混子。一日他路过敌对高中，校门口几个小流氓认识他，并用言语嘲讽他，下铺当时很稳，呵呵一笑就走了，任由那些人嘲讽。

走了没多远，下铺打了几个电话，叫来一百多位兄弟，杀了个回马枪，原话是："那些小流氓差点没给我跪下，然后挨个叫爷爷。"

我说："你都给他们揍了，还挨个叫他们爷爷？"

下铺很不赏识看我一眼，说："你傻吧，是他们叫我！"

我说："你语义不清，怨我？"

下铺用手指对着脑袋转圈，说我："稍微有点智商，都不能像你那么理解吧。"

胖子打圆场说："无所谓的事儿，无所谓的事儿。"

最危险的一次是因为爽哥。要不是爽哥太怂，也许会大动干戈。

爽哥的为人已经说过数次，的确让人难忍，下铺是个急性子，有时骂爽哥，当时大家刚认识，听着很不客气。虽然我们后来总骂爽哥，但那是因为时间久了，开玩笑。

那天军训，我们这队走得不好，被教官骂了几次。爽哥因为头有点大，帽子总掉在地上，而且总走错步点，下铺红脸骂了他一句，爽哥没回话。

我想在寝室就算了，在外面骂爽哥有点过了。晚上下铺不在寝室时，我对爽哥说：“这小子太烦人了，你要是跟他干，我肯定帮你。”

胖子没表态，爽哥也没在意，一天不跟下铺说话，后来又恢复了关系。

我对此消气是在军训结束时，各个院系大评比那天，下铺的激情震撼了我。

比赛结束后，公布名次的时候，我们都竖起了耳朵。

为了保留悬念，名次是倒着公布的，从优秀奖到一等奖。

优秀奖公布完了，没有日语系，用排除法推算，我们进前三名了。

公布第三名的时候，有些学生大喊：“没有！没有！”

他们的意愿是三等奖没有日语系，这样日语系能进前两名。

结果，三等奖里真没有。

这时候，下铺不知道为什么积极了起来，站在最前面，振臂高呼：“没有！没有！”

公布二等奖的时候，领导每喊出一个系名，大家都跟着下铺喊：“没有！没有！”

下铺就像唱诗班的领唱一样，他唱一句：“没有！”其余人就唱：“没有，没有，没有！”

当然，其中也包括我。

系主任都过来跟着我们一起喊，教官喜笑颜开，惹得全院围观，都有其他系的老师过来恭喜了。

二等奖也没日语系。第一名了？只能这么解释了，大家安静下来，只等庆祝那一刻。

奇怪的是，一等奖也没有日语系。

我们问："日语系呢？"

系主任像被狗撵了一样，冲到了领奖台理论。

片刻后麦克公布："补充一下，刚才没读到啊，日语系获得优秀奖！"

全场一片唏嘘。

下铺飙了句脏话，落寞地走了。

回寝室后，我调侃起来，说："胖子，大连客运站到开发区的客车怎么拉客来着？"

胖子会意，喊着："发区！发区！发区！发区！上车走啦！"

我学着喊："发区！发区！发区！位置有要没有！没有！没有啦！"

下铺急了，跟我说："你找事是不？好笑么？"

我没说话，去走廊笑了一顿，觉得这哥们儿其实挺逗的。

没过几天，我又后悔了，发现他是个精神病。

我在隔壁寝室跟人家打牌，到我出牌时，我喊出："3个7！"

下铺正好路过，进门就喊："好！3个7打得好！我们寝室孙爵，天生就有3个7的气质！"

我说："你精神病吧？"

对面寝室有一位蒙古族同学，话不多，总爱来听我们说话，捡笑儿。

逐渐也混熟了，一个周末，下铺早上推开对面寝室门，发现就剩蒙古族同学在那里躺着。

下铺说："哎？你怎么还躺着呢，还不出去打猎啊，你今天不吃饭了？"

然后被蒙古族同学狂撵。

还有一天在食堂，师傅炸了薯条，他知道这个很受欢迎，逢人就热情地说：“来点不？”

下铺说：“我不吃土豆。”

师傅说：“这个是炸的薯条，好吃啊！”

下铺说：“那还不是土豆么？”

师傅的热情被打消，蔫了起来。

我说：“你有病吧，跟师傅装什么？”

下铺说：“我怎么了？不吃还不行？”

晚上下铺不想去食堂，让我给他带饭，他那时总是让我们带饭，理所当然的。

我决定让他长点记性，跟食堂师傅说：“来一份烧饭，除了油什么都不放，连盐都不放。”

师傅说：“你？确？定？”

我说：“确定。”

果然下铺吃了一口就扔了，晚上挨饿度过。

爽哥拍手叫好：“对，你就得这么治他！装少爷！”

终于有一天，下铺因为不去食堂吃饭，天天在寝室靠喝奶撑着，胃受不了，吐了一顿，而且吐的都是奶，没有任何杂质。

我说：“有钱人家的孩子啊，吐的都不一样，都是奶。”

下铺说：“滚！”

通过这事儿我感觉到，他只是单纯的懒而已，并不是成心让谁给他跑腿。

下铺有多懒惰，每天回寝室往墙上挂裤子，就差一点点挂不上，只要他翘脚或者伸一下脖子，就能挂得上。但是他就是不动弹，非让我在上铺给他搭把手。

最开始我还帮他挂一下，后来就装看不见，他居然喊胖子帮他挂。

他每天早上都起不来，但是闹钟定得却很早。从6点就开始响，一直到7点，每隔5分钟响一次，他有的时候给闹钟按一下休眠都拖延，就让它一直响。

我说："起不来就别定闹钟，天天早上这一个小时，睡得我上火。"

听说他暑假在家，每天就对着电脑玩游戏，他妈每日出去打麻将，走之前都把午饭和晚饭做好，不然他能饿死在家。

在寝室他也是这样，饿的时候，就找人出去给他买吃的。

后来二楼有哥们开了个寝室超市，下铺天天晚上从窗户喊超市（懒得走到二楼），让超市给他送点吃的。

懒人还是占多数的，每到晚上，就有一群人喊"超市，给301送一碗泡面"诸如此类的声音，此起彼伏。

一天领导晚上巡视，听见之后，通知班主任下令，晚上不许喊超市，以免打扰别人休息。

除了吃之外，下铺去水房洗衣服也是新闻。

他观察我们，如果谁去洗衣服他就说："哎，哎，帮我顺手洗一点呗？"

胖子和爽哥都是朴实之人，都会说："行吧。"

然后下铺从柜里拿出一堆来，胖子和爽哥说："滚，这叫顺手洗一点？当我们是干洗店？”

下铺还有一个惯用伎俩，就是别人用盆泡衣物的时候，他顺手扔里面点袜子背心什么的，这样别人就会当自己的洗了。

等到别人发现是他的，就拿出来说：“不好意思，我放错盆了。”

我每次都检查盆里的东西，如果有他的，就扔回去。

然后我发现，他根本就没有盆，就一个洗脸盆，里面空空如也，连毛巾都没有，就一瓶清扬洗发水，再仔细一看，洗发水还是我的。

我就推断他每天早上都是怎么洗漱的。

牙刷牙膏他有，在柜子里，洗面奶用胖子的，洗发水用我的，但是毛巾呢？

好在他头发短，洗得湿漉漉的回寝室，站在窗户边上晃头，等风吹自然干。

就像小学时，总听张惠妹的《牵手》，里面唱：“谁负责轰隆隆的节奏，快出来自首，一起到遥远的外太空去甩一甩头！”

下铺对我开始佩服，是因为爽哥。

开学时，我问老师：“咱们学校食堂饭菜好吃么？”

老师说：“好吃啊！不好吃，你就把餐盘扣桌子上抗议！”

食堂饭菜真的难吃，我们就发动扣餐盘运动。

那天我们一二三“扣”，啪、啪、啪把餐盘都倒扣在桌子上，唯独爽哥说：“我把肉吃了再扣。”

回寝室后，我大骂爽哥：“要不你就吃了，要不你就扣了，你把肉吃了再扣是什么意思？这不就是明明都跪下了，嘴上还喊不服么？”

下铺说：“兄弟，说得好啊！”

那时下铺因为失恋想不开，理了一个接近秃子的发型，等长出一点儿头发后，毛茸茸的像小狗似的，我就总想摸。

但是下铺很忌讳，有人在教室摸他脑袋，就被他骂过。

我每天晚上都要吃一块巧克力，随手掰给下铺一半，他接过去就吃，然后我再摸他脑袋，他就不好意思说我。

我每天给他一半巧克力，每天摸他脑袋玩儿。

突然一天，下铺没有接我的巧克力，说："我现在突然觉得，你这个人好可怕！"

后来下铺报复我。

有一天下午没课，我们在寝室喝了点啤酒，都困得睡倒在床上，那天偏偏有个跟日本某大学的交流活动，晚上要求去教室集合。

胖子说要请假，但不知道怎么说，我说："把手机给我，我来。"

我用胖子手机给老师发短信："老师！我们为了迎接日本朋友，在寝室练小提琴，昨天练了一夜，有一个滑调太难了，我们到现在也没练出来，然后我们准备睡觉了，晚上就不去教室了。"

老师直接跑到我们寝室砸门，下铺说："说好啊，不管她怎么说，今天就是不去。"然后开门。

我想说，我还没穿衣服呢，我习惯裸睡。

老师进来后，他们就乖乖地下床了，就我还继续躺着。

老师以为我在跟她闹事，说："你下不下来？"

下铺也跟着喊："下来！你在这假装听不见，跟谁装呢？"

我实在没办法，说："老师，我没穿衣服。"

下铺恋爱后，每个周末都是各种商场消费数千元。一回学校，就省得跟狗似的。

管钱的是他女朋友，规定他一天10元零花钱，买烟都不够。

他就拿我做文章，什么钱借我了、请我吃饭了、请我喝可乐了。或者去洗澡，我没带钱，去买雪糕，我没零钱，反正钱都给我花了，再找女友要钱。

除了钱之外，玩游戏也是我教的，逃课也是我组织的，等等。

所以，他女友，特别讨厌我，说我是个贪小便宜的伪君子。

我都忍了，反正他女朋友么，对我啥印象也无所谓。

大一的时候，我学习还是很努力的，拿了一次奖学金，去领钱的路上，正好遇见他们两人，下铺问我："干什么去？"

我说："领奖学金去。"

然后就各走各的了，听见背后他女友用不屑的口气说："就他，还拿奖学金？"

一天，下铺回寝室，拿了一些锅巴，说她女朋友买的，给大家分。

我就吃了一点，吃着吃着，感觉嘴里有东西，一口吐了，好像一粒石头掉在地上。仔细一看，是我的半颗牙。

他女友听说我吃锅巴牙掉了，眉开眼笑，说："活该！让他贪小便宜。"

不过通过接触，我给自己洗白了，他女友发现我这人还算靠谱。

一天下铺回来，哭笑不得地说："乱了！乱了！"

我说："咋了？"

下铺说："我女友今天说，让我稳定点，能不能跟你学学斯文。"

我说："你怎么说？"

下铺说："我说，他斯文什么，在外面像个人似的，在寝室谁都骂，骂我，骂爽哥，简直是寝室恶霸。最气人的是，我跟她这么说，她不信我！"

不信他是应该的，因为他本就是张口就来的人。

大一和他出去，热得难受，我说找个地方休息一下，找个水吧什么的，结果那条街一家都没有。下铺就带我去了一个很高端的房产公司，去了就说："来，把你们最好的户型拿出来，面积要大。"

他们一听，就让我们坐沙发，喝茶，吹空调，来了个美女经理亲自招呼。先是拿了一个90多平米的房子，让下铺看。他真像要买一样，评头论足的，然后说："有点小啊，度假用，我家人多。"

那个经理就不停地找大房子，最大有120多平米的，下铺还说小。

最后下铺问我："休息好了么？"我赶紧点头。

下铺就说："这样，我给你们留个电话，你们有合适的给我打电话，最好是150平米左右的。"然后留个假号码，那经理还毕恭毕敬地说："哎哟，这号段是北京的啊。"

出门的时候，下铺还跟我说："孙总，我知道你一直没说话，是不同意我在大连买，你说在威海买，但是我觉得，威海房价升值的空间远远不如大连。"

估计那经理也是半信半疑，背后没少骂我们。

下铺也挺时尚，大二的时候，还烫了几个发型。

不过下铺的头发很特别，烫发之后，洗一次头，效果就没了。烫一次怎么也要花200多吧，这200多其实就是做个一次性造型。学校总有人说自己有钱，不过没人有下铺这本事，一个造型就200多，一洗就没了。问题是，他自己还不知道，总感觉自己变帅了，总问我："这次烫得还行吧？"

我说："感觉没区别啊！"

下铺就说："不可能，你再仔细看看？"

我就应付说，是精神一点了，他就特满意。

后来我也去那个发廊理发，那个师傅，自称吉米老师，推荐我烫头。

我说："不烫，感觉在你们这烫头，不是太理想。"

吉米老师当时就不给好脸了，说："同学，你看咱家都是朋友介绍的，哪个客人我不当亲妈一样，你这么说可就不对了。"

这个吉米老师也挺娘，一男的，穿着紧身裤，腿勒得跟狗腿似的，委屈得都快哭了。然后给我理发就一声不吭了，一种"理发师陶德"的感觉，吓死我了。

下铺后期总换女友，每次都要请我吃饭。

我都要跟他新女友说："其实他这个人很好，之前分手都不是他的原因，怎么说呢？就是感情不顺而已。"

这句话我是熟记于心，不过几次之后，我就不帮他圆场了。

下铺说："就帮我说一句话么？"

我说："说多少次了？你怎么不谱个曲找谁给你唱一个？"

下铺说："那我找胖子。"

后来我接触了一个女生，比较喜欢，下铺要跟着见见，说给我"把把关"。

我问："你能保证你不乱说话么？"

下铺一只手伸向天，说："我保证！"

我说：“你保证有什么用？我不相信。”

下铺说：“那你还问什么？”

见过后，下铺说：“太聪明了，不能处！”

但是我还是跟她继续接触，一般情况下还好，有时她会说我不够成熟，下铺有所耳闻。

一天在外面买东西，下铺没带钱，让我帮他垫付几十块钱。

我这人不喜欢带钱包，钱都是放在兜里，只不过是按照顺序的，100元放最下面，然后50的，10元的，依此类推，叠得整整齐齐。

下铺说：“她不是说你不够成熟么，如果她看过你掏钱，就会把这话收回去了，不是夸张，你像我姥爷。”

大二时，我跟下铺经常一起打篮球，在球场越发感觉彼此是自己人。

下铺知道我喜欢远投，只要我一拿球，不论我站在什么位置，下铺都喊：“射了！射了！”

一次我们寝室四个组队打，爽哥三分线接球，下铺也喊：“射了！射了！”

爽哥脚踏三分线，紧张地喊：“在这儿，我射不出去啊！”

全场笑倒。

还有一次正式比赛，下铺要投三分球，但是不确定自己是否站在三分线之后，低头看着脚下对准了几步，果断被裁判吹了走步。

下铺一摔球，喊了一句：“我真是个傻缺。”

场边响起一片掌声，大家说：“你太英明了！”

鬼哥个子很矮，打球奇差，却总是拍手要球。习惯动作是用手向上提裤衩，双手拍响要球，只要不给他传球，他就会失望地说：“哎呀！”然后再提裤衩。

一次，下铺就是不给他球，他抓着下铺的手说：“你信不信我油炸了你？”

下铺说：“我信，但是请把你的手拿开，不然我先炸了你。”鬼哥恶名在外，没人跟他组队，他总是在等待上场状态。一天他要跟我组队，我赶紧说：“我不会玩。”

鬼哥失望地说：“你说你能干点啥？”

我没搭理他，走掉。

之后下铺问我：“你说，咱们干不干他呢？”

我说：“干他？他杀你都不犯法，你跟他来？”

下铺说：“也是。”

有人说，鬼哥没钱吃饭，看见系主任就说：“给我拿20块钱吃饭。”

系主任非常无语，但是怕学生说自己不博爱，只得给鬼哥20块钱，这简直是道德勒索。

下铺说：“系主任真能惯他毛病，不是他儿子吧？”

我说：“你这句话最好别出去说，系主任肯定不惯着你。”

后来，下铺退学，开始为我背黑锅。

大四时，有人实习做日本漫画的对白翻译工作，那漫画是黄漫，干得哥几个都肾虚，还经常拿漫画回来。

我也是为了开眼吧，新鲜的一线内部产品，要了两本。

一天不小心被女生看见了，说：“你还看这个啊？”

我说：“我下铺的，他喜欢收藏，寝室里都是，退学的时候行李实在是装不下，才忍痛割爱给我几本，我不要不要，他非得给我。”

女生说：“哦。”

后来下铺知道了这件事儿，爽哥告密的。

下铺说：“真是虎落平阳被犬欺。”

反正一直互黑过来了，他看个美剧也能黑我。

2011年时，让我看《生活大爆炸》，说：“你就是谢尔顿！你看吧，简直是照镜子。”

同年开始看《权力的游戏》，又说我像拉姆斯•波顿，原话是：“你内心住着一个拉姆斯•波顿！”

我说：“你是八面玲珑瓦里斯。”

下铺说：“明显不是。”

2.属于洗浴的眷恋

下铺是个爱打赌的人，一次吃烧烤喝酒，回寝室的时候说他能生吃，不用烤。

我们都不信他。

正好路过门口炸串的摊子，下铺说：“好，你们等着。”

下铺去摊位前看了看，看中颜色最新鲜的肉问：“这是什么肉？”

摊主大姐说：“里脊肉。”

下铺说：“来两串。”

摊主大姐答应说：“好嘞，稍等一下。”说着准备扔锅里炸。

下铺说：“不用炸，直接给我。”

摊主大姐愣住。

下铺说：“给我，给我。”

摊主大姐一脸迷茫的表情，把两串里脊交给下铺。

一串应该是2元，下铺扔下钱，就证明自己般的吃了几口。

摊主大姐彻底傻了，其余的顾客也傻了，都放下手头的买卖交易，目送他。

那时，什么事儿都能以打赌来做个了结。记得爽哥还吹牛说他一口能干了一瓶雪碧，下铺不服地说：“你要是能一口干了，以后在学校喝饮料，我包了！”

爽哥马上来劲说：“走！咱们现在去食堂。”

我和胖子也跟过去见证，到了食堂，爽哥拿起一瓶1块钱的小玻璃瓶雪碧，要开瓶。下铺差点气晕了，一把夺过去说：“这个用你干？拿3块钱那个。”

爽哥一脸无所谓，拿了一瓶3块钱雪碧，坐在一张椅子上，运了几口气，拧开瓶子，等了一会儿才开始喝（放气），等到准备好了，一仰脖子举着瓶子猛灌。爽哥真是挺猛的，一瓶雪碧很快就见底了，我们都以为他真的要干了。

但是，就剩最后一小口的时候，胃里和嘴里实在是没有空间了，一滴也喝不下去了，但是要求一口干了不能停。爽哥是赌气想赢的，用了极端残忍的方式，嘴咬住瓶子，双手狠狠地捏它，企图用手的力量，把最后一点雪碧推送到嘴里，自己却一口气没运好，嘴里的雪碧都喷出来了，瓶子崩飞了，因为嘴里含饮料的时间太长，还吐了几口泡沫，人瘫坐在椅子上。

下铺说："你服不服，再给你一次机会？"

爽哥说："行，等我歇一会儿。"

下铺又去买雪碧，食堂的阿姨目睹了爽哥刚才的行为，惊讶地跟下铺说："他，他还喝啊？"

下铺有时喝多了撒酒疯，在回寝室的路上，遇见什么砸什么，比如垃圾箱、公交站牌、广告牌等。一次酒后发作，砸路边的垃圾桶，当时只有寝室胖子携女友和他一起，胖子女友被吓坏了，跟胖子说："怎么办？你快拦住他。"

胖子因为习惯了下铺的行为，又是个慢性子，不为所动，说："不用管他，他有分寸。"

第二天胖子跟我们讲述这事儿。我们说："胖子，你也喝多了吧？你不拦着他不说，对于一个撒酒疯砸东西的人，还评价他有分寸？"

其实，我遇见下铺喝多了乱砸，也不拦着，一是自己可能也喝多了，二是不好拦，他像蹿天猴一样，抓也抓不住。

应该是大二时期，下铺和一个女生在暧昧，让一个喜欢她的外校男生大为恼火。

一天晚上他喝多了打电话给下铺，寻衅滋事。

下铺接到陌生号码问："你找谁？"

对方说："找你！"

下铺问："你谁？"

对方说："你爹！"

下铺姑且忍着，问："啥事？"

对方说："想揍你！"

下铺问："在哪？"

对方说："××医院附近。"

下铺问："在那？"（公共场合不宜打架吧？）

对方说："对，你一会儿住院近！"

这一句话给下铺惹炸毛，大晚上非要出去。

我当然是站在下铺这边的，不过对方简洁而明确的回复，真是给我们全寝室都逗笑了。

"你一会儿住院近……"多么绅士的约架。

下铺每次喝酒之后都要折腾一番。

一次吃烤肉喝多后，下铺非要请大家去KTV，叫个出租车说去最近的KTV。

我们吃烤肉那地方，楼上就是KTV，那个司机也损，让我们上车，踩了脚油门，说到了，收了10块钱。一下车下铺就火了，要揍那个司机，追着车来了几个飞脚，姿势挺洒脱，就是一脚也没踢到，自己还躺在地上不起来了。

后来有人说去按摩，下铺一下子就弹起来了，说："跟我走。"

下铺手脚并用地在地上爬，到店里一下子就容光焕发，仿佛之前一口酒没喝，问老板有什么服务、什么价位，思路非常清晰。

下铺曾在人人网聊了一个女生，约好晚上出去见面。女生长得倒是漂亮，只不过见面的时候，喝了很多酒，有些摇摇欲坠。进了宾馆后，下铺心生退意，一是道德上不忍，二是害怕女生醒酒了，告他强奸就傻了。下铺就说：“要不你睡觉，我回去了。”

女生说：“我没事儿，你别走。”

有时晚上在寝室聊私生活的时候，下铺曾经自曝是“前戏小王子”，要给对方在地上跳舞，然后床上再跳一段，具体是怎么个跳法，就无人知晓了。

于是应醉酒女生之邀，“前戏小王子”开始了表演，结果那女生在他身上吐了，一时兴致全无。这让他在日后产生了心理阴影，一向自傲与自恋的他，一位集修养与学识于一身的男子，又是堂堂的“前戏小王子”，在与女生激情触碰的过程中，女生对着他吐了。

所以说，约是存在各种不确定因素的，随时可能败坏了兴致。

大三时下铺老家来了几个一起长大的朋友，下铺接待他们玩了一天，晚上想给兄弟安排点“节目”，可是女友一直在身边，只能暗箱操作。

晚上11点回寝室，就在水房打电话，遥控指挥， 一直安排到老乡们都各就各位了，他夜里2点多才回来睡觉。

早上老乡们纷纷给下铺打电话，表示一夜非常开心，对下铺的专业指导非常钦佩。

下铺特别感动，这些年考啥挂啥，玩魔兽总被虐，感情生活也不太顺利。

今日得到老乡的肯定，一股自豪之情涌上心头。 他说话时都要哭了，好像自己是诺曼底登陆的总指挥官，彻夜指挥战斗。日出的时候，听说前线来报，战役赢了，即将喜极而泣。

3.惹不起的光环

下铺还自带一种惹不起的光环，倒不是说他手段有多狠，而是因为某些莫名的原因，惹他的人最后都要倒霉。

大学时班里有个“伪娘”叫小智，个子不高，有点瘦弱，肢体语言以及说话的声音酷似女生，而且心眼特别小，有仇必报。本来男生之间打闹都是很随意的，但是小智不行，打他一下，他一定要打回来，就算追你到天黑。

一次下铺骂他一句，他就追着下铺打，可是小智跑得不快，追不上，居然回到教室把下铺的书都扔地上了。

奇人总是在一个时代聚集，英语系有个女生叫小丽。

女生说她在寝室和女朋友睡一张床，女朋友的家长知道了，强行转学，为了斩草除根送到美国，小丽因此恢复单身。

小智是个优等生，不抽烟不喝酒不上网，每天就看英日词典，英语和日语随意切换翻译，口语也好。因为每天都读很多外语文章，要喝很多水，小智每天早上拿一个巨大的水杯，去水房灌几斤白开水，再去教室。左手提着一个大水杯，右手抱着大字典，非常吃力的样子。

小丽偶尔看到小智，心里产生了怜爱之情，开始关注起来。院里的英语演讲，小智参加了，演讲内容是关于关爱小动物和大自然。观众里面就有小丽，她发现居然还有这么温婉细心有爱的男生，心生好感。

小丽去找小智交朋友，说听了你的演讲很感动。从那天开始，小丽每天晚上送小智回男寝，完全颠倒了。不过小智只把她当作一起学习的朋友而已。

小丽理了短发，换上了黑色休闲西裤，方头皮鞋，还喷了啫喱水，走路都是皮鞋落地的声音，成功变身为“丽哥”，不过仍然没得到小智的感情。

小智本来不喝酒，因为被同学们指指点点心情不好，一天寝室的同学过生日，他被劝喝了一瓶啤酒，居然喝多了，摇摇晃晃地去厕所尿尿，站不稳，小便不能自理。

那时正好要过元旦了，我们也在外面喝了酒，下铺买了些烟花爆竹玩。走进寝室楼的时候，下铺点了一个烟花，随手扔到厕所里面，小智被吓了一跳，尿裤子上了。兔子急了也咬人，小智裤子没提利索，就冲了出来，大喊：“刚才谁放的火？”

下铺平时就看他不顺眼，说：“关你什么事？”

小智醉酒发作，冲上去就打下铺，一下子就被下铺推倒了，小智寝室的人出来，把他拉回寝室。

我们也把下铺拉回寝室，过来几个同学和下铺说：“你和他来什么劲儿，他平时就不正常，还喝多了。”

那天小智心情不好，丽哥打了几个电话，他都没接听。

丽哥托人打听，听说小智被人欺负了，眼泪就掉下来。

丽哥不停地给小智打电话，说：“你什么事情都不告诉我，还说我们是朋友。”

然后买了一瓶二锅头，在寝室自己喝了一夜。

第二天，丽哥爆了，擦亮了皮鞋，喷够了啫喱水，“咚咚咚”地就来了我们班。

一脚把门踹开，说：“我跟你们讲，不管男生女生的，谁要是再敢欺负小智，我就跟谁没完，一点商量的余地都没有！”

当事人下铺在厕所抽烟，我和两三个男生在教室。

丽哥不知道下铺是谁，万一错认是我呢？

我当时想，她敢过来，我就敢跳窗户跑。

听说以前有男生追丽哥的女朋友，丽哥拿着刀去找他“谈谈”。

系里有个篮球队的男生，叫“炮台”，形容投篮和发炮弹一样精准。炮哥虽然球技精湛，不过却一直没有女生欣赏，大二时一个叫小千的美女投怀送抱，炮哥喜出望外。

不过炮哥发现大家看他的表情不对，原来这个小千是丽哥前女友之一。

炮哥如遭雷击，卧床不起，打球扭腰，静养忘记关窗户，得伤寒，久病不愈。

记得炮哥躺在寝室，身上盖着两层棉被，还感觉周围冰冷，说丽哥伤害了他。

炮哥失意，丽哥也没得意，小智一直不能真正地接受她，小智因为成绩非常好，也有上进心，大三时被送去日本留学。

小智和同学没什么交情，在教室鞠个躬就去日本了，当丽哥是空气。

丽哥追着同学们问小智的联系方式，他们也都不知道。

后来丽哥就去小智寝室窗外哭，丽哥说：“我知道小智不让你们告诉我，我也不找他了，我就想问问你们，他现在过得好不好。”说完就哭得不能自持。

他们寝室的人说，大家都没有小智的消息，应该挺好的吧。

回想了一下大学期间，寝室楼里和下铺有过纠葛的三个男生，都在他没出手的情况下住院了。

第一个是我们班的上海人，因为自习课时听音乐声音很大，下铺让他小点声，他用上海话说了一句什么，下铺以为他在骂人，起身就要捶他，被我们死死按住。

那个上海人虽然没有任何老乡，但在寝室却是大哥。因为爱好吃，每次想出去吃美食时，感觉一个人挺无聊，索性请寝室的人一起吃，比如火锅什么的。吃最容易出感情，其余的室友都感恩地奉他为大哥。

记得一次我在商场买了一袋零食，是脆辣口味的薯条，给他们寝室分了一些。没过一会儿，就来了一个小弟，问我在哪买的。

我说想不起来了，今天逛了一天。

小弟说："大哥（上海人）说了，让你想，想起来重重有赏。"

我问："为什么有赏？"

小弟说："因为大哥吃爽了！你快想！"

由此可见他的行事风格。

对于他的款待，寝室其余人，没什么可以回报的，直到大哥发现自己有点胖，想打篮球减肥，小的们才迎来报答的机会。他们都是篮球场上不错的人选，负责科学地训练大哥，帮大哥选球鞋等装备。

大哥第一次出现在球场的时候，一位热心的球友就把球扔给他，对球场新人表示欢迎。假想一下，一群人在南极踢足球，突然看见一只企鹅跑过来，自然没人抱怨它闯入，一定有人把球扔给企鹅，逗逗它。

所以当身形如企鹅的大哥腼腆地出现在篮球场，一群正在打球的北方人停下来，难得来一个上海人，就把球扔给他："来来，投一个，投一个！"

大哥扭捏地接过球，心想盛情难却啊，我就投一个吧。原地一记三分球，随着球被抛在空中，不知道怎么自己把自己腿别到了，一声惨叫倒在地上，腿骨折，住院。

第二个人外号“短王”，是寝室大哥兼寝室长。一天他寝室床坏了，在走廊喊宿管大爷：“大爷，大爷。”

下铺嘴贱，答应着：“哎。”

短王其人身高才一米六，虽然气坏了，但是选择了先沉默，等着回寝室叫人这样一种稳妥的对策。

短王参加日语二级考试，备考期间耳机全天24小时挂在耳朵上，一副奔着满分努力的样子。结果听力考试得了4分（满分100分）。短王很伤心，把自己锁在寝室里闷闷不乐，其余人开始劝说：

“大哥，没事儿，还有下次呢。”

“大哥，别放在心上，这不是你的真实水平。”

“大哥，你的实力我们是知道的。”

怎么劝大哥都听不进去，像只被主人断粮的小狗，委屈至极。

这时他们隔壁寝室去了一个人，叫大良。

大良说：“短王，据我猜测，是判卷的机器坏了，你的答题卡没被识别上。”

短王感动得要哭，说：“大良！一定就是这样！一定是这样，是机器坏了，不是短王我听力不行！”

之后短王精神来了，到每一个寝室演讲，洗白自己，其中就有我们寝室。

这件事儿之后，短王很看重大良。他认为虽然不是一个寝室的，但是大良最懂短王我啊。大良是个身高力壮之人，平时喜欢打篮球，他不介意短王的身高，愿意收短王为徒弟。

记得短王打球之后，还来我们寝室问：“你们知道怎么练习弹跳么？”

下铺说：“短王，你买一个三米高的大缸，里面都涂上黄油，你跳里面往外爬，当你能爬出来的那天，你就能扣篮了。”

短王呵呵一笑走了，继续跟大良学习篮球。大良命令短王进攻，他来防守，短王个子小，速度又快，像只小老鼠一样，大良看着心烦，忍不住伸腿阻挡了一下，短王被绊倒在地，没有再站起来，腿骨折了，住院。

第三个是隔壁寝室的姚哥。姚哥也是一寝的大哥和寝室长，天天说自己高中打架的事情，忽悠之下，寝室几个哥们儿对他服服帖帖的。他跟下铺起了数次口角，只说他住院那次。

那时流行变态辣烤翅，有一家店打了广告：谁能吃五个最辣的烤翅，当天消费免单。

下铺非要去挑战，吃了两个就辣成狗，喝了好几瓶啤酒缓解。我也吃了一个，辣得喝了两瓶啤酒，那种感觉不能用辣来形容，一定是某种化学材料的反应。

最后还剩了两串，我们拿回了寝室，放着没人吃。

晚上姚哥端着一碗泡面过来借热水，跟我说话的时候，一直用眼睛瞄着剩下的烤翅。

我看见这种情况，就说：“姚哥，要不你拿着？正好就泡面吃了。”

姚哥客气一下说："哎呀，你们不吃了啊？"

我说："不吃了，下铺买的，他说太辣了。"

姚哥说："唉，那行，我帮他打扫了吧。"

第二天，我只是单纯地去问下辣不辣，可他们寝室只有一个人，看上去还面色疲惫。

我问："人呢？"

那兄弟说："昨天姚哥不知道吃了什么，半夜胃疼得厉害，去诊所输液了。"

从此，姚哥的大哥地位受到了质疑。本来倒下没什么，大哥都有倒下的一天，但是场面一定是悲壮的，即使哪天没带保镖，被一群人包围，但也一定会战斗到最后一滴血，保住自己的威严。

因为嘴馋，去隔壁寝室拿别人剩下的两个变态辣烤翅，大半夜被辣得打滚，扶墙跑到诊所卧床输液，并不是大哥应有的躺姿。

后来姚哥出院后，到我们寝室很幽怨地看着下铺。

下铺不知道烤翅被我给了姚哥，导致了悲剧，不耐烦地问姚哥："你看我干啥？"

姚哥说："我胃疼。"

下铺说："你胃疼跟我说什么？我拿打火机给你燎燎？"

姚哥欲言又止，郁闷地回了寝室。

这些当然是巧合，不过我总感觉与下铺有些千丝万缕的联系。

4.小欣战下铺

下铺和高中女友一起考的这个学校，可能是两人没新鲜感了，总吵架。分手后下铺接触过几个女生，相处没有能长过两个月的。唯一还能记得的是一个叫小欣的女生。

小欣是下铺在人人网上物色的，外表和身材都很好，就是性格有时太疯，不是男人婆那种，像个疯婆子，真的很猛。

下铺也不是真喜欢她，很少陪她出去逛街，只顾着自己打魔兽。

小欣说她在寝室无聊，下铺把自己的戴尔笔记本给她了，让她在寝室上网。一个周末，小欣要去做指甲，下铺说不如在寝室上网。

过了一会儿，小欣打电话，让下铺去女生寝室楼下。下铺刚到楼下，就看见他的戴尔从五楼被扔了下来，那时笔记本还是很贵的。

下铺呆了一会之后，就回寝室了，说："这个女生不靠谱。"

我说："是啊，几千多元的东西，就这么扔了。"

下铺说："电脑无所谓，我生气的是，万一砸我头上呢？让笔记本电脑拍死，多傻的死法。"

小欣比男生还爱打闹，一次在教学楼看见下铺在她前面走，普通的女生，都是蹦蹦跳跳，或者小跑去找男朋友。

小欣却先悄悄地潜伏在下铺身后，然后一个加速跑到前面，一个急转身，对着下铺的脸，用脑袋"咚"地撞一下。

下铺晕墙角去了，以为被仇敌偷袭，等不晕了，睁眼一看，说："是，是，是你啊？！”

而且小欣下手也没有分寸，有时一高兴抬腿就踢，不一定踢到哪里。

一次不巧，踢下铺下面了，下铺脸都疼绿了，因为在教室门口，也不好意思说。

小欣看下铺脸色不好，问：“疼么？踢哪了？”

下铺遮掩说：“手。”

小欣就拿起下铺的手，很温柔地按摩。

下铺回来说：“我不好意思说，她一直揉我手，我手又不疼！”

下铺有一点值得认可，就是不和女生打架，不过需要发泄。下铺发泄有三宝：路边垃圾桶，公共电话亭，寝室洗脸盆。

先飞踹垃圾桶，再怒砸电话亭，回寝室再狂摔洗脸盆，以摔碎为目的。

不过塑料的东西，哪那么容易碎。

就听见下铺拿起洗脸盆，胡乱骂喊，“咚”，没碎。

再来，“咚”，又没碎。

再来，“咚”，还是没碎。

我问：“累不？”

下铺说：“累。”然后上床睡觉。

一般我看他这种状态时，去哪我都跟着，怕他打架，别人说我：“真是细心，真朋友！”

其实不是这样，因为下铺闹事，作为一个寝室的同学，我肯定得被卷入，所以我要防患于未然。

下铺睡觉偶尔打呼噜。

一个周末和小欣在外面住，下铺打呼噜，小欣叫醒他，警告他一次。

但是打不打呼噜，又不是自己能控制的，不久下铺又被叫醒，再被警告一次。

下铺没办法，睡觉时就离小欣远一点，靠着床边睡，之后又打呼噜，小欣对着他后背就是一脚。

因为靠着床边上睡，这一脚，直接踹床底下了，下铺起来就怒了，穿上衣服就走。

当时和我比较好的那个女生，对我提出过更违反人类极限的要求。

她要求我睡觉不许呼吸，不然她睡不着。

这女权主义玩的，连呼吸的权利都不给了。

我说，您给我示范一下，睡觉不呼吸，第二天还能活着。

她说，不是不呼吸，是无声地呼吸。

我说，那就像kappa那么睡吧，背靠背。

这事儿下铺听说了之后，笑得上气不接下气，说："男人中还有你这种害群之马！"然后穿着很时尚地出了门。

第二天惊闻，他睡觉被女生踹地上去了，真是人在做，天在看。

就因为这个，分手了。

其实小欣还是很可爱的。

我们学校老师提问有个习惯，成绩好的少问，因为放心，成绩差的不问，放弃了，就喜欢提问成绩不上不下的人。小欣成绩很好，老师很少提问她，一次终于点到她名字，她慢慢站起来，没有回答问题，而是说了一句："哎哟，我感觉自己都失宠了呢。"

老师为此跟她解释了很久。

下铺回来说："你说她是不是有病啊？"

下铺和小欣分手也很顺利，互相都感觉不适合，玩不起来。

分了也好，不然能打出血来。

舞不停，债不断

1.我已经嗨了三天三夜

我们寝室第一个看见姚哥的，是我下铺。

那时连军训都没开始，下铺擅自推开隔壁寝室的门，看见靠窗的床上躺着一个人，看着顶棚抽着烟，用手机在放歌，歌词大概是：是我中了你的美人计！是我中了你的美人计！

这人正是姚哥，下铺问他：“咱们都是一个班的么？”

姚哥似乎对他不满，或者是刚到学校很疲惫，没有回答。

我见到姚哥的时候，还以为他是老师，面相太显老，皮肤偏黑，但还透着一点白，五官像整容之后的迈克尔·杰克逊，头发浓密，略微卷起，有些银丝，又有些《广告狂人》里面罗杰的样子。身高有一米八五，身材干瘦，但是很结实，手里随时掐着一包烟，说话的声音很尖锐，如果声音大一些，仿佛带着哭腔。

第一印象感觉很靠谱，可能是一位复读过很多年、十分珍惜学习机会的人。

后来了解到，的确大同学们一两岁，但是并不靠谱。

他们寝室除了姚哥都是矮个子，一米七左右，姚哥自然成了带头大哥。

其中有一个文弱书生小羊和一个慢性子小泽，每日与姚哥为伍。另一位同学家庭条件好，父母在国外，可能看不上姚哥的乡土气息，或者看出来他不靠谱，自己独来独往，除了在寝室睡觉，不参与其他事情。

起初班主任总夸他们寝室，姚哥、小羊和小泽每天最早到教室，下课之后还主动留下自习，各科小考与测验成绩均领先。

姚哥喜欢到各个寝室溜达。胖子有一个不错的三星手机，他每次进来都要看看。后来寝室装上电脑之后，姚哥进来说下载一首歌，一坐就是半个多小时。

下铺不爽地说：“我给你泡碗面？”

姚哥说：“行呐，什么味儿的？”

下铺自认嘴贱，给姚哥泡了碗面。

姚哥一度和爽哥同桌，不知道什么原因，把爽哥得罪了。

爽哥晚上在寝室，总骂姚哥，我觉得搞笑，就拿手机录了一段。

那一段是爽哥像个蛤蟆一样，在地上乱蹦，大喊：“姚哥！信不信我一下打翻你？”

后来过了一段时间，姚哥借我手机看视频玩，我早忘了录爽哥的事了。

姚哥看着看着，突然一声：“姚哥！信不信我一下打翻你？”

姚哥一下就石化了。我说：“爽哥说的是另一个姚哥。”

姚哥淡淡地说：“嗯，没事。”

我就预料爽哥与姚哥日后必有一战。

这一战，并不是斗殴那么低级，而是一种比较高端的决斗：斗舞。

舞曲是《No body》，地点在我们寝室。

爽哥先来，选曲对爽哥不利，爽哥适合跳节奏感快的歌，比如印度舞曲什么的。

爽哥的舞姿像《黑客帝国》里面的人在躲子弹，扭来扭去的，还有甩头，甩得太狠，嘴都甩歪了，比较单调。

姚哥的舞步是触电舞，仿佛让电过了，浑身狂抖，脚下还有刀山火海，脚触地平均不到半秒，一直在蹦。

最后姚哥躺在地上，我以为姚哥太累了，却发现姚哥的脚还在随着节奏抖动，我就知道姚哥还会有所动作。

只见姚哥突然一踢腿，来了，在地上像黑人街舞那样转了几圈，最后似乎想一个鲤鱼打挺站起来，一发力，向上一跃，又躺地上了。

我们也不知道姚哥是失误了，还是设计的情节。

姚哥说："把音乐关了吧。"

原来是累了。不过即便如此，姚哥还是完胜爽哥。

姚哥交际能力较强，凭借下课在厕所抽烟的机会，认识了其余班级的一些同学。

其中一位叫斌哥的，是姚哥借钱的最初诱因，其实也不完全怨斌哥。

斌哥是本地人，家里超有钱，开着车上学，他选的那个专业，读了大一这一年，就出国换学校读。

斌哥喜欢晚上去KTV玩，或者去夜店，人少没意思，需要气氛，就让姚哥他们寝室的人也去，捧个场，当然都是斌哥花钱。

一般的消费是两三千，偶尔七八千，一天晚上能花一学期的生活费。

虽然斌哥摆明自己请客，不过总出去一起玩儿，算账的时候次次不伸手，面子上也说不过去，姚哥又是一位极度好面子之人。

姚哥寝室做出两个很傻的决定：一是姚哥、小泽、小羊，三个人的生活费不分你我，放在一起共同花；二是先拿钱回请斌哥一次，以示寝室待客之礼。

请斌哥两次，他们的钱就没有了。那时同学之间还不熟，不够借钱的交情，他们只能再向家里要，找高中同学借。

记得姚哥要了两千多块钱，买汉日电子词典，后来花几百块钱买了一个国产的便宜货，剩余的钱私有了。

他们寝室虽然有一个人不合群，不参与他们三人的活动，但是仍然声势浩大，显得最团结、最欢乐。

有那么连续几天，晚上都能听见他们寝室传出来音乐声，张惠妹的《三天三夜》。我们是隔壁寝室，从窗户就能听见，反反复复的“我已经嗨了三天三夜”。

一次路过他们寝室，看到他们在地上摇摆，像地上有冰站不稳一样，摇摇晃晃要倒。

姚哥作为爱吹牛之人，一天夜里又来到我们寝室，说了一个关于小泽的段子。

有一次，他们去了洗浴城。

小泽最先上楼进了包间，但是很快就下来了。

斌哥发现小泽的手机在桌子上，以为小泽下来取，马上拿过去说：“手机在这儿呢。”

小泽说：“完事了。”

姚哥讲完之后，我们不管去没去过洗浴的，都哈哈大笑，说：“不是嗨了三天三夜么？”

大一还没结束，姚哥就成为一名“负翁”。

斌哥出国后，小泽和小羊再也不乱花钱，还完第一学期的负债即可，找家里帮帮忙都解决了。

姚哥则一直保持负债状态，每学期开学，把所有的生活费拿去还债，然后这一学期的花销都靠借。

他们寝室仍然实行钱放在一起花的方式，姚哥根本就没有钱，都靠小泽和小羊。

小泽和小羊的生活费也不多，大概是1000块钱，三个人花肯定有些紧。

就是这般境地，姚哥还不忘偶尔借点钱，三个人去消遣一番。

一次回来的时候，三个人身上一分钱都没有，居然还搭出租车回学校。

到地方后，姚哥坐在副驾驶，问司机：“你知道超人有多快么？”

司机被问晕了，心想不给我钱，问我这种奇怪的问题干什么，愣愣地回答：“不知道。”

此时姚哥三人下车就跑了，用行动告诉司机，超人有多快。

其实，我早就服了姚哥。

一次逛街，路边有卖大樱桃的。

姚哥也不问价，上去就尝，连吃了几串，小贩怕得罪大买家，也没吱声。

姚哥吃爽了说：“哎哟，不错，给我弄两块钱的吧。”

小贩笑了说：“你刚才吃那一口，就不止两块钱啊!”

还有一次，在网吧，他要了一碗泡面，结果一吃没味儿，怒叫网管说：“怎么回事，面没味儿。”

网管看了看说：“大哥，你没放酱包。”

我在边上，脸都挂不住了。

记得一次在寝室，看见小羊和几个女生从窗边路过。

姚哥就在窗前唱：“对面的傻子看过来，对面的傻子看过来。”

小羊马上回应：“听，傻子在唱歌。”然后和女生笑成一团。

当时我想，这寝室笑点真低。

姚哥一直无乐不作，居然没喝过高级饮料——营养快线。

一次男生一起去通宵，买了几瓶营养快线分了，姚哥一口喝了大半瓶说：“我还从来没喝过这个。”

然后半夜在网吧拉肚子，同学们笑他说：“你真是没富贵命，喝点营养快线还能拉肚子。”

姚哥非常不服，后来专门喝营养快线证明自己。

姚哥买衣服只买两个品牌，一是阿迪，二是杰克·琼斯。

他说过一句话“在我们高中，不穿阿迪，会被人瞧不起”，让我印象深刻。

那天我早上没衣服穿，因为手懒，没洗衣服，就穿着爽哥的一件T恤，正是仿阿迪的，也就是假的，听了他的话，我坐立不安。

还有一天，姚哥新买了一件杰克·琼斯的衬衫，到我们寝室走秀，说：“这个好，你们不买？”

现在我还记得，399元一件。

下铺说：“不买，大牌子我买不起。”

姚哥说：“你们可以用我的会员卡，打折！”

隔壁寝室，因为姚哥带来的风气，一人一件杰克·琼斯的衣服，满地的购物袋。

我们寝室还好，从来不研究穿衣购物。

纵使是胖子的彪马牌袜子，上面的标志是一只飞跃的壁虎，也没人说什么。

只是一天胖子坐在地上洗袜子，我们实在忍不住说：“那个壁虎的彪马，你还洗啊？”然后一阵窃笑。

胖子很不高兴，拿起一只袜子，站在寝室喊：“这怎么了？这难道不是一只袜子么？”

下铺说：“不怎么，你得买一双靴子穿，袜子别让人看见。”

我也落井下石地说：“买双皮靴挺贵的，为这袜子不值，买个雨靴就行，塑料的。”

胖子很失望地对我说：“好啊，你居然和他一样？”

大一上学期的元旦之前，下铺像个傻子一样，每天在寝室说，他要买一个“小大衣”，但是一直没有中意的。

我一直也没搞明白，要么是夹克，要么是大衣，什么是“小大衣”？

叫了半天，最后也没买。

倒是姚哥，在杰克·琼斯买了一件风衣，褐色的，又厚又沉，像防弹衣一样，照例来我们寝室走了一遭。

他们寝室小羊，真是喜欢唱歌，在姚哥后面唱赵本山小品《红高粱模特队》里面那个歌儿：“你穿的是地，你披的是天，走的是阳关道，奔的是日子甜，千百年创业艰辛，换来这春满家园，啊啊啊啊啊……”

居然有人会唱这种歌儿，我们说：“服了，你们寝室真是绝了。”

2. 你们两个一起来！

说到姚哥寝室的小羊，家教很好，家境也不错，外型是矮、小、乖那种。

小羊到大一临近结束时，也没有女朋友，他们寝室姚哥，非要装大尾巴狼，要给小羊介绍，那时他自己还没有女朋友呢。

不过姚哥这次真办成了，介绍了一个自己的高中女同学，叫小妖。小妖外表看着还不错，小羊一下子就看中了。

第一天吃完饭，小羊跟小妖说：“咱们要感恩姚哥，是他指引了我们。”

小妖说：“姚哥不靠谱，你以后少听他的。”

小羊：“……”

小妖脾气不好，小羊是个软脾气。小羊特别顺着小妖，甚至还给她洗衣服。

一次在水房，我看见小羊在刷一双小粉鞋，起初还以为是小羊自己的鞋，我还问：“你怎么穿这个颜色？”

小羊不好意思地一笑，我就懂了，说：“你还管这个。”

小羊也有顾虑，在寝室怕被笑话，鞋刷好了之后，放在床下面藏着，等着感觉差不多干了，才从床下拿出来，一看鞋都长毛了。

那天有人看见小妖在操场拿着小粉鞋，不停地拍打小羊的后背，小羊一直在说：“我再给你买，我再给你买。”

小羊也有生气的时候，两人最夸张的时候，在外面直接打起来了。

小羊大怒说：“谁没有脾气啊，今天我也打一次女人！”

结果是小羊被小妖打了，气回了寝室。

小妖追着打电话问：“你服不服？”

小羊想打不过还骂不过么，对着电话又开骂，又骂输了。

挂了电话，小羊把自己裹在被子里面哭。

其余室友一顿窃笑，虽然不仁，我听说之后也笑了一顿。

小妖还曾经跟小羊说：“我当老公，你当老婆吧。”

上公共课的时候，小妖都来和小羊一起听，大三的时候，他们寝室因为姚哥的一些事情，关系比较僵。

姚哥当时特别不顺，受了不少气。人在低谷的时候，都特别在意别人的声音，感觉每个人都在嘲笑自己，因此姚哥积攒了很多怨气。

那次上公共课，小妖笑话姚哥裤子破了，小羊也跟着笑，姚哥很生气。他想女生就算了，小羊你和我一个寝室，也笑话我？

越想越生气，下课就要打小羊。

下课后小羊在睡觉，小妖去超市了，姚哥当时三天里就吃了两包泡面，没什么力气。

小羊趴在桌子上睡觉，姚哥抓着他的衣服，照着后背就狠狠地捶，我就坐在边上，以为在闹着玩。

不过我看姚哥表情很狰狞，但是打人又没力气，难以判断。小羊睡得很死，做梦被人打了，挣扎着醒过来。

发现自己的确在挨打，还以为是梦，闭上眼又醒了一回，发现是真挨打了，还是姚哥，小羊就喊："姚哥，我就一句玩笑，你就这个样？"

我们一看不是闹着玩，就给拉开。

之后姚哥在教室门口吸烟，小羊还坐在那里。

小妖后来听说了，就问小羊："他打你了？你还手了么？"

小羊说："我睡觉呢。"

小妖说："没事，一会姚哥回来，咱就干他。"

姚哥吸烟回去，小羊和小妖就要打他，三人混成一团，不过立刻被同学们拉开了。姚哥被人拉到讲台，小羊和小妖在座位那里，很多人把他们隔开。

小羊和小妖嘴皮子很厉害，站在那一直骂姚哥。

姚哥气疯了，在讲台上上蹿下跳的，嘴角颤抖，喊："你们来，你们俩一起来！哎！咱就来！都来！"

从我们的角度看，姚哥像一位歌星，在舞台上带领大家一起嗨："你们来！一起来！”特别像郭富城的《动起来》。

小羊和小姚被人拦着，也冲不过去，继续骂，从长相骂到学习成绩，句句刺痛姚哥。

姚哥惨叫一气：“啊啊啊！”拿着一把拖布，就要冲过去。

考虑到拖布太长了，可能误伤其他同学，准备把拖布踹断。

姚哥右手按着拖布，狠狠地就是一脚，然后准备拿着半截拖布冲锋，结果一看，拖布没断。

姚哥疯狂地又来了三连斩，因为腿长空间小，施展不开，发不上力，踢不到正部位。

三声：“断！断！断！”之后拖布丝毫没动。

那边骂声不断，姚哥没有做出有效的回击，急死了都。

小妖扔过来一个玻璃杯，差一点打在墙上，杯碎了，玻璃溅了一地，我就站在边上。姚哥想拿扫帚，可是打人又不疼；想拿铁锹吧，有点太狠了；想拿粉笔吧，那是老师干的事儿。

姚哥就卡在那里，刚好这时老师来了，把姚哥叫到外面去了。

我们继续上课，翻书的时候，我发现小妖刚才扔杯子，玻璃碎片把我手划出了血。就是破一点皮，不用理会即可，可是我不想上课，就和老师说，我要去医务室。

下铺和一个男生就冲上来了，一人搀扶着我一只手臂，就往外跑，弄得老师还挺紧张，以为我割腕了。

走出教室，他们就把手放下了，问我：“去哪个网吧？”

小羊和小姚结局很好，2012年初冬结婚。

因为我们都是同省的，我代表同学们去参加婚礼，大家的礼钱都统一打到我的卡里，我帮他们转交。

一共差不多有5000块钱，早上去给钱的时候，我把5000元拿出来，小羊他爸对我尊敬极了，跪下的心都有了，问：“先生您是？”

我说：“同学。”然后把钱放在桌子上。

他爸说：“您写一下尊姓大名。”

然后我给负责登记的人，一份长长的名单。

他爸嘴脸一下就变了，说：“同学，你出去帮忙放炮吧。”

我出去就点火，点完就跑，外面怪冷的。

他爸还说：“同学，你点火也不说一声啊，吓坏我了。”

小妖还是没变，晚上和小羊一起招待我吃饭。

她说：“我出场的时候，一个女的挡我路，傻子似的，要不是穿着婚纱，我就给她一脚。”

3.舞步不停的二哥

大一的元旦晚会，是一生记忆中的经典。

文艺表演后，开了闪光灯，放着音乐，准备要跳舞。

可是大家都在围着看，没有人真的要跳，因为我下铺与姚哥喜欢去夜店玩，同学们都有所耳闻，一直喊他们的名字，让他们去领舞。

其实下铺早就按捺不住了，就等着别人呼喊他的名字。

他跳了一支非常奇怪的舞，把两只手立在自己的头上，站在那里扭啊扭，仿佛在说："我头上有犄角，我头上有犄角。"

下一个就姚哥，他像一个试图越狱的犯人，走着走着突然挂电网上了，全身就开始抽了。可以说，他电力四射的舞步，将气氛推向高潮。

一时音乐变成蔡依林的《Love Love Love》，下铺招手，示意让女生来几个人跳舞。

不过女生们都装起了淑女，无人响应，就在大家要扫兴散场的时候。

有一个叫冰冰的女生，平时是个书呆子，严重近视，身材高大，貌似高中还是打排球的，就是人长得不好看。

她完全丢掉了用一学期树立起的好学生形象，蓄势冲向舞池。

下铺特别奸，看见来者不善，马上就跑了，遁地不见人。

冰冰向姚哥发难，过去就是一套舞步，姚哥本想跟她一起跳，但是她太有侵略性，一直向前向前，姚哥就踉跄地后退。

冰冰完全嗨起来，把外套脱了，往天上一扔，继续像扛枪一样，对着姚哥向前向前。

姚哥都退到教室的角落了，完全不敢应战，成了惊弓之鸟。

全场一片喝彩声。

"冰冰+姚哥"的这段摇摆之舞，日后就成了班里的一段佳话。

下铺和爽哥后来的爱好就是，在寝室跳这段舞。必须关上门，放蔡依林的《Love Love Love》。

下铺扮演姚哥，爽哥扮演冰冰。

下铺先独自慢摇，然后爽哥突然冲向他斗舞，爽哥比冰冰猛多了，人家冰冰就是扔了一件外套，爽哥衣服都扔光了。不过寝室没教室那么大的空间，在扔腰带的时候，把寝室灯管打灭了。

一片漆黑中，就听见下铺在骂："行了，行了，别他妈的舞了。"

姚哥对我们寝室情有独钟，时常来坐坐。

一天他推门进来，自觉地找了一个椅子坐下，点了一根烟，可能为了与我们拉近距离，说："我跟你们说过么？我来学校报到的时候，去错地方了。"

下铺也搬个椅子，往他身边一坐说："姚哥，你可没说过这段。"

姚哥一笑，开始讲。

话说刚报到时，初来大连，姚哥有一些忙乱，在站前广场买了一张到学校所在郊区的客车票，溜达溜达后，却上了通往别处的车。

已经忘了那是什么样的一个地方，根据姚哥描述，应该是大连周边刚刚开发的角落，荒无人烟，都是工地。他怀着新生报到的喜悦，随着客车缓缓地行驶。他刻意看了看车上的人，除了他是一副学生模样，其余人都是打扮朴素的农民工师傅。

姚哥心中暗喜，独自想："我虽长得不行，没想到来了大连，在这车上我最帅呢，看来到了学校后，说不定也是如此呢？"

停车后，姚哥就懵了，看看四周乌烟瘴气的工地，丝毫没有传说中海边学校的迹象。

姚哥打电话问校方："校区附近客运站什么样？"

对方说："客运站还能什么样？都是车呗。"

他看看周围，都是三轮车，也算都是车，看来没来错地方。

姚哥招呼了一个三轮车，吩咐道："去大连××学院。"

师傅想了一下，说："没，没这个地方。"

姚哥说："有的。"说着拿通知书给师傅一看。

师傅说："哎呀！你这不是坐反方向了么？"

姚哥早已分不清方向，跟师傅说："不管了，我就坐你车去了。"

师傅茫然。

姚哥亮了一下钱包，暗示钱不是问题，师傅你给我快马扬鞭，咱们奔起来。

师傅求饶般地说："你坐大巴吧，不是老哥不帮你，车上油不够啊！"

姚哥还说了一个"二哥"的故事：说他们学校有一个大哥，把所有人都收服了，唯独姚哥不服。于是大哥每天带着几十人围攻姚哥，姚哥即使遍体鳞伤，但就是不服。终于有一天大哥感动了，说："兄弟我佩服你，以后我是大哥，你就是二哥！"

姚哥还说他正直，有小弟出去欺负人，索要保护费，对方不从，小弟说："是二哥让干的。"对方马上投降。但是姚哥知道后大怒，挨个搧嘴巴说："二哥我什么时候让你们欺负人了？你们说，二哥什么时候说过？"

再后来大哥隐退了，姚哥又跟着另一个大哥混，还是二哥。

我们说："等等，大哥退了，你是二哥，应该你上位啊！哪又来一个大哥？"

姚哥解释说："我不爱当大哥，难啊。"

大一上学期结束时，姚哥带着快乐的大学生活气息，穿着杰克·琼斯的大衣，上了大连到家乡的火车，一月的北方，已经是严冬，但是姚哥心里暖啊。

姚哥在车上一夜未眠，顾不上疲劳，冒着小雪，提着行李箱下了火车。

一出火车站，一群高中生迎面而来，姚哥以为小弟们来接自己，快步走向前去，一句“Long time no see”呼之欲出。

然后姚哥就被包围了，之后是惨无人道的围殴，姚哥行李箱里面厚厚的日汉字典都被踢出来了。好在火车站人多，有人打了110，姚哥被救了。

毕竟是二哥啊，姚哥就去找大哥，结果一看大哥也出事了，包扎得跟法老似的。

不过大哥出事是意外，那天大哥骑着小摩托去打台球，突然半路杀出来一个人，一砖头给大哥拍下了，然后又狠狠地揍了一顿。查了半个月，找到凶手了，是当地一个精神病人，那天犯病了。

大哥伤心，当年叱咤风云，却被一傻子办了，从此退出江湖。

这事是一天晚上喝多了姚哥讲的。我们问：“姚哥，你退出江湖了么？”

姚哥动情地说：“每每我想退出江湖，但都身不由己。”

在寝室喝酒的一大快事就是听下铺和姚哥说他们高中时的黑道往事。

重复的故事，反复地讲，每次情节都不一样，每次都有新部分。

我们就说：“酒精赋予人的灵感是无穷的。”

有时他们讲着讲着，自己都不知道怎么编了。

姚哥还总吹嘘他能打，比如坐公交问路，司机不告诉他，他就上去给司机摁在方向盘上捶了一通，自己下车跑了。

毕业后和别人合租，因为邻居半夜看电视吵，他对着墙就是一拳，“咚”的一声，地动山摇，邻居家电都断了。姚哥感觉自己说得太夸张了，马上给自己找台阶下，说：“当然，可能是正好赶上停电了。”

我们说：“别改了，这么讲挺好的。讲出来就别改了。”

4.公主病战姚哥

又是一年开学季，在女生四倍于男生的学校，并不是每个美女都能找个好男友。有一个学妹，令人印象很深，军训时别人都穿军装，就她还穿着裙子，那是有多爱美，也不算太漂亮。她身材很好，外表一般，化妆算美女，声音很甜，会撒娇，这些都给加分。

不过因为女生太多了，等着学妹们都脱下军装，她瞬间就被淹没了。

当年姚哥正是风光的时候，过着人上人的生活，虽然欠了一身债，不过毕竟曾经风光过，身上还剩一些钱。

他看上一个学妹，就是上面说的那个女生，叫小月。

小月家境很好，几年前的大学生，放假回家有钱坐飞机的人不多，而小月就是。

姚哥就追她，虽然我总黑姚哥，但姚哥也有优点，就是追女生这方面比较强，可以说是百发百中。

年纪小的女生还是很花痴的，姚哥因为不帅，一度出师不利。不过姚哥嘴很甜，走大哥哥路线，出手很大方。

小月一想，学校男生少，姚哥至少是高、富，高富帅占了两条。公主不能没有人陪着，暂且骑驴找马吧。她不知道这下骑了一头外星驴，马是找不到的。

搞定小月后没多久，姚哥就没钱了。不知道他怎么撒的谎，股票被套了，还是房子被套了，当时股市和房市都在暴涨，小月也不在乎，说那先用我的好了，拿出一张银行卡给姚哥，里面大概有20000元。

姚哥就还以甜言蜜语，什么等我钱回来了，去荷兰看郁金香、去瑞士滑雪之类的，那段时间二人过得很好，每天进出星巴克、格兰西点。

寒假的时候，姚哥也借光，可以坐卧铺回家了，可惜没买到票，那天日语课课间，班主任过来说："姚哥，你的卧铺票没买到，换硬座票了。"

当时在场的教授是个提倡勤俭的人，劈头就说："姚哥你真是太奢侈了，学生坐什么卧铺啊，坐硬座和同学聊聊天不就到家了么，省钱给父母买点东西。"

姚哥回寝室特别委屈，说："我一辈子没坐过卧铺，想坐一次还没票，还让教授骂了，唉！"

过了寒假，姚哥带着一学期的生活费回来了，回馈小月几天之后，就又没钱了。因为之前的债，还没有彻底还清。

姚哥又编了一堆"危机"，之后仍然是小月负责全学期的开销，这样第一年过去。

第二年小月大二，姚哥大三，姚哥又故伎重施，小月怎么说也是大二了，不再相信姚哥那些话。

不过小月在精神上和金钱上都投入太多，一脚踢了姚哥，又不甘心。

生活上她还是和姚哥在一起，心理上已经呈现出一种病态的模式，对姚哥的态度看心情，心情好的时候和以前一样，看不顺眼的时候，说话很刻薄，完全是挑战人的忍耐极限。姚哥也不高兴，不过没办法，别的不说，吃饭就要靠她，所以姚哥就完全丧失了话语权。

夸张到什么程度，2008年美国总统大选的时候，食堂正在播相关新闻，我遇见姚哥和小月在吃饭，随便闲聊说："我看好麦凯恩，美国虽然说平等，但还是不会选黑人血统的。"

小月说："我不觉得，奥巴马很帅啊，机会很大的。"

姚哥马上迎合说："我也看好奥巴马呢。"

小月一下子就黑脸了，说："奥你妹个巴马，让你说话时你再说话，没让你说话的时候，就别出声。"

我马上说："我去买东西了……"

还有一次在操场，姚哥看见我下铺，给他一个苹果。

小月过来说："谁让你把苹果给人的？"

然后走到我下铺面前，把苹果拿回去了，姚哥特别尴尬地看了下铺一眼。

下铺气坏了，说："真是没教养！我还能赖个苹果吃么？"

最无语的一次是，某天放学，我和下铺在教学楼外聊天。

姚哥过来了，说："让我踢你俩一脚呗？求求你们了！"

我们问："那是干嘛？"

姚哥说："刚才你们在走廊里说湖南口音难听，她让我来踢你俩，她在后面看着呢。回寝室让你们打我。"

果然，我看见小月在远处，端详着姚哥。

下铺说："那就抓紧吧，别让你小妈久等了。"

结果姚哥因为踢得太轻，晚上还是没有饭吃。

小月经常玩小孩的东西，棒棒糖、玩具糖果、气球等。

她买过一个模拟狗的气球，还真弄了一根绳子，牵着气球狗，在学校遛。

遛着遛着看见我下铺了，下铺这人害怕狗。

小月一拉绳子说："狗。"

下铺吓得脸都紫了，一看是气球，感觉自己被戏弄，大怒。回来跟我说："还敢这么吓唬我，明天我就给她气球扎爆。"

我说："你敢扎她气球，姚哥来摘了你的肾！"

小月还跟班里的女生打过架，抓了那女生一脸血，自己啥事儿也没有。

姚哥接到消息就过去了，情况已经被学校控制，被抓的女生被送医院，需要小月负责医药费。

不巧，她那个时候银行卡丢了，还在挂失状态，手里没有现金，中午姚哥挨个寝室敲门借钱，一人凑了200元，把这事儿解决了。

小月一看姚哥还有点担当，就又对姚哥好了一点。

因为姚哥恶习不改，大三下学期，他们俩彻底闹僵了。

姚哥最过分的是把学费都花了，还是小月给他垫付的5000元，姚哥说会还的。

小月是彻底不管他了，钱也不要了。

不过分手也不那么容易，小月投入这么多，不是一刀就能切断的，偶尔还互相骚扰一下。

真正分手是在大四上半年，姚哥出去工作了。

因为在外面工作实在是无趣，姚哥又给小月打电话，说："我现在在一家公司，一个月工资不少，周末带你去买衣服。"

小月还以为姚哥工作进步了，其实姚哥还没有工作，转身打电话给一个女同学——他的老乡，借钱。

正好那个女同学在小月寝室聊天，小月都听见了。

那天姚哥去面试又不理想，从高新园区走到星海广场，冬天的海风冷得要命，姚哥却在看海。

大风吹着姚哥的风衣飘飘，姚哥和同行的一个人说："祖国已经不需要我了。"

小月大四的时候，我坐公交时看见过她。

还是穿得很漂亮，一个人去逛街刚回来的样子，手里还拿着爆米花。

5.毕业后的姚哥

其实想想，我也坑过姚哥，在他与小月在一起的时期。

我是足球迷，比较懂球，那段时间研究足彩，发明了一套100%中奖的玩法，就打算买一批足彩，试验一下。

很多同学觉得有意思，就赞助我几十块钱，赢了他们也分钱，姚哥那天来找我，我还以为他要借钱，结果姚哥要入股，问我："能中么？"

我说："肯定中，问题就是中多少。"

姚哥从身上拿出50块钱给我，说："都靠你了，兄弟我现在都穷死了。"

我明白是他背着小月攒下的，多么不容易的50块钱，我认真地拿出一张纸算了半天说："姚哥，不出意外，你能赚200多。"

姚哥喜出望外，说："中！"

大概买了差不多1000块钱的足彩，买了50多个号码，蒙中一个就行，结果一个没中，别人都不在乎那点钱，但姚哥这面，打击那是致命的。

我觉得过意不去，在食堂遇见姚哥和小月的时候，买了两瓶饮料送上。

我说："足彩这次，对不住了。"

小月就问："什么足彩，他还有钱买彩票？"

我知道给姚哥惹祸了，就说："不打扰了，姚哥你先吃，吃不了兜着走。"

当时老师为了强迫男生学习，天天提问我们，后来我们决定刺激一点，每天第一个被提问的男生，给大家买饮料，后来觉得这样不公平，因为老师总喜欢第一个叫我。

就换到第二个，第三个，随时变，姚哥一直没中招，我就设了一计。

早上我把男生集合起来说："今天不说是第几个，姚哥是第几个，下课就说第几个。"

那天姚哥第四个被提问，他站起来，我们就笑，说："今天你买饮料。"

下课姚哥就问："早上没说今天第四个啊？"

我们说："说了，说了，你出去抽烟了，没听见。"

下午姚哥给大家买了绿茶，感觉像在喝姚哥的血。

毕业后，姚哥不知道为什么觉得自己很帅，毕业季海投简历，在智联上全选岗位，其中还投模特。

结果去面试，人家一看他的脸，就无奈地说："小伙子，车费我报销，请回吧，是我简历没看好。"

刚毕业我和姚哥短租旅店，在大连中山区。一天我面试回去，买了菜与面食，姚哥说他只吃米饭。于是下楼找米饭，最近的是一家星级酒店，姚哥进去，我在外面等，前台接待姚哥，问有何需要，姚哥问你们有餐厅么，前台说有餐厅，您订房还是用餐？

姚哥说都不是，我要一碗米饭带走。

然后见他空手出来了。

更牛的是，一次姚哥急用1000块钱，居然要找信贷公司。我想，你怎么不找美联储呢。

结果，人外有人，那个信贷公司还真借钱给他了，其实是高利贷。

他要是为躲1000元的债，再跑到越南等地，真就成传奇了。

姚哥和我在外面住的那段时间，房钱我拿，饭钱我拿。一天晚上他和一个女生打电话，居然还说："出来吃饭，不用客气，几百块钱我还没有么？"

我就想，这女生要是答应他吃饭怎么收场？结果挂了电话他就说："借我几百。”

我不想借，说没有。他说没事，我陪你去ATM取，我服了。

反正他一直欠着我的钱，过了很久，我住公司附近了，他来找我说想做一点生意，让我参谋。

我懒得理，就说：“想做就做呗。”

他说：“借我钱。”

我说：“停。”

姚哥总想做生意、创业，年轻气盛可以理解，不过他身上一分钱没有还这样妄想，我就不理解了。

第一个念头就是中秋节要卖月饼，低买高卖，包装一下当精品卖，走高端市场。大概是几块钱一盒的卖几百元。

先不说城管让不让，谁相信在街边地摊能买到精品？

然后姚哥起身就要去买月饼，突然又问我：“万一卖不出去压货了怎么办？”

居然用“压货”这么商业的词汇，就你那点月饼还“压货”，卖不出去自己吃了不就完了。

姚哥考察了一番后，感觉卖月饼不行。出去认识一个卖电脑的，能弄到便宜货，说进一批电脑，回我们学校卖肯定发了。

然后姚哥很真诚地说：“借我50000。”

我说：“姚哥，你真看得起我。”

当时，我实习工资大概1200一月，50000，游戏币我也没有啊。

姚哥也觉得自己有点过分了，改口说：“5000也行。”

我说：“那也没有。”

姚哥又说："500也行。"

500能倒卖电脑？回学校卖手电筒吧。

后来姚哥终于不幻想，找了工作。据说是一家大公司，一个总经理，一个副总，员工数达一人，姚哥自己。

有一天半夜一点多，姚哥才回来，我都睡了，他把我推醒了，说："今天老有面子了，去×××酒店吃饭了，喝×××酒了。"

我说："我知道了，可以继续睡了么？"

过了一个月姚哥就不干了，细节没和我说，工资好像结算了170元，按照他一向吹牛的习惯，我感觉应该是70元。其实月薪70，比月薪过万难多了。

重新开始找工作，姚哥仍然是题海战术，从翻译、律师、模特到保镖、摄影、夜店舞男、餐饮什么都投简历，甚至重金求子也投，那真就是豁上脸了。

那时候姚哥资金很紧张，还偶尔给乞丐1块钱。一次把50的当1块给了，回去还要请我吃面，一结账拿出来好几张1块的，说："我去，大票给要饭的了。"

姚哥说要去找乞丐，让他找49块钱。

我说："姚哥，咱们努力找工作，多赚钱，你就别去了。"

姚哥的毕业证有点问题，大二打架被记过了，毕业了学历证没拿到。求老师，暂时给了个专科的。

可是姚哥在公司登记的本科学历，公司就给本科待遇了，说毕业把证书拿来登记一下。

姚哥拿着专科证就去了，经理说："哎呀，你不是本科么？"

姚哥说："噢，那时候记错了，是专科，专科。"

经理说："你傻啊，自己是专科还是本科都不知道？明天不用来了。"

Part 4 两代校友七年情

短王、CK心、花泽泪、钱王

这次主角不是我们寝室，是另外一个男生寝室，先介绍一下。

寝室大哥：“短王”

短王本来叫主席，因为担任学校学生会的主席。工作后和同学合租，短王住的那个房间，床特别小，估计是房东儿子童年睡的。我去看过，我坐上面勉强能伸腿，蹲着刚好。大家让短王先打个地铺，等房东再买一张床来。

次日早上醒来，看见短王悍然地睡在上面，还能盖被子。

大家震惊地说：“这哥们真短啊！”之后他就一直被叫短王。

短王因为身材短，总挤不上公交车，他的理想就是以后买一辆自己的公交车，天天在大连火车站和高新园区之间来回开，见公交站就停，然后告诉别人这是私家车，禁止乘坐。

短王四年没牵过女生的手，除了全校组织合唱比赛期间，全班手拉手共唱《同一首歌》。

毕业后有个男生被索尼本部录取，入职需要做细致的体检，不过这个男生前列腺有些问题，想找人帮忙顶替体检。

他问咱们学校哪个男生的前列腺最好？大家都说：“非短王莫属。”

短王感觉这是一个尴尬的殊荣，认为自己被嘲笑了，下决心去见识一把。

于是在一个狗不叫鸟不鸣的夜晚，短王跟着一个站街女消失在街道中。

那个小区太旧，上楼的时候短王问：“你家走廊没有灯么？”

站街女说：“跺脚。”

短王一跺脚“亮！”，没反应。

短王又一跺脚“亮！”，这次灯亮了，不过短王走了一步就倒在地上。

不知道谁家不要的旧桌子板扔在那里，短王一脚跺上面，踩了一个钉子。

好在是皮肉伤，不过短王还是因伤入院。

我得到消息后，和寝室爽哥去医院慰问短王，我跟他关系不熟，主要我好奇，他是怎么弄住院的。

我去的时候短王情绪已经稳定，还招呼我们说：“坐，我这儿没站票。”

不过往哪坐啊，一共就一张床，我们放下水果就走了。

此后，短王轰动校友届：夜晚护失足，自己却失足，踩钉住医院。

寝室二哥：“CK心”

因为他裤腰总是很低，在寝室走路，总是露出内裤的CK标志。

更有人说他特意剪了一个CK内裤的一条边，贴在裤子上。

虽然他的CK是假的，但不能否认他有一颗CK的心。

CK心很早就进入商界，是首批卖蜜汁鸡脖的人，月入一万左右。

后来钱多了，又投了一个土豆粉小吃店，成为学校自主创业的典范。

但是没有赚到钱，由于太年轻，被厨师和服务员联手架空。

CK心当时是身无分文，带着女朋友投奔短王，先有个住处，再慢慢找工作。

CK心的女朋友不漂亮，但是有一个特点，脖子又白又长，外号眼镜蛇。

短王也够朋友，让CK心和女朋友睡他的房间，自己睡在客厅的沙发。

为了方便面试，CK心拿最后一点钱去买了一个男士背包，阿迪达斯休闲款，比草还绿。

因为感觉包比较贵，一直不离身，头次面试就挂着包和面试官座谈。

CK心把包放在右腿上，随着气氛的融洽开始抖腿。

会议室是朝阳的，绿包是亮皮革材质，反射着阳光，一道道绿光晃得面试官眼晕。

面试官说："同学，我先帮你放一下包？"

CK心一是怕丢，二是客气，说："不用，我自己拿着就行。"

然后继续像挂着照妖镜一样，包对着面试官脸，一道道绿光。

面试官直接收了简历就让他等电话。

CK心大学暑假喜欢打工，在一个日本料理店当服务生。

一次一个日本大叔一个人喝闷酒，大叔看CK心日语还行，就招呼他一起喝酒。

我们学校总有老师吹牛，说日本清酒就是水，结果CK心真当水喝，结果当然是喝醉了。

CK心醉酒后晚上睡觉又没关窗户，早上起来嘴歪了。起初CK心不知道自己嘴歪了，还出门和别人吹牛。

大家说："别装陈冠希，把嘴正过来说话。"

CK心去照镜子，良久后说："完了，完了！"

CK心嘴歪了后在医院扎点滴，出门戴着口罩。

总有人逗他说："给大爷笑一个。"

还有同学刺激他说："花钱移植一个吧，黑市不是有卖肾卖器官的么，问问有没有卖嘴的。"

好在经过两个月的输液后康复。

寝室三弟："花泽泪"

他是一特别内敛的美男，有点像花泽类。不过因为太爱哭，改称"花泽泪"。随便看一部伤感的电影，他都能哭得发抖。

花泽泪骂过女生哭点低，看个韩剧能抱团哭，结果他看《变形金刚》哭了，理由是触动了童年的记忆。

我们说："花泽泪，你这是一百步笑五十步啊！"

我和花泽泪在学校算是熟悉一点，因为我们都是美职篮太阳队的球迷，在食堂一起看球认识的。

花泽泪英语特别好，发音好听，喜欢唱英文歌。一年端午节，他要在系晚会唱歌，说要唱埃米纳姆（Eminem）的歌，让我和他一起。

我说："你开玩笑呢？我哪会玩那个？"

花泽泪说不用我唱，埃米纳姆开演唱会的时候，后面不是总有一些黑人跟着起哄么，带动观众的情绪，还要指挥大家一起拍手打节奏。

花泽泪想让我当黑人，在他后面跳大神，我没同意。

结果还是他们寝室大哥短王出山，那天花泽泪的最终选曲是坎爷的《Stronger》。

短王穿着很嘻哈的服装在后面蹦，打着节拍："噗哧咚！噗哧咚！Hands up！"

寝室四弟："钱王"

这个名字是因为面试得来的，钱王专业学得不好，面试的时候总心虚，跟面试官说："我可以不要工资，只要能上班就行。"

我们说："你真有钱。"

后来去某公司面试，钱王再次打出了不要钱这张牌。

面试官说："不行，不符合《劳动法》，你还是说说期望薪金。"

钱王要的也不算夸张："3000吧。"

面试官各种暗示：要高了。

钱王很务实地降低要求："2000吧。"

面试官又各种暗示高，其实他们的条件是实习工资1800。

钱王一直没找到工作，心中有火，有一种被戏弄的感觉，对面试官怒吼："我说不要钱你们不让，我要钱你们又不给，还让不让我们应届生找工作了？"

钱王还和花泽泪在寝室打过架，半夜12点多。起因是钱王在花泽泪被窝里藏小板凳。已经睡着的花泽泪发现被子里有板凳后极其恼火，而且钱王这么和他恶作剧不止一次了。花泽泪动了杀心，可是寝室已经熄灯，似乎不适合打架。

花泽泪拿出自己夜里看书的充电台灯，走下床，来到钱王的铺位，开灯，对着钱王的脸。

钱王迷迷蒙蒙刚睁开眼睛，就挨了一巴掌。发现自己在夜梦中被偷袭，钱王也是大怒，说："就知道你闹不起。"

可是由于刚刚惊醒，对灯光不适应，花泽泪拿灯一照他脸，钱王就闭眼。一闭眼，花泽泪就搧他。然后钱王睁开眼想反击，花泽泪又拿灯照他脸，钱王又眯着眼，一眯眼，花泽泪又搧他一个。

钱王气得想抱着花泽泪一起从四楼跳下去，说："花泽泪，你跟老子玩阴的，是不？你把灯关了！咱们明着来！"

花泽泪说："你傻吧，关灯怎么明着来？"

钱王怒吼一声："关灯！"扑了过去。

之后钱王和花泽泪打成一团，短王和CK心起床拉架。

我已经睡觉了，听见打仗的声音，也懒得出去看热闹。

寝室爽哥告诉我是花泽泪，我才打算出去看看，那时是冬天，半夜寝室里冷，我随手拿起床边的风衣到走廊。

我到现场的时候，战斗已经结束，围着一群同学在劝和。

我过去客气一下说："没事吧，有事儿去寝室找我。"

花泽泪说："没事。"

我刚走，就听说钱王问："谁啊？穿内裤披着风衣？"

我听了想回头骂他，大半夜的，难道我还穿一整套西服在寝室转悠？

考虑到大家看热闹刚回去睡觉，我就不折腾了。

武大郎和翠梨的恩仇记

故事是有渊源的，他们都是学长，大我三届。

所谓武大郎，就是一个学长身高很矬，勉强接近一米六，脑袋还挺大，被同学起外号叫武大郎。他最好的哥们，身高和他差不多，两人形影不离，所以他哥们外号叫翠梨。因为《水浒传》里面武大郎不是总和一个卖翠梨的男孩儿在一起么，武大郎喊：炊饼！他就喊：翠梨！

大一系里办晚会，武大郎和翠梨一起出演一个相声节目。

他们刚走上舞台，我下铺就说："两小儿辩日？"

武大郎有女朋友，在大学好了三年，毕业后持续。

翠梨因为常和他们混在一起，对她也是日久生情，当自己女朋友一样对待。

毕业的时候，翠梨喝多了，和武大郎道出心声，大概说："你们日后若是分手，我愿接盘。"

武大郎当场翻脸，说："兄弟四年，你居然说出这种话！"

从此兄弟反目，毕业之后多年没有联系。

武大郎和翠梨都是优等生，翠梨出去工作，武大郎留在学校当辅导员，希望日后能当大学老师。

那时候正是外包产业的黄金年代末期，翠梨的公司，两年内业务扩张了数倍，翠梨当上了一个业务部门的经理。

我们毕业的时候，短王去的就是翠梨的公司。

翠梨居高临下，说："你们啥也不会啊，不过看在同校的份上，来实习吧。"

武大郎在学校当了三年临时工，感觉没什么当老师的机会，竞争太激烈，就出去找工作。

当然武大郎应聘的职位高端一点，副经理级别的。

武大郎没有工作经验，面试比较困难，跑了很多公司。

一次被前台带到会议室后，发现面试官正是翠梨。

顿时两个人思绪穿越，重逢与震惊涌上心头。

翠经理毕竟是经过职场厮杀的人，伸手说："坐吧。"

武大郎呆呆地坐下，一时间后悔自己没早点出来工作，叹了一口气："唉！"

翠梨看他叹气，问："黄了？"

武大郎说："你个人渣，亏我几次想打电话原谅你，你真是贼心不死。"

那天短王在群里喊："咱们的武大郎学长和翠梨学长在我们公司干起来了！"

我们问："谁赢了？"

短王说："不知道，我们听会议室里面叮叮当当地响，以为要出人命了，后来发现就碎了两个暖壶。”

我们说：“翠梨不是你经理么，赶紧立功啊，上去就拍武大郎脑袋。”

后来武大郎过生日，有好事者想调解，偷偷把翠梨叫来参加派对。

两个人也喝了点酒，在同学的劝和下，至少嘴上说和好如初。

聚餐结束后，翠梨再次邀请大家去唱歌。

翠梨一心想请客，所有消费都点最高档的，和武大郎说：“咱们还是哥们，你还是我大哥，你现在不是没工作么，就来我公司干，好好干。”

武大郎本来就心酸，看着翠梨非常阔气地指指点点，心里很不爽。自己在学校混了三年，就能赚个生活费，刚毕业的时候大连房价才三四千元一平米，现在都一万多起价，女朋友跟着自己也没有着落。

武大郎说：“你别以为自己现在混得不错，我告诉你什么叫混得好，当你随便拉谁一把，就能让他也牛，那才是混得好。不然咱们都是普通人。你别在这显摆，还去你公司上班，我不去！”

翠梨说：“你自己去我公司面试的，跟我有啥关系？”

武大郎说：“我哪知道你在里面。”

同学纷纷出来说：“你们刚和好，这又是怎么了？”

武大郎说：“不是我小气，这小子现在太能装。”

翠梨说：“行，行，我不装了，我回家，你自己买单吧。”

武大郎语塞，他的钱不够买单的，没带那么多钱。

翠梨又说：“吓傻了吧，我买过了，你们玩吧，我走了。”

武大郎喊了一声：“翠梨！”

翠梨惊呆，虽然全校都说他们是武大郎和翠梨，但是他们之间从来不叫外号的，四年都没见叫过。

翠梨一直叫武大郎“大哥”，武大郎叫他名字。

这一声“翠梨”哪里能够忍受，宣告了两人的友情彻底作废。

翠梨也大喊一声：“武大郎！你还真就是武大郎！”

然后武大郎哭喊着：“翠梨！你个翠梨！活该让西门庆踢死！”拿着啤酒瓶子要揍他。

其实武大郎被怒火烧晕了头脑，分明是他自己被西门庆踢，然后潘金莲补刀致命。

翠梨懒得和他纠缠情节，也脱了衣服要和武大郎动手，也哭了出来：“武大郎！兄弟这么多年，终于干一架。”

同学们和服务生死死地拉着他们，好像白娘子和许仙，哭喊着奔向对方，但是被法海阻拦，怎么也碰不到对方，在怨念中被分开。

我一直就说，把男生气得要揍你，不算本事，把他气哭才算。同理，把一个女生气哭，也不算本事，把她气得要揍你才算。

武大郎的女朋友被闹得心烦，一个人走出了KTV，赌气在路边坐着。

随后武大郎也出来，在距离她几十米的地方站着。

她说了一句：“我受够了，真心够了。”就一个人走掉，就剩武大郎一个人蹲在路边。

几百米外，四五个人围着翠梨。

大家说：“本来今天大哥过生日，心情挺好的，你看看，现在大哥让你弄成什么样了？你自己看看，大哥在那里成什么样了？”

有一个同学厉声问：“你还把不把大哥放在眼里？把不把寝室长放在眼里！”

翠梨说：“我啥都没做过，就是嘴上说一句而已。”转身离去。

几分钟后，短王看见翠梨站在黑石礁的公交站，还问一声好：“翠经理。”

短王跟我们说，我们经理也不行，那么晚了还等公交，打车都打不起。

其实他不知道，翠梨就是在那里发呆而已。

几天后武大郎写了一篇QQ日志，叫《不要总带着女朋友和兄弟混在一起》。

看这日志的标题，恐怕是分手了。

短王在这时收到了某家500强企业的邀请，告别翠梨的公司，从此再也没听说过武大郎和翠梨的故事。

当时短王只顾着看热闹，道听途说给我讲笑话，他不会料到自己日后会和翠梨一样，也会在深夜中无言地站在黑石礁的站牌下。

高新园区爱情

我和短王本不该有什么交集，我下铺和短王还发生过冲突。

大二时短王寝室床坏了，想找舍务大爷借个锤子，他在外面喊：“大爷，大爷！”

我下铺在寝室躺着就嘴贱答应说：“哎！”

短王以为舍务在我们寝室，闻声而来，一看不是大爷，和我下铺开始理论。

下铺不是讲理的人，短王羞愤而去，扬言说必有一战，就回去组织人马。

我听说这件事儿后，感觉是下铺不对，决定找短王谈谈。

我去他们寝室的时候，短王正在挑选武器，手里拿着一只大铅笔，上面有一个啄木鸟橡皮，好像要拿这个去灭我们寝室。

想起《水浒传》里有一集，宋江装疯说：“我是玉皇大帝女婿，手拿八百斤大锤，专砸你们这些鸟人！”

看我进门后，短王死死地握住大铅笔，好像准备万一有情况随时攻击我。

我说：“我是来给你道歉的，这事儿的确是我们寝室那谁不对，你别跟他一般见识，他小孩脾气。”

短王听了之后，呼吸有点急促，像狗咬人的前兆，弄得我有点紧张，片刻后短王冷静下来说："行，我就给你这个面子。"

毕业后短王还常常和我说起这事儿。

因为老乡花泽泪时常找我一起去看球，和他同住的短王每次都会留我喝点酒。

喝过两瓶之后，短王就会提起当年他和下铺要打架的事，说："当年多亏你冷静，不然咱们两个寝室，乃至咱们两个班级，就干起来了！当时我们准备了很多武器，有棒球棒、电棍，现在咱们关系这么好，我想想当时真是后怕啊。"

一次短王找我喝酒，要庆祝自己月薪大幅度提升。

那天喝得多，最后他们寝室的钱王和花泽泪都躺在地上，就剩我们两个煮酒论英雄。

短王很不屑地看看地上躺着的两位室友说："呵呵，鼠辈罢了，喝得跟狗似的。"

我说："再来一个，希望短王早日月薪过万。"

短王一笑："我就爱跟你喝！"然后喜洋洋地吃了几口菜，说："我该找个女朋友了。"

我说："那还不简单，趁着你事业处于上升期，顺势而为罢了。"

短王说他喜欢我们班一个女生，跟我说出了名字。

我脑海里一过，也是美女，现在我们都叫她"前台妹"。

因为她毕业后一直做前台的工作，以她的条件绝对屈才。每次面试的时候，面试官都劝她选择其他更好的职位，她都拒绝，说："我就是喜欢做前台。”

一次因为公司要提拔她去企划部，她居然辞职了。她说不喜欢很忙的工作，就做前台玩玩手机挺好。

上学的时候我就对前台妹印象很深刻，首先，她的漂亮与众不同，有些混血儿的感觉。其次，不论上什么课，她都抱着一个玩具猴睡觉。这点我特别佩服她，不像其他女生，遇见老实的老师就睡觉聊天，遇到严厉的老师上课就乖得像女儿一样。前台妹不管是哪个老师的课，就是睡。

特别是一次我坐她附近，上课被提问答不出来，她边睡觉还能边提示我答案，而且考试成绩特别好。

前台妹有个闺蜜叫“Katy Perry”，因为凯蒂·佩里（Katy Perry）有一首歌叫《I kissed a girl》，而她曾经在校园里醉酒后kissed a girl。

Katy Perry是个高挑的美女，性格很爽朗，学习特别差，每逢考试都要抄别人。

不过Katy Perry有个独门绝技，就是她抄谁，肯定比谁分数高，比如某同学考70分，她抄了之后自己却能得80多分。大二考日语二级，Katy Perry抄一女生，那女生眼睁睁地看她照着自己的答案涂答题卡，结果自己考250分，Katy Perry考252分，不知道是为何。

追Katy Perry的男生很多，她不缺钱，那些趾高气扬的土豪她都看不上，她喜欢帅的，最好是像佐助那种冷酷寡言的类型。

花泽泪正合适，花泽泪有时戴着耳机坐在操场上，能不说话独处一天，Katy Perry就喜欢这种气场。

Katy Perry和花泽泪短暂地好过，一次考试我和Katy Perry一个考场，花泽泪还来叮嘱我照顾她一下，我满口答应下来，可惜她离我太远，实在是爱莫能助。

后来我对花泽泪表示了歉意，花泽泪说无所谓，已经分手，一共就处了两天。

前台妹还曾经问过我是不是暗恋Katy Perry。

我说："为什么问我这个？"

前台妹说："因为Katy Perry感觉每次在走廊与你擦肩而过时，你都看她。"

我说："废话，在走廊擦肩而过能不看么？一共就那么大空间，我还能一遇人就看墙？"

前台妹说："就这样？"

我说："那你以为呢？你让Katy Perry别一天到晚总自我感觉良好。"

前台妹说："嗯，是这样啊。"

Katy Perry现在就职于一家外贸公司，做销售，据说没有拿不下的单，国内国外通吃，毕业一年已经赚了几十万，是公司的红人，只要有签不下的单，同事就会说："找Katy Perry啊！"

几个月前，我走路看见过前台妹和Katy Perry，因为是同班同学，我和前台妹简单聊了几句，Katy Perry和我不算认识，没有说话。不过走的时候，前台妹跟我说拜拜，Katy Perry也对我挥挥手，感觉好荣幸，能让成功女士对我挥挥手。

短王要对前台妹动手，根本就是螳臂挡车，自寻死路。

不过那天我们喝得高兴，短王让我当媒人，我跟他干了一杯说："这事儿我接盘了。"

第二天清醒之后自己都乐了，以短王的条件怎么追得到前台妹？

我和前台妹也仅限于非常普通的同学关系，我连她电话号都没有，怎么做媒，就一直拖着。

短王等不及问我："那个事儿怎么样了？"

我说："哪件事儿？"

短王表情很气愤。

我说："哦，那个啊，你追前台妹啊，我这关你肯定是过了，不过我回去想想，她这么漂亮，一直没交男朋友，是不是有问题啊？要不你换换人选吧，我班别的女生。"

短王仍然很气愤："你啥意思啊，我不配呗？那天不是你说的，就是顺势而为罢了。"说着用手往天上推，做了个顺势而为的手势。

我说："是我说的。"

短王说："那不就得了。"

我说："行，我给你问问。"

我能和前台妹联系上的途径就是班级的QQ群。

一天下班之后我问她："在么？"

她的网名叫奈何桥，又不恋爱，不知道奈何个什么桥。

我6点多和她说的话，快8点才回复我，说："刚才洗澡呢，我下班回家都先洗澡。"

我没直接切入主题，从同学的角度闲聊了几句。

前台妹不耐烦，说："你有事么？没事我看《吸血鬼日记》了。"

我说："就是想问你点事。"

前台妹说："什么事？"

我说：“你有男朋友么？”

前台妹说：“没呢。”

我说：“你对男朋友有什么要求？”

前台妹说：“没要求，喜欢就行。”

我说：“那你喜欢什么样的？”

前台妹说：“你肯定不行。”

我说：“我没说我行，就是问问。”

前台妹说：“喜欢帅的，最好也有钱的，还对我好的。”

这还叫没要求。

我说：“要求很合理，不打扰你了。”

我第一时间把信息传到短王那里，短王终于意识到情况不容乐观。

短王说：“她看《吸血鬼日记》？我去买一套DVD送给她？”

我说：“优酷上免费看，DVD有什么用，那盗版的字幕可能还不对。”

短王又说：“那我送她海报，她可以贴在墙上。”

我说：“都什么时代了，她下载图片当手机屏幕不就能天天看了？”

短王很失落，一声叹息：“唉！”

我说：“这周五我班聚会，估计先吃饭后唱歌，唱歌的时候我叫你来呗？”

短王说：“你这人真是够朋友，上学的时候没和你深交，真是我一大失误。”

我说：“那你就等我电话吧。”

短王痛快地答应：“唉，唉，好！”

短王这人很爱唱歌，记得在寝室的时候，看见他端着一盆要洗的衣服，边走边唱："我爱上你的一天两天，三天四天，哎，五六七八天……"唱得很特别，他的嗓音很浑厚，音量又很低，听着像哭，特别适合唱情歌。

我们班级聚会那天，前台妹姗姗来迟，她每天下班都回家在浴盆里泡澡，然后化妆再出门，她来的时候，大家都要吃完了，她也不在乎，100元的AA份子钱照给。

唱歌的时候，我说叫一个同学来一起，大家说，叫呗。

我怀疑短王一直就在楼下等着，接到我电话就立刻出现在包间外面。我拿过麦克说："这是咱们日语三班的一位同学，短王，大家认识么？"

大家说："认识，认识，让他唱个歌吧。"

短王满面笑容地点了一首《一千零一夜》，声音仍然像一只绵羊在哭，低沉又有波动，"一千零一夜，没有一夜不思念……"博得一片掌声。

前台妹是不唱歌的，坐着玩手机。

短王喝了几瓶啤酒后，来到前台妹的身边问："咱们唱首歌？"

前台妹说："我不唱歌。"

短王说："喝酒？"

前台妹说："我不喝酒。"

短王说："吃点东西。"

前台妹说："我们刚从饭店出来。"

短王说："那聊天？"

前台妹说："别费力气了，你，你那个……"

短王打断说："我什么？"

前台妹看着手机说："反正不行。"

短王尴尬地一笑说："那行，那可以。"

我再看的时候，短王已经不在房间内。

短王悄然离去，心中满是愤怒和伤心，买了一打啤酒回家消遣自己。

不过短王很没有存在感，花泽泪在自己的屋里待着，钱王在玩传奇私服，他是行会掌门，在指挥一场战斗，声音非常大地喊："所有兄弟，所有兄弟，土城集合！哎，两行蓝，两行红，刷新一下背包！几点钟方向，朝着大刀给压上！干他们！给我狠狠地干！啊，我死了！"

短王自己吃着花生米，喝了一瓶啤酒，在客厅喊："出来个人，陪大哥说说话！"

可是短王又喝了一瓶，还没人出来，短王抓了几个花生米往地上一扔，大喊："现在大哥我说话不好使了，呵呵。"

短王喝了三瓶啤酒，花泽泪和钱王才晃晃悠悠出来。

钱王也开了一瓶啤酒说："大哥这是怎么了？"

短王说："日语20班的前台妹，我不是要追她么，刚才见了一面。"

花泽泪试探地问："不太顺利？"

短王说："啥顺利不顺利的，直接给大哥拒了，没机会啊。"

钱王问："为什么啊？"

短王说："不知道，她就说我不行，但又没说我哪儿不行，你们说实话，我哪儿不行？"

花泽泪和钱王都说："大哥行啊，这小伙儿。"

短王说："别说那没用的，今天给我说实话，我哪儿不行？"

花泽泪说：“这个啊，非要鸡蛋里挑骨头的话，大哥长得不行。”

钱王说：“身高也不行。”

花泽泪说：“头型也不行，太土了，大哥。”

钱王说：“穿得也不行。”

短王郁闷地问：“还有么？”

钱王说：“收入也不算行。”

花泽泪说：“当然，这都是鸡蛋里挑骨头的说法。”

短王听着他们半实话半玩笑的调侃，脸上没有一点表情，只是发出一阵莫名的冷笑：“噗哼哼哼，噗嘿嘿嘿，噗……”然后一杯又一杯地喝。

花泽泪和钱王说：“让大哥先喝着，我最近没太注意大哥的情绪，这是要疯？”

钱王说：“不知道啊。”

短王自己喝到吐，在KTV吃的西红柿和西瓜都吐出去了，红色的一片。钱王去卫生间看了后说：“大哥吐血了，花泽泪你去叫120急救，大哥要不行了。”

短王抱着马桶说：“慌什么，我没事儿！”

这算是短王毕业一年的转折点，爱情和事业都受到打击。

因为被前台妹拒绝后，短王工作无法全情投入，几次出现错误，被公司经理骂得狗血淋头。

一次给客户发邮件，对方是位日本女士，叫千秋在原，短王就用全拼随手打成“铅球再圆”。第二天经理就疯了，说：“短王，你再这样就可以回家了，还铅球再圆，我看你脑袋像铅球！”

那段时间短王再也不组织喝酒了，我去做客，他话也不多，手里拿一份日语商务专用单词表在看。花泽泪依旧自己玩自己的，钱王因为一直没工作，混不下去，打包回老家了。

短王那里变得十分冷清。

我和两个同事合租，分别叫杀杀人、跳跳舞。

杀杀人因为天天打穿越火线，纠缠于计算自己杀了多少人。跳跳舞是因为一直在屋里练习什么鬼步舞，像踩地雷了一样。

同学经常问我合租的同事怎么样，我说他们就杀杀人、跳跳舞，大家都以为我在开玩笑，其实是真的。

杀杀人是大连本地人，也特别喜欢组织喝酒，我们三个经常喝得像傻子一样躺在地上睡觉，第二天迷迷糊糊地去上班。

一天晚上我在卫生间吐了，之后回房间睡觉，第二天早上起床晚了点儿，随便穿上裤子就走。到公司开早会的时候，我低头想看看自己裤线直不直，结果一看啊，都是昨晚吐过的痕迹，赶紧往厕所跑，去冲洗裤子。

杀杀人是一个一米九的壮汉，我们偶尔会起争执，我知道他的致命弱点，就是怕听见手指甲划玻璃发出的吱吱声，跟孙悟空听紧箍咒一样的效果。

一天晚上我要看足球，他非要看一个看过100多遍的电影，我走到窗户边上就划玻璃。杀杀人当场就做痛苦状，踉踉跄跄地跑到客厅，不一会儿拿着金属勺子和玻璃碗回来，我的致命弱点就是讨厌听见勺子敲打玻璃碗的叮叮声，一听见就想满地打滚。

杀杀人为了报复我，叮叮当当地用勺子敲碗，我忍着不打滚，继续用手指甲划玻璃，杀杀人也很吃紧，手里的碗一直在抖，满头大汗。我突然变换节奏，用断手的魄力狠狠地划玻璃，发出尖锐的让人头皮痒痒的吱吱声，杀杀人没有接住这一招，仿佛听了六指琴魔的曲子，手里的碗无力地掉在地上，歇斯底里地喊：“你给我停！给我停！”

从这之后，杀杀人和我喝酒的时候再也不敢把自己的弱点告诉我，不过为时已晚，该告诉我的都说过了。

高新园区酒鬼

一段时间后，我再次接到短王的电话，他的声音恢复了往日的活跃，说："你在哪呢，来喝酒，我兄弟回来了！"

我说："谁啊？"

短王说："CK心呗，和他对象眼镜蛇。"

我根本就不感兴趣，CK心我也不熟。

短王那头又催："你在哪呢？"

我说："我刚下班，在公交车上呢。"

短王说："还有几站能到我这儿（黑石礁）？"

我说："反方向的，我去七贤岭。"

短王说："都什么时候了，你还去七贤岭，赶紧下车打车过来！"

我说："附近没看见出租车。"

短王说："那你就给公交司机扔一百块钱，你就搭他车走吧，让他一站别停，直接开到黑石礁！"

我说："行行行，你等着吧，我下去打车。"

短王家洋溢着喜庆的气氛，几个人系着围裙在厨房忙活。

只有CK心和眼镜蛇坐在客厅，桌子上有些肯德基的零食。

CK心招呼我去坐，寒暄了一番之后，给我讲他的经历，先是做蜜汁鸡脖赚了一笔钱，然后开饭店倒闭，云云。他决定住短王这里，和眼镜蛇一起找工作。CK心是个外表比较秀气的男生，眼镜蛇外表一般，不过皮肤很白，看样子还是比较调皮的那种。

晚饭的时候，我发现CK心为人外向热情，喝酒特别干脆，短王总算有了个酒友，免得天天拉我过来。

花泽泪一如既往地喝两瓶就躺地上，这已经有所进步，以前都是一瓶。

我和CK心一见如故，都喝到酒醉。饭后我问："兄弟，电话多少？"

CK心说："我说，你记。"

第二天，我翻看电话本，里面多了一个CK心，不过没有电话号码。

短王说我们俩昨晚喝多了，我和CK心拿着电话坐在地上。

我说："你说。"

CK心说："你记。"

一直重复了半个小时，然后都靠墙睡着了。

这段时间短王这里空前热闹起来，每到周末就是连着三天酒。

一次几乎把同届的所有男生都叫来了，隔一会儿就到楼下超市扛一箱啤酒，楼下小超市总共就备了几箱啤酒，都被我们扛走了，老板很惊恐地问："你们那里住着一些什么人？你们是干什么的？"

除了CK心之外，短王又请了一个高人，名叫法王。

此人北京××学院毕业，后来去法国留学，说话一口普罗旺斯腔儿，举止很像绅士，像欧洲传统贵族，被称为法王。

短王认识他的过程很有趣，是在一次面试中。短王和几位来面试的人在会议室等候，突然进来一位气质非凡的男士，进来就询问短王："你是哪儿毕业的？"

短王说："大连××学院。"

这位男士略微点点头，然后又问别人："你是哪儿毕业的？"

大家都以为这是面试官，毕恭毕敬地回答。

最后大家才知道，这哥们儿也是来面试的，大家气得直骂。

短王面试之后发现法王站在外面等他，法王说："我前女友是你们学校的，我们算半个校友，喝杯咖啡？"

其实法王留学归来后，工作早已安排妥当，因为还需等些时日才能入职，法王在家待着无聊，就随便投简历面试，找人聊天玩儿。

法王的公司就在短王隔壁大厦，两人偶尔中午吃饭的时候能遇见。

短王知道法王是一家美企的中层管理，年薪20万左右，觉得这个人值得交往。

在得知法王也喜欢喝酒之后，短王就频频邀请法王来跟我们喝酒，法王和我们这群酒鬼一起喝得非常之爽。

第一次见法王的时候，我以为这人有精神病。

当时我去短王家喝酒，走到门口，门居然自动打开了，一个男子站在门口好像在迎接我，站得笔直，一只手放在背后，一只手做着请进的手势。我进屋之后，这位男子极其谦卑地搀扶着我坐在沙发上。

我问短王：“这哥们儿是谁啊？”

这位男子起身说：“很高兴向你自我介绍，我是法王，现在在××公司就任一个非常卑微的职位。阁下是？”

我也介绍了一下自己。

法王说：“哦，短王的朋友都太优秀了，能跟您这样的大绅士共进晚餐，真是令鄙人喜出望外啊。”

吃饭的时候，法王一直拿一张面巾纸，吃一口菜，擦一下嘴。

席间，法王说：“我对你们学校法语系很熟悉，有两位男生在法国与我是朋友，不过非常遗憾，他们都去世了。”

我说：“这么年轻就死了？”

法王说：“其中一位是在巴黎的夜店和阿拉伯人发生了口角，被人拿刀捅死，另一位是遭遇黑人抢劫，和人搏斗致死。”

我说：“我们学校这是去法国诺曼底登陆啊，这么一会儿死俩？”

短王也出来说：“你们北京××学院的我也认识，葡语系的去巴西踢球，一场比赛11人被铲死8个！”

法王说：“我知道你们不信，但是我说的都是真的。”

短王住的地方除了房租大家均摊，伙食钱也是。他们有一个鞋盒子，每个月一人扔里面几百块钱，大家一起吃饭用。眼镜蛇负责做饭，一次她忍不住吐槽说：“饭钱都让你们喝酒了！”

在短王这里喝酒一般都留宿，不然喝不尽兴。短王和法王酒量太大，几乎从来没喝多过。花泽泪酒量不行，但有自知之明，从来不跟别人拼酒。

就我和CK心是半吊子，经常被灌醉。

我们俩风格还不同，我喝多了都是直接不省人事，CK心则是禅坐。每次喝着喝着发现CK心坐在那里一声也不出，低着头闭着眼就是喝多了。每当CK心沉默，短王都说："你们看看我兄弟是不是不行了？"

然后大家一看果然是不行了，像高僧圆寂一样，坐得挺直，但是一碰就倒，而且倒了就不睁眼，都要眼镜蛇来接盘打理，拖回房间睡觉。

一次，CK心倒地，我们喊眼镜蛇："出来收你老公回去睡觉了。"

眼镜蛇很不情愿地暂停了电影，出房间一看，说："我晕，又不行了啊？"

拖CK心回房间的时候，发现CK心要吐，眼镜蛇把他拖厕所后说："你吐完再回屋。"CK心已经没有意识去刻意吐，眼镜蛇就用手敲打他的脖子，说："吐！"

法王和我们感慨说："小妹儿脾气挺爆，不过这种性格当媳妇不错。"

血战黑石礁

CK心一直没找工作，无限拖延，他不知道自己要干什么，日语都快忘光了，别的也不会。有的时候接到面试的电话，第二天因为不想起床就放弃。

眼镜蛇倒是工作了很久，她没什么文凭，在商场卖杰克·琼斯，一个月也有四五千块工资，比我还高。

最不可思议的是，短王下岗了，因为实在受不了公司的变态军事化管理，犯一点错误就被骂得要死，短王不是厚脸皮之人。

短王和CK心两个人在家里躺着，晚上还不耽误喝酒。听说一次短王和CK心喝酒，短王训斥CK心不思进取，一直不工作，还不如眼镜蛇能吃苦。

CK心听哭了，说："大哥，这次我回来，感觉你对我没有在寝室时好了，你变了。"

短王也哭了，说："大哥现在压力也大啊，上班天天挨骂，回家看你还不争气。"

两人就哭着喝闷酒，喝不到两瓶就都醉了。

短王辞职之后，没有继续找工作，选择了自己创业，利用在学校当学生会主席的人脉和在日企的人脉，办了一个对日留学劳务中介所，还算是有声有色。

我们学校的一个老师在开发区办了一个外语培训班，还给短王挂了一个日语部主任的头衔。

CK心在销售和服务行业辗转了一段后，居然跑去高尔夫球场工作，应该是球童，不过他自己说是教练。

短王说："你打过高尔夫球么，还教练。"

CK心就嘻嘻笑。

高尔夫球场距离市区有一段距离，给CK心安排住宿，所以他经常不回来住，叮嘱短王照顾眼镜蛇。

眼镜蛇工作的商场晚上关门比较晚，有时晚上11点多才下班，需要有人去接她，短王和花泽泪轮流负责。后来花泽泪被公司调整了工作时间，下午上班，深夜下班，就短王一个人接眼镜蛇。

眼镜蛇一次和短王说："你别再接我了，这样别人还以为我俩好上了呢。"

短王说："你太见外了，我是大哥！"

花泽泪还问过我："你感觉短王和眼镜蛇正常么，短王是不是对她有想法？"

我想想前台妹的事情就笑了，说："多虑了，就凭他短王？"

不过短王和眼镜蛇还是被同学看到过很多次，都以为她是短王交的女朋友。

一次CK心放假回来，在路上遇见同学，同学还跟他吐槽："你们寝室那个短王居然有女朋友了，真是铁树也开花啊！"

CK心就问眼镜蛇说："你是不是经常跟大哥在一起？"

眼镜蛇说："你废话，我住在这儿，能不和他在一起么，怎么了？"

CK心还是相信短王的，说："没怎么了啊，我随便聊天。"

不过眼镜蛇还是能敏感地捕捉到一些信息，说："咱们单独出去住？"

CK心说："不好办啊，我上班的地方太远，先这样吧。"

CK心虽然无限地相信短王和眼镜蛇，当然他们也值得相信，除了生活互助之外，短王和眼镜蛇啥关系也没有。不过CK心顶不住不断听见的流言蜚语，特别是在他打电话的时候，眼镜蛇总因为工作原因或者巧合不接电话。这让CK心难免不想入非非。

一天周六早上，我穿着睡衣出去买早点，回家的时候发现门已经锁了。我忘了室友杀杀人和跳跳舞今天要加班，出门没带钥匙。这两个人难道没看见我的衣服和钥匙都在床边放着么？除了去公司找他们，没有别的办法。

我穿着睡衣和拖鞋坐公交到了公司，本来感觉丢人想打车去，可惜身上就几块钱。

公司前台当我是精神病，用随时找警察办案的口吻问我："你有什么事？"

我说："麻烦给203办公室打电话，让杀杀人和跳跳舞出来！"然后又骂了一句："今天不给他们腿打断，就算我手懒！"

前台小姐有了大概的判断，低头抿嘴笑着，给办公室打电话。

不一会儿，杀杀人和跳跳舞就跑出来了，看见我的打扮第一反应是想笑，看到我要发怒之后憋了回去，过来说："我们的错，我们的错，以为你出门了呢，你别生气，晚上吃火锅，吃火锅。"

我说："你们给我钥匙，这事儿咱晚上再说。"

杀杀人给我钥匙，然后对跳跳舞说：“快去外面给他叫辆出租车！”

晚上我在家等着和杀杀人、跳跳舞算总账，却等来了眼镜蛇的电话，她语气很焦急地说：“短王和CK心要打架，你过来吧，就花泽泪一个人，我怕拦不住。”

原因是CK心知道眼镜蛇周五放假，想打电话聊聊天，可是眼镜蛇没接。然后给短王打，短王也不接，长达一个多小时都不接，的确值得怀疑。

眼镜蛇的解释是，她在洗衣服，他们三个男生攒了很多衣服不洗，她看不过去都给洗了，手机放在屋里她没听见。短王的解释是法王出事儿了，喝醉酒和同事打赌摔跤，腿被摔骨折了，短王去看望他，进病房的时候把手机调了静音模式。法王本来都要结婚了，突然出这事儿，短王就安慰他很久，没有看手机。

他们说的都是真的，这也不算什么大事儿。

不过周六这天，CK心直接请假去杰克·琼斯专卖店看眼镜蛇，正好那天短王和同事逛街，打算照顾一下眼镜蛇的业绩。反正都是买衣服，就去她那里买呗。买好了之后，眼镜蛇在店门口对短王表示感谢说：“你带同事来，绝对是给我面子，谢谢了。”正好让CK心撞见。

短王没感觉有什么异常，还说：“哎哟，巧啊！”

CK心说：“你们在一起玩得挺花花啊，就我是傻子，真恶心。”转身就走了。

短王才反应过来被误会了，喊：“你回来，你回来！”

眼镜蛇知道要出事儿，请假和短王去找CK心。

CK心感觉郁闷，找花泽泪，一是诉苦，二是希望花泽泪告诉他真相。两人就在黑石礁夜市的地摊，吃大串，喝啤酒。

花泽泪虽然对短王和眼镜蛇有所怀疑，不过在这个时候还是劝和不劝分，说：“你多虑了，咱跟大哥多少年了。”

CK心喝着啤酒说：“你经常加班，你能保证你什么都知道么？”

花泽泪说：“你要这么想，那我也没话说，反正就以我掌握的情况而言，是你多心了。”

短王一直在打CK心的电话，CK心不接。

花泽泪说：“接啊，有啥事儿跟大哥说明白了。”

CK心接通了电话，是眼镜蛇找他回家谈谈，CK心说：“不回，喝酒呢！”

之后电话里又换成短王的声音，仍然以大哥的口吻命令道：“你给我回来！有什么事儿冲我来！你说你刚才给我弄那个死出儿。”

CK心本来就觉得委屈，又喝了几瓶啤酒，短王又是这种训斥的声音，CK心想杀人不过头点地，欺人太甚，生气地骂道：“短王，你算个什么东西，你命令我？”

短王如遭雷击，差点一头栽倒在地，强压着怒火问：“短，短王是你叫的么？”

CK心说：“全校都这么叫，多我一个算什么啊？”

短王气得浑身发抖，说：“小兔崽子，你在哪呢？咱见面说!”

“我就在黑石礁夜市吃烧烤，”CK心边说边摆弄着手里的竹签子，“你来，我扎碎你。”

短王说：“你等着！”然后气冲冲地要过去。

眼镜蛇说：“短王，你别去啊，不能和他一般见识，你冷静一下。”

这时候我已经赶到短王家中，边和花泽泪打电话，边走进短王家客厅，我在电话里叮嘱花泽泪稳住CK心，看见短王怒发冲冠，我赶紧说了一句："短王，你别去，你现在跟他说不清楚。"

短王抖了抖袖子说："短王我一向两袖清风，有什么说不清楚的？"

我并没有挂电话，那头花泽泪还在劝着CK心，传出CK心的两声："我扎他，我扎死他。"

短王听了之后，呼吸急促，眼含热泪，气得像炸毛的斗鸡。

我挂了电话说："短王，别听他叫嚣，他喝多了。"

短王充耳不闻，已经奔出了家门。

我追上去说："他现在失去理智了，万一真把你扎了呢？"

短王回头怒视我说："我借他八个胆！"然后就小跑下楼。

眼镜蛇在后面喊了一句："你快拦住他啊！"

我也在后面跟着跑，同时给花泽泪发短信，让他把CK心支走。

可是短王家离夜市太近，还没等花泽泪反应过来，短王就到了。

CK心坐在板凳上，还在比比划划地说要拿吃大串剩的竹签扎短王。

短王如天降神兵一样，高喊："谁敢扎我！谁敢扎我？"

旁边卖麻辣烫的大哥都说："呵呵，这小哥是喝多了吧？"

CK心听见短王的声音，说："你喊什么？"

短王说："小兔崽子，你冲我来！你冲我来！"

CK心像拿着双股剑的侠客，冲过去就是一套剑法，当然手中的剑是竹签。

往往武林中高手对决时，不拿武器的那位都是大师，不屑于用武器，可是短王不是武林中人，接招有些吃力，竹签虽然不是特别锋利，但是扎到身上也能造成伤害。

夜色朦胧，夜市更是骚乱，只听见CK心和短王在人群中“嘿哈！嘿哈！嘿哈！”地过了十几回合。

CK心因为酒精作用，摔倒在地一次，很快用鳄鱼上岸的姿势站立起来，发动第二波攻势。

我本来是拉架的，但从来没见过这种场面，有些茫然，还是在群众的帮助下才把两人分开。

我拉着短王衣服，能感受到短王气得心脏乱蹦，嘴里嘟囔：“呵呵，还真把我扎了！我也扎你！”短王突然挣脱我，想去边上的烧烤小摊拿几个竹签，可是一把拿了两只完整的铁板鱿鱼，烧烤的师傅看见短王精神失常，没敢提钱。

大连真是满地铁板鱿鱼，简直是鱿鱼之城。

一次我想吃条铁板鱿鱼，那人要我30元，我说：“我待五年了，别给我游客价。”那人笑了，说：“10块钱，让你吃一条吧。”

短王拿着两条鱿鱼，像铁扇公主手握芭蕉扇一样，可谓是“鱿鱼琵琶半遮面”地冲过去扎CK心。

花泽泪在CK心身边拉架，身上工作穿的zara白衬衫被短王拿鱿鱼拍了七八下，好像要打蚊子一样，弄得都是辣椒油的印儿。

CK心从地上拿起一个板凳要还击。这时眼镜蛇来了，她说：“CK心！你再闹的话，这辈子你都别想见到我了！”说完就哭了。

CK心停下手，短王也被我和花泽泪按住。

短王也哭着说：“你不相信大哥么，大哥昨天去看法王去了，你难道想把这事儿闹到法王病床前？法王腿都断了！”

我想起武大郎和翠梨的故事，同样发生在脚下的这个地方，也是因为莫须有的理由。

短王一个人找人少的地方，蹲在一块大石头上，用手握着脸，似哭非哭。

花泽泪闻了闻自己说：“哎呀，这个铁板鱿鱼味儿！”

我们训斥CK心说：“本来今天大哥过周末，心情挺好的，你看看，现在大哥让你弄成什么样了？你自己看看，大哥在那成什么样了？”

CK心站着不说话。

我去找短王，看见他已经走到黑石礁的公交站牌下面，我说：“你去干吗啊？”

短王说：“今晚我不回家了，出去散散心。”

我说：“这个时间已经没有公交了。”

短王指了一下站牌说：“23路还有。”

七年时间，两代校友，殊途同归。

尾声

我很久没联系过他们寝室的人，偶尔问过花泽泪："你们怎么样了？"

花泽泪说："真丢人，因为一个女的闹得都不说话了。"

听说CK心和眼镜蛇单独出去住了。

我去看过短王一次，短王对着电脑乐，他在看一个情感类电视节目。

节目里主角是一对好兄弟，大哥找了一个女朋友被小弟抢走，大哥忍了，又另找了一个女朋友，又被小弟抢走，然后两个人上节目对话。短王笑得上气不接下气地说："居然还有这种人，居然还有这种事儿！"

从这次以后我再也没见过短王。

直到一天我接到CK心的电话，说短王和眼镜蛇跑了，问我知道短王在哪么，要断短王的腿，因为他坏了江湖规矩。

我说不知道，早没联系了。

CK心发动很多校友连夜捉短王，我把杀杀人和跳跳舞都喊了出来，折腾到半夜也没结果。

最后CK心说："散了吧，散了吧，这都是命！"

传说短王和眼镜蛇住在七贤岭的上坡里，风特别大，人称呼啸山庄，自此销声匿迹。

Part 5 你那边几点

可能是上学时华尔街题材电影看多了，毕业投身金融行业，在这所谓的朝阳行业工作快一年。职位是兜售垃圾证券的，业绩不算好也不算坏，刚入行的时候运气好，遇见几个痛快的客户，现在一直在吃老本。经理最近说我，你都这么长时间没开单了，怎么打电话说话时还不紧不慢的？

早上接到一个神秘兮兮的电话。

他用很专业的语气说："我在你公司买了股票。"

我说："我知道啊。"

他问："我就是问问，万一你们公司倒闭了，赚的钱谁给我？"

我说："银行给你。"

他问："那银行倒闭了呢？"

我说："保险公司。"

他问："那保险公司倒闭了呢？"

我说："银行也倒闭了，保险公司也倒闭了，那就没什么钱不钱的概念了，世界末日了。"

他说："本来就要2012了。"

是啊，已经2011年年末，毕业一年半了。

我现在是接电话恶心，打电话更恶心，晚上在家偶尔还会幻听电话铃响的声音。

这时我的手机响了，居然是大学下铺凯文。不是英语名，他就姓凯，名文。

接通电话，凯文第一句就是："你来。"

我说：“去哪啊？”

凯文说：“我家，台州。”

我说：“干吗？”

凯文说：“我结婚。”

我说：“跟谁结？真的假的？”

凯文说：“你不认识，不是以前那些女的。”

沉默片刻。

凯文又问我：“能来么？”

我说：“能，我这就去请假。”

凯文是我们寝室里唯一沉迷于女色的人，上学那几年别说我们学校和周边大学，就连高中的女生也没少招惹。

就今年夏天还给我打电话，让给他的一个妹妹介绍个工作。

我说：“你哪来的妹妹？”

他说：“就是一个误入风尘的姑娘，现在想干正规行业，小姑娘挺好的，你拉她一把吧。”

我说：“行吧，你把她简历给我。”

我没有人脉关系，也没能力拉她，只是帮她海投简历，所有正规公司的前台和秘书都投了。

我告诉她，凡是最近有人让你去面试的，都是我安排的。

终于她面试成前台。她打电话说，谢谢哥。

整装之后，我登上了大连到台州的列车，路途太长，回忆大学生活来打发时间。

一

报到那年，第一眼看到凯文就知道他是个另类。刚进寝室放下行李，他就说："等会儿再聊兄弟们，我女朋友在外面等着我呢。"

凯文是个搜索狂魔，知道自己考上大学之后，就在网上搜索同省的录取名单。

结果找到一个女生，因为长得很漂亮，凯文下了一番功夫找到她的联系方式，没等开学，两人就成情侣了，肯定是我们这届新生的第一对儿。

寝室第二个有女朋友的是胖子陈夕，迎新晚会上他相中一个女司仪。

晚上熄灯后问我们："那女生你们感觉如何啊？"

我们说："还行。"

陈夕说："好，那我就去追她。"

我们说："还是算了吧，人家条件那么好。"

陈夕说："那又怎么了？"

凯文说："你长得不行。"

陈夕说："打赌？"

我们都赌陈夕追不上，赌一顿饭。没想到那女生真不争气，第三天就和陈夕手牵手从食堂出来，看见我们，陈夕刻意摸了她腰一把，得意洋洋。

不过又一个三天之后，他们就黄了。

寝室里的爽哥，说家里经济条件一般，供他读大学已经很困难，宣称自己在毕业赚大钱之前，不谈女朋友。

很快，我们每个人都有了外号。

凯文叫套多，我叫纸多，陈夕叫话多，爽哥叫事多。

凯文钱包里随时有一联避孕套，寝室里也扔得到处都是，还送我们一人一联。

我习惯随身带着面巾纸，有时感觉一包不够，就带两包，寝室也存有很多。

大学期间同学跟我说的最多的一句话就是：“给我一张面巾纸。”

一次凯文在我兜里放俩避孕套，我不知道。遇见女生找我要面巾纸，我一下带出来俩套子。

爽哥不知道那是啥，以为给他一套袋装洗发水，去洗澡的时候还拿过。

凯文说：“你怎么没当浴帽戴头上？”

陈夕是个话痨，天天晚上不睡觉，在地上坐着拉人聊天，拿把扇子摇，像土地佬。

爽哥事多，不是争地盘和女生吵架，就是和老师抬扛，去食堂吃饭也能和师傅来劲。

凯文是狮子座，女朋友也是狮子座，两人每天都吵架。

他们晚上10点以后准时打电话对骂，听得我如痴如醉。

他女朋友学过声乐，声音很洪亮，铿锵有力地骂。

虽然不是免提，但我们都能听见。

每次吵架之后凯文都说：“分了，我自由了，明天跟你们一起混。”

结果第二天两人又缠绵在一起。

曾经听见凯文打电话骂：“你让我给你道歉，说不道歉骂我，我道歉了你还骂我？”

对方说：“你那种不耐烦的道歉更欠骂！”

大一快结束的时候，他们晚上10点一如既往地打电话对骂，凯文女朋友突然骂了一句就挂了电话。

凯文把电话往床上一扔，之后抱着自己的枕头在地上跳交际舞。

我说：“陈夕，你拿他电话给那女的打过去，告诉她，你男朋友疯了！”

凯文放下枕头说：“我没疯，就是高兴！”

这次他们真的分手了。

说实在的，爽哥一直欠凯文不少。

爽哥大一连手机都没有，大二买了部摩托罗拉手机，没用几天就丢了。

正好凯文买了一个新手机，想把旧的给爽哥。

凯文很客气地说：“爽哥，我正好刚买了个手机，你这不是没手机用了么。”

爽哥说：“你要把新手机给我？”

凯文一下子不会接话了，因为他不好意思说下去，要不是我也在寝室，新手机真被爽哥拿走了。

我说：“爽哥，凯文的意思是，你若不嫌弃旧的，给你先用着。”

爽哥说：“哦。”

凯文用戴尔的笔记本，大二时为了玩魔兽买了台式，笔记本空闲，借给爽哥用。

爽哥一用就是四年，毕业时爽哥说：“还给你吧。”

电脑已经不行了，爽哥带着它嫌占地方。

凯文说：“都这个时候了，还什么，你怎么不等我死了，给我烧一个。”

凯文特别能给女生起外号，一个女生五官像青蛙，天天趴在桌子上，他就叫她“海蛤蟆”，还有一个女生头很小，天天听嗨曲摇头，就叫她“DJ蝌蚪”。

我也给人起了两个外号，一个女生头特别尖，就叫“穿山甲”，一个女生妆太浓，看不见脸，就叫“变相怪杰”。

她们都是一个寝室的，后来居然和我们打了起来。

当初起外号也没有恶意，因为女生太多，叫不出名字，在寝室聊天的时候就随便说一个。不知道经过谁口，这些外号都传出来了。

“海蛤蟆”是生活委员，一次给我们寝室打电话，说去教室帮着干点活。

凯文接的电话，一口答应下说：“海蛤蟆，你等一会哈，我们马上就到。”

电话对面传来一声：“滚！”

爽哥是很情绪化的人，有点不顺心的事儿就板着个脸。

一次模拟考试考得很差，发卷子的时候，爽哥接过之后直接搓成一团扔了，纸团掉在穿山甲的脚边，穿山甲踢回给爽哥，爽哥又踢了回去。

穿山甲说：“你干吗扔我这？”

爽哥说：“你别管，放学后值日生就扫了。”

穿山甲：“我就是值日生。”

爽哥说：“那正好，你打扫。”

穿山甲说：“你有病啊？”

爽哥说：“你说谁有病？”

穿山甲说：“说你！”

爽哥本来就在沸点上，一下子被点燃了，说：“你个小小穿山甲，胆敢兴风作浪？”

穿山甲一听自己还有这外号，急眼了，反击说：“你个大头儿子，能把我怎么着？”

爽哥说："你别不要脸。"

穿山甲说："也请你要点脸。"

爽哥说："是不是给你惯得？"

穿山甲又和爽哥骂了几个回合，期间有几个同学相劝，没有成功，事态最后扩大，穿山甲寝室的女生围攻爽哥，爽哥被骂惨了，气得想打人。

当时是自习课，就爽哥一个人在教室，女生去拉架也拽不住爽哥，给我们打电话说："快来教室，你们寝室爽哥和人打起来了！"

我们班没什么男生，自然以为爽哥和外班男生打架，飞跑着去了教室。

女生也知道男生不会跟她们动手，看见我们格外嚣张，说："怎么样啊，想打架？"

我们说："没，没，来劝架。"

海蛤蟆说："来了正好，今天新账旧账一起算了，我们的外号都谁起的？"

这时其他女生也出来说："是啊，谁起的？那嘴怎么那么贱呢？"

穿山甲拿着矿泉水瓶子喊："先说'穿山甲'是谁起的？"

我想说："我说咱们冷静一下！"刚说个"我"，穿山甲拿瓶子指着我说："原来是你呀！我跟你拼了！"

"穿山甲"的确是我起的，也不冤枉，她拽我衣服，我把手举过头顶说："我可没动手啊！你们看好了！"

她们围着爽哥打，女生打架习惯抓头发，可是爽哥是平头，怎么抓也抓不住，像摸鱼一样滑，后来变相怪杰来劲了，照着爽哥后脑勺就是一个脖儿拐，打得爽哥一缩头。

爽哥炸了说：“嘿嘿，今天不出几条人命不算完！”然后“嗨哈”一脚把桌子踢倒了，好像压到一位女生的脚，她哭了起来。

我们在道德层面完全处于下风，女生叫嚷成一团，最后还是班主任把她们弄回寝室的。

没过几天，还是自习课，这次我们都在，一个老师来教室说：“来几个男生，去拿大二的新书。”

老师前脚刚走，海蛤蟆就说：“咱们有男生么？都是三八。”

爽哥又被惹急了说：“你没完了是吧？”

女生们又拍案而起，乱成一团。

陈夕出来说了一句：“你让我一步，我让你一步，唉！”因为声音太小，谁也没听见。

班主任听见声音来到教室，冲着我们寝室的人喊：“你们怎么又和女生打起来了？都给我去走廊站着！”

出去之后班主任骂我们：“你说咱班就你们几个男生，你们不照顾着女生，还跟人家打架，你们真是女中豪杰啊！你们在女生堆儿里厉害了是不？给你们送军校去，看你们还厉害不？”

我和凯文都急了，说：“谁跟女生打架了？”

班主任脾气不好，直接对着我们喊：“那你们干啥呢？那你们干啥呢？”

系主任听见声音，过来不爽地看着我们说：“都给我态度好点，站直了！立正！”

凯文骂了一句：“傻×。”

反正我们寝室在班级女生眼里是过街老鼠了，背地里说她们长得丑，还起外号，还和她们掐架。

不过后来也有了缓和，DJ蝌蚪是文艺委员，组织班级文艺晚会。

都是女生出节目，班主任就说：“男生必须来一个。”

我们说：“爽哥上！”

爽哥上去唱歌，一句歌词唱了三分钟，我就记得：“爱大了吧，受伤了吧，爱大了吧，受伤了吧。”

唱完了爽哥不下台，在上面说：“之前咱班一直不是很团结，我和大家也有过不愉快的时候，在这里深表歉意，接下来我代表寝室为大家献上一首非常有意义的歌儿——《众人划桨开大船》！大家都一起来吧，我唱一句，你们就配合唱哟嘿哟，好不好？”

班主任很高兴地说：“爽哥说得好，这歌儿非常好，大家必须配合，我跟你们一起来！团结啊！”

爽哥：“一支竹篙呀，难渡汪洋海。”

众人和班主任：“哟嘿哟！”

爽哥：“众人划桨哟，开动大帆船。”

众人和班主任：“哟嘿哟！”

高潮部分爽哥独唱：“同舟嘛共济海让路，号子嘛一喊浪靠边，百舸嘛争流千帆竞，波涛在后，岸在前，啊前！”

和女生平息后，凯文和爽哥在寝室又闹起来。

凯文本来就是富二代，喜欢指手画脚，而爽哥性格又太奇怪。

一天早上，爽哥弄个破录音机收到日本的一个频道，里面低沉的女声唱着：“撒哭拉，撒哭拉，撒哭拉。”

爽哥也跟着唱。凯文说：“你能不能不听这个，像死了妈一样。”

爽哥没搭理凯文。

凯文一脚把录音机踹一边去了。

爽哥说：“你贱啊？”

凯文解下裤腰带要抽爽哥，我和陈夕去拉架。

都说女人是水做的，我看胖子也是水做的，陈夕过去一下被爽哥撞倒。

我一个人哪拉得住，急中生智喊了一句：“老师来了！”

凯文买了一个很大的儿童玩具水枪，没事就欺负同学玩儿。

夏天闷热，弄身上一点水，也没有人过于计较。

一天晚上爽哥去水房洗衣服，抱着盆回寝室，刚走到门口，凯文就开了一枪，只见一支小水苗射在爽哥头上，爽哥脚踩积水上，手里还抱着盆，没掌握好平衡，哗啦一下趴地上了。

我们笑抽了，这玩具枪真牛啊，一枪就给爽哥秒倒在地。

爽哥沉默着站起来，可能是觉得郁闷，过了一会儿拿着凯文的水枪狠狠地摔在地上。

我捡起来看了看，已经摔坏了。

凯文说：“你傻啊，你拿玩具撒什么气？谁让你头那么大，让我一枪点倒了。”

爽哥说：“你算什么啊？还拿枪点我？”

凯文拿起地上的脸盆，扔爽哥头上，爽哥头上扣个脸盆，像关中刀客一样冲上去。

然后两人就滚在地上，寝室面积本来就小，被弄得稀里哗啦的。

陈夕第一反应居然是拿手机拍，我说：“胖子，快拉架！”

有人听见声音，在我们寝室门口围观，我把门锁上，不让外人看热闹。

我和陈夕像放羊人一样，满地抓羊，抓住一个，又跑了那个。

我喊：“老师来了！”没人信我。

这次老师真的来了，凶狠地敲门。

爽哥和凯文停下手，整理了一下发型，爽哥脸上有血，衣服也破了。

我开了门，老师进来质问：“怎么回事，叮叮当当的？”

我说：“闹着玩呢。”

老师笑了：“哈哈哈哈，我能信么？”

我们说：“能信！”

老师说：“信个屁了，打架的跟我出去！”

凯文和爽哥跟着老师出去。

有同系的学生来寝室问：“怎么弄的啊？”

我说：“关你啥事儿？”

那同学转身走开，陈夕冲我喊了一句：“你还嫌事儿不够多是吧？”然后躺在床上看手机。

凯文和爽哥回来都要12点了，爽哥进门就在整理衣服，一看就是便宜货，不然抓了几下不至于成围裙了，知道爽哥衣服也不多，看着他有点可怜。

有天陈夕说听见爽哥在超市打电话骂我们，说我们都欺负他。

其实也不怪凯文欺负他，爽哥有时看《火影忍者》哈哈大笑到半夜，还嗑瓜子哼哼歌儿，我几次想起床蹬他一脚。

大一最后一个夜晚，爽哥在床上说："下学期我要换寝室。"

凯文讽刺一句："那今晚是不眠之夜啊。"

二

从大二开始，我们有些课程在英语系上。

凯文说："英语系的女生都挺漂亮的，还挺主动。"

我问："你怎么知道挺主动？"

凯文给我一张纸条，上面一个女生的字迹，写着：帅哥，能把你的电话号给我么?

我说："那你抓紧给她啊。"

凯文说："已经给了。"

问凯文电话号的女生是个美女。

凯文开始还在寝室吹牛说："美女我见多了，不搭理她。"

他大概坚持了一天左右就沦陷了。在寝室已经能听见凯文"老婆，老婆"地叫了。

女生叫季雯新，江苏南京人。人我也见过，一句话概括就是，男生看到都想睡的那种。据说每天都洗澡，而且用一款很特别的草莓香皂，能留香，和她近距离的时候会闻到淡淡的草莓味。

第一次出去玩儿，凯文太稀罕这姑娘，抱着睡了一夜，第二天回来一身草莓味儿，飘飘欲仙的。

季雯新有些轻度厌食，总是不知道吃什么，似乎什么都吃腻了。每次凯文陪她吃饭，下午5点出门，6点还没点菜，季雯新都会小撒娇地说："哎呀，你快想，我们晚上吃什么。"

凯文无奈地说："我不知道。"

季雯新就说："那我们去散步吧，想好吃什么再回来，好不好啊？"

凯文说："不好。"

季雯新问："为什么不好啊？"

凯文说："我走不动。"

季雯新问："脚疼么？"

凯文说："我饿。"

最后凯文还是会大度地陪她逛一圈，随便吃点东西。

凯文偶尔会凌晨4点就起床，坐在床上。我问："怎么不睡了？"

凯文说："我在等食堂开门，我饿了。"

然后5点半跑到食堂喝粥，6点回寝室再睡到7点起床，陪季雯新吃早饭。

凯文对季雯新的外表、聊天、穿衣打扮的品位都很满意，唯独对她在音乐、电影方面的品位不太满意。

一次食堂播放《莫扎特第四十号交响曲》。

凯文说："你喜欢莫扎特么？"

季雯新问："莫扎特？"

凯文说："你听，现在放的音乐就是他的。"

季雯新听了一会儿说："这个歌不是抄袭S.H.E的《不想长大》么？"

凯文一口绿茶喷了出来。

季雯新说："你要干吗啊？"然后拿出手帕给凯文。

凯文擦着衣服上的绿茶说："美女，你太可爱了。"

我在学校最讨厌的事情有两件，一是中午在食堂打饭，二是晚上在水房打水，总被一群不排队的女生挤在外面。水房有几十个水龙头，居然供应不上前来打水的女生。女生细节上要慢很多，要把暖壶里剩下的水倒掉，再灌一点水冲洗一下，最后灌准备用的水。而我们男生，直接灌水，满了就走。

我们寝室轮流打水，以床为单位分工，我和凯文，陈夕和爽哥，一次两人，一人两壶。

一天轮到我和凯文打水。我们俩每次都等停止供应热水的最后几分钟去，省得排队。我打开水龙头开始灌水，身边一个女生在拧旁边的水龙头，我看她眼熟。

想起来了，军训的时候我们拿她打过赌。

那次是在食堂，我们四个人一桌吃饭，周围是数不清的女生。

凯文说："玩点啥吧，谁敢去女生的餐盘里夹一口菜？"

我们仨说不想找骂。

凯文说："你们怎么这么不合群？手心手背，输的去，练练胆呗。"

我和陈夕同意了，爽哥不参加。

凯文说："先选好女生，输了可别不认账，你们看那个穿吊带的，看见没，挺漂亮的那个，她不是在吃鱼么，谁输了就去吃她一口鱼。"

手心手背第一轮，我就出局了，我问："真去啊？"

凯文和陈夕幸灾乐祸地说："去，去！"

我问："万一惹到人家男朋友怎么办？"

凯文说："她边上没有男生啊，就算有，还能为了一条小鱼揍你？"

我拿着筷子走向她，她一桌的女同学们边说边乐，她很安静，吃得很香很文静，而且离她越近越发现她漂亮。她注意到我，抬头看我一眼，感觉不认识，又低头吃饭。我看到了那条鱼，开始兑现赌约，夹一口鱼。她很吃惊，但是没说话，放下筷子任凭我夹，我手有些抖，夹不到一小块儿，干脆把一条鱼都夹走了。

他们三个人在那边笑翻了，从她的眼神来看，大概猜出我们在打赌。

回去的时候凯文问："你真想吃啊？怎么拿了一条鱼？"

陈夕看看鱼说："人家还没怎么吃呢，再去给她买一条吧。"

我觉得胖子说的有道理，我又过去说："不好意思，刚才在和同学打赌，餐盘给我，我给你买一条鱼。"

她说："不用了，我要吃完了。"

我说："还是还你一条吧。"

她用手按着餐盘说："不用，回去吃饭吧。"

她身边的同学，在抿着嘴笑。

学校这么小，再见面居然过了一年。

我看她一眼，她没有特意朝我这面看，但还是用眼角余光看到我了，我觉得应该打个招呼，我本想说，你也来打水啊，马上又觉得这种废话，还不如不说，就欲言又止。

她说："说啊？"

我说："什么？"

她说："你刚才不是想和我说话么？"

女生就是敏感，比男生注意细节，就连暖壶和我们的都不一样，原来暖壶这种东西也分男式女式。她今天穿着浅色牛仔裤，系着女式那种细细的腰带，上衣是黑色，领口是白色，一副很担心被热水溅到的样子。

她说："你水满了。"

我看向自己暖壶的时候，水已经溢出来一些，刚才只顾看她了。

我倒出多余的水。

她问："你舌头打结了？说啊！"

我说："我就是来打个水，你干吗这么凶。"

我们几乎同时盖上暖壶盖子，我问："我帮你拿回去啊？"

她说："哦，不用，我和朋友一起。"

然后我们各回寝室。

凯文说："刚才那女生不错，虽然不是什么大美女，不过挺特别的，听她说话好强势啊，这种女生还是意淫一下，不适合当女朋友。"

凯文思索了下继续说："还是季雯新那种适合我们，怎么形容她那种呢？就是长得还可以，人比较二的那种，我一直都是按这个标准找。"

我说："比较二的？"

凯文说："对，最合适不过了，当然，不是说我自己二啊。"

三

因为班级学习氛围不佳，老师上课的时候质问我们："咱们有没有同学，在学校一年了，还不知道图书馆在哪的？”

说的就是我啊，于是我决定去一次图书馆，哪怕是看看报纸。

周六我去了图书馆，拿了一份过期的报纸，打算看半个小时，以后就不怕老师质问了。

我发现那位女生也在图书馆，她偶尔会去书架上找几本书。

一次路过我座位的时候，她用一只带羽毛的笔打我头，打了三下我才感觉到，见我发现了，她笑一下就回去了。

凯文和季雯新偶尔跟我们一起在食堂吃饭。

那天我点了一份盖饭，刚坐下，凯文边吃边说：“你这个看起来挺好吃。”

我说：“你也来一份儿呗。”

凯文说：“我二啊，我都要吃完了。”

我一听“二”这个字，想起凯文的一席言，看着对面的季雯新，一下子忍不住笑了出来。

季雯新看了我几眼，估计她以为我是精神病。

在凯文的带动下，大家开口说话时，三句之内必出脏话。寝室开始了整风运动，谁说一句脏话做十个俯卧撑。

我每天平均做一百多个，凯文偶尔能做两三百个。

为了避免自己受到体罚，大家说话变得放不开，导致我们说话经常卡住：“我……”“你……”

我说，咱们别整风了，不然咱们四个以后都得是结巴。

不过我们寝室有一点好，没事出去运动一下，打篮球、踢足球。

那天打球遇见一个胖子，手特别黑，在学校玩了一年篮球，没见打球这么脏的，黑肘、黑脚，还背后推人。

不过黑我的这一肘太狠，我感觉门牙都要掉了，他还在那傻呵呵地拍球，无视我的痛苦。

忍无可忍了，我要削他!

对方是个白胖儿，可能快两百斤了，我后退几步，准备冲刺给他一个飞脚。

白胖儿说：“哎，你鞋带开了。”

我一看果然开了，低头系上。

我要去踹他，还提醒我鞋带开了，他是不是彪?

先礼后兵也好，我冲过去一脚踹在他肚子上，这一脚感觉踩在棉花上一般，又好像蹬在月球上，地心引力都减弱很多，仿佛有一个无形的弹簧，把我弹飞了，可以说我是被发射出去的。

我在罚球线踹的他，躺地上一看，都到三分线了。

白胖儿惊恐地看着我，不知道是担心我摔坏了，还是怕我起来和他玩命。

凯文从底线跑过去，边骂边飞起一脚。凯文和我一样瘦高的身材，比我重了也就十几斤，不过他这一脚，白胖儿像泄气了一样，应声倒地。

白胖儿原来胆儿很小，应该是个新生，害怕我们，很无奈地问：“哥，你们这是干啥呀？”

我不是落井下石的人，对凯文说：“算了，回寝室吧。”

走到球场边上遇见她，她跟我说：“乐死我了，你像踩地雷了一样，人都飞了！”

凯文拉着我就走，说："她谁啊？有病吧？"

我说："我认识。"

凯文说："谁啊？"

我说："你忘了？那天在水房。"

凯文回头看一眼说："哦哦哦，她啊！我就说让你别理她，看见没？这人有病！"

大二时课程多，考试前我也会去图书馆复习，不是我开始上进起来，而是因为寝室里有凯文在，根本没办法看书。

周末本来想早上醒了就去，可是醒了就快中午12点了，拖到下午才去。

我习惯去人少的四楼，大约有七成的上座率，剩余的座位都是散落在人和人之间，没有单独的桌子了。

又遇见了她。她边上有座位，示意我坐，也可能只是出于礼节。但我还是决定坐在她的身边。

坐下后，她没有和我说话，仍然盯着写满英文的卷子。我拿出笔记本，准备开工，忍不住打量一下她，她握着银灰色的笔，英语字母像母语一样从她笔下流畅地滑出。我特别注意了她的眼睛，睫毛往上翘，思考的时候会拿手里的笔轻轻地敲打自己的头，能够知道的就是，这是一个年级高于我，英语系，珍惜时间，有学业目标的女生。

大约过了一个小时后，她放下笔说："我要找你聊天。"

她收起白纸本，问我："我们见过几次了？"

我说："三四次吧。"

她说："你是不是都不知道我叫什么？"

我说："不知道，你知道我叫什么？"

她说："知道，你教材上写了。"

我问："那你叫什么名字？"

她说："唐妮。"

我又问："你QQ号多少？"

她拿我的笔记本写了一个QQ号，说："我不经常在线，你可以用手机给我发短信。"然后又写了一个电话号。

我说："好。"

她收拾下东西说："我走了，不打扰你复习了。"

我说："再见。"

我和唐妮互加了QQ号码，她的网名叫"魅力淡若水"。

第一次聊天短到不能再短。

我那个时候网名比较傻，叫：誓死保卫平壤。

魅力淡若水：誓死保卫平壤……

魅力淡若水：誓死保卫平壤？

誓死保卫平壤：汗。

誓死保卫平壤：平壤是朝鲜首都啊。

魅力淡若水：我知道啊，但是跟你有什么关系啊？

魅力淡若水：啊？跟你有一点关系么？

誓死保卫平壤：……

魅力淡若水：不说了，我要笑一会儿。

四

期末考试之后，我给唐妮发了一条信息：考得好么？

唐妮回复：挺好的，你呢？

我回复：一般，不过都过了。

唐妮回复：我们找个地方说说话吧。

约在学校附近的一个水吧。

我准备了一个话题，就是爽哥和凯文掐架的故事，一定能逗笑她。

不过没用上这个话题，唐妮先说："我有问题问你。"

我问："什么问题？"

唐妮说："你是不是喜欢我？"

我马上说："那，那好像还没有吧。"

唐妮说："老实说，没关系。"

我说："我不清楚。"

唐妮说："本来因为我要出国，不准备找男朋友，不过我发现有个男生陪着也挺好，所以不如我们先这样。"

我问："先怎么样？"

唐妮说："我们可以在一起，不过有约束，每天就一起吃晚饭就好了。因为早上你可能不想起早，中午时间短，还要午睡，晚上时间自由，一起吃饭时间上对我们互不影响。周末呢，有事情才在一起，最多也不会占用你超过一天的时间。如果我感觉我也喜欢你的时候，我们就是真正的男女朋友了。"

我说："这，我有什么好处啊？"

唐妮说："好处就是和我在一起啊，如果你喜欢的话。"

我说："这也太复杂了吧。"

唐妮说："这个暑假你考虑考虑吧。"

从水吧回到寝室，凯文和陈夕把我推到墙角，说："你站那儿别动！"

然后锁上门，问我："你去哪儿了？"

我看了一下寝室，爽哥不在，不知道这两人唱哪出，就说："出去了呗。"

凯文问："和谁？"

我说："自已啊。"

陈夕疑问地问："嗯？"

凯文说："我们亲眼看见你和那女生在一起。"

我说："哦。"

凯文又问："你们干什么去了？"

我说："没干什么，聊天。"

陈夕又一次："嗯？"

凯文说："没干别的？"

我说："没有。"

陈夕又一次："嗯？"

我说："你嗯你妹啊，我还能干啥？"

凯文说："嘴硬！"

这时我手机响了，凯文和陈夕逼近我说："来了，来了，看你怎么狡辩，给我接电话！"

电话是10086打来的，推销一款业务，凯文和陈夕一听是女声，就一阵怪叫："哈哈哈哈，你看看，刚说完，刚说完，她就来了。"

我说："你俩到底想不想听，想听老实坐床上。"

他们坐下后，我把事情说给他俩听。

凯文听完大笑："哈哈哈哈，本来是她追你，这略施手腕，就变成你追她了，五体投地啊。"

陈夕说："管她呢，有个女生先爽爽再说。"

凯文说："陈胖子你没听明白是不，他爽个毛了，那就是个傀儡跟班，这是不平等条约啊，咱能同意么？"

陈夕说："那就没什么意思了，学校这么多女生，咱被她玩？"

凯文说："我还头一次听说这种事，有女生主动手把手地教你怎么泡她，她家是哪儿的？没有问题吧？"

我说："大概扬州，或者苏州、无锡。"

凯文说："又是江苏的？季雯新就是南京的，别看是一个省的，江苏女生，南京、无锡、苏州、扬州风格还都不一样，我都有所接触，但是感觉未必适合你啊。"

我说："也好像是杭州，反正是什么州。"

凯文说："到底是哪儿，你这又跑浙江去了，一会还广州呢。不过，她居然能把你迷成这样，只让看，不让碰，有点怪啊，你是不是冲到了谁，招小鬼了？"

陈夕说："能么？去火车站找个大仙儿来学校看看吧。"

凯文说："你去买几个生鸡蛋，把鸡蛋倒碗里，把筷子立起来，然后下楼给他烧点纸。"

陈夕说："我亲戚家有个开光的照妖镜，明天我去拿来，晚上约她吃个饭，让爽哥拿照妖镜照她，只要一出情况，我和凯文马上包围她。"

凯文说："你注意点吧，我可不是和你说笑，别以后和她出去一晚上，阳寿被她取走了，回寝室的时候你都变成70多岁的老头了，你说那时候你这四年学是上还是不上？说不定哪天晚上你就不是洗漱就寝，而是寿终正寝了。"

我说："我看，现在当务之急就是给你俩联系个好点的精神病医院。"

凯文乐了，说："不闹了，反正我不是太支持，我还是支持你找个智商低的，脸好看，蹦蹦跳跳要吃棉花糖的那种女生。"

陈夕也说："谈恋爱不找聪明的，结婚不找漂亮的，我同意凯文的建议。"

说得都跟专家似的。

五

暑假之后第一天回寝室，我就被吓了一跳，凯文、陈夕和爽哥在跳舞。

跳的是当红韩国综艺节目《情书》里面裴涩琪的复古舞。

凯文在中间戴着墨镜，陈夕手放在他左肩，爽哥手放在他右肩，连体扭。

原来陈夕暑假交了个女朋友叫娃娃，金发、很瘦、很娇小、很嗲的那种，她要求陈夕跳舞减肥。

爽哥也看上一位韩语系的女生，已经有了初步接触，战则必胜，所以现在开始接触韩国文化。

我说："你们让我措手不及啊，这样咱们寝室都恋爱了。"

凯文说："都恋爱了？你跟谁恋啊，你那也算么？"

我给唐妮发短信说：期末你说那个，就那么办吧。

凯文看见了说：“哎，哎，哎，别点发送！”

我已经点了。

凯文说：“你豁上脸了，还真同意？”

陈夕说：“也罢，反正得一步步来，没啥大不了。”

爽哥也跟着来了一句：“事在人为！永不言弃！”

睡觉之前凯文一直在自言自语，说：“丢人啊，丢人啊。”

半夜起来去卫生间，居然听见凯文小声说一句：“丢人啊。”

我说：“你是不是要成精神病了？”

此时陈夕和爽哥鼾声如雷，两人好像在飙车，发动机雷鸣。

凯文说：“你俩打擂台呢？”

我说：“你还不睡？”

凯文说：“我打算这学期和季雯新分了。”

我问：“怎么了，她总花你钱么，还是有矛盾了？”

凯文说：“没有，她很少找我要东西，都是我自愿给她买的。她也不去商场，就去什么地下商场，买一些乱七八糟的东西，花不了几个钱。我们也没矛盾，最多就是我认为她逛街时间太长了，能逛一天也不累，在学校去趟水房就说累，这也算不上什么矛盾，就是在一起够了，没新鲜感了。”

我说：“那你怎么分？”

凯文说：“也是，没有借口分，先拖着吧。她太能黏人，真的，磨死我了。”

我说：“你早想什么去了，现在又来这套。”

我倒是发现季雯新这丫头挺可爱的，她和凯文交往了一段时间后把我们寝室其余人的电话号码都存了起来，偶尔会给我们群发短消息。一天夜里12点多，我们都在熟睡，突然四个人的电话一起震动了，我们都被震醒了，拿起手机一看是季雯新发的短信：姿势不对，起来重睡。

凯文说："自己睡不着，一下子吵醒四个人，烦不烦人。"

我说："没事，挺有意思的。"

还有一天中午在食堂，我苦心排队后终于吃上了炒面，正吃着，有人在后面敲我头一下，我回头一看，凯文站在我后面，我说："闹什么闹？"

凯文说："不是我打的。"

我再回头一看，季雯新正蹲在我椅子后面嘻嘻地笑呢。

她起身后还拿出一个苹果说："给你了。"

第二天早上，我发现凯文好像一夜未睡，仍然躺在床上，眼睛直勾勾地盯着上铺的木板。

我问："你咋了？"

凯文说："想得太多，活得太累。"

我警惕地看他一眼，这下真是要成精神病了。

六

第二天，我和唐妮按照约定，下了课就坐在第二食堂的一张靠窗户的双人桌旁。

我问："我们吃什么啊？"

唐妮说："我吃青菜，不吃肉。"

我说："知道了，我去打，等一会儿人少点时去。"

唐妮问："等多久？"

我说："20分钟吧。"

唐妮说："20分钟？"

我说："是啊，我们每天都等，人太多了，还都是女生，我不能和她们挤啊。"

唐妮说："那我饿了啊。"

我说："我们等一会儿么，你说和女生抢着打饭，多不合适啊！"

唐妮说："挨饿就合适？等她们走了，菜就没了。"

我说："菜没了，吃拌饭、盖饭，还有面条。"

唐妮说："我不吃那些东西，你到底去不去打饭？"

我说："我从来没在这个时间段打过啊。"

唐妮说："这有什么，你比她们高那么多，怎么会打不到饭。"

我说："这不是高矮问题，这是原则问题。"

唐妮盯着我看了一会儿，说："那好，我们不吃了。"

我说："那是为什么啊，我们不是马上就要吃了么。"

唐妮说："我回去了，不吃了。"

我还没回过神，她就跑没影了。

我自己在食堂吃的面包和牛奶，班主任遇见我说："你喜欢吃西餐啊？"

在寝室午睡的时候，我想，也许我不应该因为不喜欢和女生挤，而让她饿20分钟再吃饭，所以我决定买些零食，下午送到她班里。

下午我买了一瓶营养快线、乐事薯片、一包果冻，好久没给女生买吃的了，大概就知道买这些。唐妮是在英语10班，我在还有5分钟上课的时候找到了她。

我说："给你买了点吃的。"

唐妮看着零食说："我不喝营养快线，也从来不吃果冻，薯片还好，我吃了也不胖，就拿薯片，剩下的你吃吧。"

我说："男生怎么会吃果冻？"

唐妮把东西递给我说："送你班女同学呗。"

我跟我班女生一天都说不上一句话。

唐妮叫住我说："谢谢啊。"

在班级门口遇见班主任，她瞪我一眼，示意我快迟到了。

我把果冻递给班主任，说："给你了。"

班主任说："你，你有病吧！"

下午就一节课，我跟唐妮说没事儿的话，我回寝室睡觉。

唐妮说："睡吧，我去图书馆看书。"

下午3点多的时候，唐妮给我打电话说："喂，睡醒了么？"

我说："现在醒了。"

唐妮说："哦，我在图书馆。"

我说："我知道啊。"

唐妮说："我渴了。"

我说："那就喝水。"

唐妮说："我没带水，我不想上下跑四楼，你能帮我买瓶农夫山泉上来么？"

我说："你这不是有点开玩笑么？"

唐妮说："谢谢。"

她一天跟我说了几次谢谢了，我说："那好吧。"

唐妮说："我要农夫山泉，不要饮料。"

我把水送到图书馆四楼，递到她的桌子上。

我问："怎么不喝饮料？"

唐妮说："里面有对皮肤不好的成分。"

我说："这么敏感干什么，你林志玲啊？"

唐妮说："我喝水跟林志玲有什么关系？"

是没啥关系。

我说："没别的事儿，我回去睡觉了。"

唐妮说："嗯，谢谢了。"

晚上，凯文问我："第一天相处怎么样？"

我说："一种当傀儡的感觉。"

凯文说："那就对了，就是这种感觉，你要适应这种感觉，还要表现出自己很快乐，她们才能高兴。"

陈夕说："她这就是考验你呢，这点小伎俩我是见多了，你先忍过去，后来她就对你好了，你听我的，还没有哪个女生能骗过我。"

凯文说："我看这个什么娃娃，就在玩你。"

"哼，就她？"陈夕说着伸出一只手掌，"她跳不出我的手掌心。"

凯文说："她当然跳不出你的手掌，因为她踩在你脑瓜的上面。"

七

转眼又到了6月份，快要期末考试了。

唐妮问：“你开始复习了么？”

我说：“下周开始。”

唐妮问：“为什么？”

我说：“我之前计划过，复习一个月就行，下周开始正好。”

唐妮说：“哦，理论上一个月是够了，但是你能认真学一个月么？”

我说：“能。”

唐妮说：“不能你就挂科呗，你觉得最近累么？”

我说：“累。”

唐妮说：“睡觉前听一会儿音乐再睡，能缓解大脑疲劳，因为我们白天背东西多。”

我说：“我MP3里现在都是老师给我下载的听力。”

唐妮说：“那你听我的CD机吧。”

我说：“你还用CD听歌？”

唐妮说：“下载的文件音效不好。”

我说：“那你听什么？”

唐妮说：“我还有MD。”

我说：“复古女，你有没有传呼机？”

唐妮说：“你听不听？”

我说：“听。”

唐妮说：“那，一会儿在我寝室楼下等着，我给你取。”

我第一次在女生寝室楼下等人，女生的窗户都挂有窗帘，不同颜色，夜幕中窗户里面晃动的人影像皮影戏。在我被风吹得感觉冷的时候，唐妮出来了，给了我一个CD机和一个厚厚的装CD的盒子，说了句“不知道你听不听这些音乐”就回去了。

我回到寝室，看了一下CD，她听歌风格和我差不多，不过怎么还有埃米纳姆和坎爷等饶舌大痞子的歌。

凯文说：“品位挺好，没有东方神起啥的，我现在有点支持你了。”

我开始复习，平日记笔记时，我常常简化一些词语，高频率地使用缩写。

一次唐妮看我的哲学课笔记说：“你怎么还能写出英语来？这是什么单词？”

我说：“不可能。”

我看了看，笔记上写着：Bzwwzy。

我说：“不是英语，是辩证唯物主义。”

唐妮说：“你懒到家了。”

我说：“我自己看得懂啊。”

事实上复习的时候，我经常想不起自己写的那些拼音缩写是什么，导致复习异常艰难。

不知道我挂科对唐妮有什么影响，每天早上她都问：“晚上在寝室做什么了？”

我说：“看了两集电视剧，美剧。”

唐妮说："看的哪部？"

我说："《篮球兄弟》。"

唐妮说："还看那种校园剧呢，还是中学题材的。"

我说："我也想看别的，但不知道哪个好看。"

唐妮说："想看什么类型的？"

我说："剧集短，制作精良，情节不狗血，有真实感，男女关系不乱，这种有么？"

唐妮说："有，《兄弟连》很符合你的要求。"

我说："有点符合过了，你现在看什么？"

唐妮说："我看历史剧《都铎王朝》和《罗马》。"

我说："我回去都看看。"

唐妮说："你哪有时间看，都要考试了。"

我说："我已经开始复习了，我挂不了科。"

唐妮说："你就会说你挂不了。"

我最后选择看《绝望主妇》，只是因为好奇，每次进美剧的网站都能看到它。

本想看一集感受一下就停，结果一看就是一季，一周晚上没复习。

凯文说："怎么着，你提前中年危机了？"

晚饭时，我和唐妮说："我现在看《绝望主妇》了。"

唐妮说："啊，啊？你看多少了？"

我没敢暴露自己没复习，说："两集。"

唐妮说："那你先别看了，再看就被吸引住了，考完试再从第三集看吧。"

我说："我也是这么打算的。"

我晚上回去开始就看第二季了。

因为担心被唐妮发现，晚上上网都隐身，可唐妮还是发来消息。

魅力淡若水：隐什么啊，出来吧。

她怎么知道我在线，应该是想诈我，我没回应。

魅力淡若水：计算机课有教怎么识破隐身，你没听课么?

誓死保卫平壤：我怎么不记得有这课?

魅力淡若水：当然没有，你怎么没在复习?

誓死保卫平壤：我在复习，我从自习室回来拿本书，就看见你和我说话了。

魅力淡若水：嗯，嗯。

陈夕和娃娃也出现了裂痕，他时常在寝室抱怨说：“这女生太能花钱了，最奇怪的是基本都花吃上面了，说学校食堂不好吃，每天都让我带她去外面吃，一周吃饭就得好几百，晚上还要买些零食，什么芒果干、柠檬干……我都没吃过，一斤就好几十，买点零食也得一百多，我就没见过这么馋的女生。”

凯文说：“你自己算算，花了多少钱，看看合适不。”

陈夕说：“她到周末也购物，买化妆品，不化妆不行，一盒就几百，还买减肥茶，她那么瘦还减肥?一盒茶也要一百多，衣服也买，生活里我给她买衣服，在劲舞团里还让我给她买衣服，这些也就算了，就连QQ会员这种小钱也得我出，我都赶上她爸了，拿我当钱包用?上周还要买化妆品，我说晚上开房，她又说那不买了，你们说她是不是和我玩呢?”

陈夕原本每次吃饭的时候都喝一瓶饮料，晚上在超市买些膨化的零食玩游戏时吃，每天买一包烟，大家随便抽，现在陈夕买了个塑料水杯，天天装着白开水去食堂喝，晚上也就在食堂楼下买张葱花饼当夜宵吃，烟也比较紧张，要靠凯文救济。

凯文说："用不用我借你点钱？"

陈夕说："不用，我挺得住。"

凯文说："黄了算了，这也太不为你着想了。"

陈夕说："再看看吧。"

凯文最近有了一个能和季雯新分手的办法。

凯文说："季雯新刚和我交往的时候，问我以前有多少女朋友，我说有一个，叫小莹，高中时期的女友，现在去澳洲了，一刀两断了，我还给季雯新看了她在澳洲的照片，我可以利用她分手。"

我说："继续说。"

凯文说："季雯新睡得晚，有时候发短信和我聊天，等她晚上发短信的时候，我假装回复错了：我暑假去澳洲看你，晚安小莹。她收到后，就会以为我在和前女友交往，还总发短信，导致忙中出错，回错了人。有漏洞么？"

我说："没什么漏洞，如果她知道确有此人的话。但是万一季雯新不介意这事呢？"

凯文说："不可能，她是小孩性格，因为这事一定会不理我了。"

我说："行倒是行，不过就是挺损的。"

凯文说："拖着浪费她感情才更损呢，拖到后面更难堪。而且，我感觉她也没有那么喜欢我。"

我说："你怎么知道？"

凯文说："我们最近经常聊着聊着就没话了，挺尴尬的。"

我说："你自己决定。"

凯文说："那我这个月之内就这么做了。"

不过凯文只是不喜欢季雯新了，并不讨厌她，连续几天晚上和季雯新发短信，来来回回，但是计划中的那条短信还处于发送失败的状态。

八

大三开学的时候，我反思了一下自己，前两个学年太虚度，这学期我要发奋图强。

可是刚回寝室，我就知道这又将是一个没救的学年。

爽哥居然烫了发，军训的时候凯文说胖子像古惑仔里的包皮哥，爽哥像大飞哥，也就是黄秋生老师。

爽哥颧骨比较突出，头发烫得卷卷的，还穿得花花绿绿，特别像非洲部落里面的大法师，就差头上插鸡毛了。

因为新发型太失败，爽哥去理了短发，不过还是能看出来烫过的痕迹，但爽哥死不承认，说是睡觉睡乱了。

爽哥受到邀请，在迎新晚会上表演，他和另外三个在图书馆认识的哥们儿，组成F4。

晚会那天为了看爽哥，我们挤进了大礼堂，不过爽哥和我们一样在观众席坐着，可能是节目被剪掉了吧。

节目表演过几轮后，女主持人报幕说："我们系有四个喜欢唱歌的男生，他们走到了一起，下面请听歌曲《Ask for more》！"

这时爽哥从地上拿起一个麦克，突然就是一嗓子："勇敢追，这是最好的机会。"吓我们一跳。

又站起来三个人，一人唱了一句。然后他们四个组成F4拍着手，向新生挥手，随着节奏走到舞台合唱：“Don't stop，ask for more……”

晚上我们问爽哥：“怎么啦，这学期要转型了？”

爽哥说：“还不是为了追韩语系那个女生么。”

凯文说：“爽哥，我帮你创造点机会，这周六去海边吧，先蹦极，再去极地世界看看北极熊，晚上吃点好的？”

我们说：“可以啊。”

凯文说：“把女生也都约了吧，爽哥，你把韩语系那个妹妹叫来，到时候玩得晚点，她回不去学校，就得和你在市里住了。”

爽哥说：“嗯，行，不错。”

唐妮听了我的邀请后说：“这个不是你们寝室的活动么？”

我说：“算是吧，不过也有女生去啊，季雯新都去的。”

唐妮说：“我不去。”然后又说：“你得多尴尬啊。”

我说：“你说话能别学我们寝室凯文么。”

周六，我们早上8点多起床开始洗漱，爽哥7点就出门了，去接韩语系的妹妹。

下楼的时候我嘱咐说：“现在我和她就是朋友，你们一会儿注意措词啊。”

陈夕说：“我知道。”

凯文说：“我办事，你放心。”

我心想，我最不放心的就是你这个精神病了。

陈夕去女生寝室等娃娃，我和凯文同去英语系女生寝室。我不喜欢站在女生寝室楼下，被女生品头论足，只盼着她们快点下楼。

凯文抽了一支烟，季雯新和唐妮已经走到我们面前。

首先我们和陈夕会合，然后在校门口和爽哥会合，爽哥身边有个女生，看来就是他所看中的那位了，看起来很乖巧的那种，穿了一套牛仔，和爽哥在一起，倒真像是妹妹。

凯文说："我们先玩蹦极，之后在海边走走，最后去极地世界。"

我说："谁玩蹦极？"

凯文说："咱们四个。"

我说："我不玩。"

陈夕说："我也不玩。"

爽哥说："我也不玩。"

凯文说："我晕了，这不是在寝室说好的么？"

我说："是说好了来海边。"

凯文说："至少得一个人陪我吧？"

我说："唐妮玩，她胆大。"

唐妮不满地看我一眼。

陈夕说："我心脏不好，怕晕过去，我这体重也不适合跳。"

娃娃也配合说："对啊，我家猪胆子可小了。"

凯文又看向我，我说："我跟你说，我从小怕高，这辈子飞机都不坐了，你说我能玩蹦极么？"

爽哥似乎想在小妹妹面前表现一把，说："我陪你玩。"

凯文说："走。"

唐妮看着爽哥说："你别动。"

爽哥一动不动。

唐妮说："你是不是烫发了？"

爽哥用手捂着脑袋说："不是，天生的。"

季雯新说："就是，我戴着墨镜都能看出来啦。"

我们仨大笑，爽哥被揭穿，心生怒火，狠狠地盯着我们仨。由于早上头发没干彻底就下楼了，爽哥刘海里最长的那一绺被风吹了起来，朝天而立，像个小雷达，气势十足，我们仨被吓得立刻收起了笑声。

我们先去目测了下蹦极的高度，爽哥在附近转了转说："还行，没电视里看到的高，我跳。"

凯文说："正好现在没人玩，要跳就现在。"凯文去窗口付了钱，工作人员开始为他们两个准备，把贵重物品交给我们后，爽哥和凯文进了电梯准备上跳台。

陈夕说："你们跳，我们几个给你们准备后事。"说完自知失言，马上改口："我们给你们善后。"

凯文说："你还送终呢。"

过了十几分钟，我们看见凯文已经到了跳台，工作人员开始对他进行各种绑定，海边的人看见有人要玩蹦极，纷纷围观。确定安全后，凯文张开双臂直接跳了下去，我还没怎么反应过来，凯文已经接近海面反弹到了空中，然后再次下落，我看着都害怕。最后一次下落后，海面的接应人员把凯文接到船上，顺利完成。从上面看，凯文并没有受到太大惊吓，只是大口地呼吸。

片刻后，爽哥上了跳台，不停地和工作人员说话，准备工作结束后，爽哥面向大海没有立刻跳下去，而是向下看了几眼后，在工作人员的帮助下终于起跳。爽哥没凯文身体那么自然舒展，像被推倒的雕像一样，大头朝下直线下去，真是头重脚轻啊。第二回合的时候，爽哥回过神来了，开始大喊大叫，像被老鹰叼走了的羊羔，我忍不住笑了。

唐妮碰我一下说："笑什么啊，人家至少还敢跳。"

我无言以对，我的确不敢跳，但还是想笑。

九

我们来到蹦极下面看凯文和爽哥，凯文和爽哥已经卸下了蹦极的装备。凯文正常地和工作人员谈论照片的问题，爽哥坐在那里，面无血色，嘴一张一合出着气，像被抓上岸的蛤蟆，的确是吓到了。凯文看见我们走了过来，上前把我拉了过去低声说："去买条男士泳裤，回来给我，我和爽哥在前面的厕所等你。"

我问："你要下海游泳？"

凯文说："我游什么，爽哥吓尿了，海边只有卖泳裤的，一会儿去厕所偷偷换了。"

我点点头，快步走向泳具店，特意给爽哥挑了一个材料适中的泳裤，担心被女生看见，猜出爽哥的囧境，我藏在衣服里，跑到厕所。女生们没有多想，在外面边聊天边等。

爽哥穿上泳裤后，尿湿的内裤却不想扔，想拿回寝室洗洗再穿，看凯文拿着包，就说："先放你包里吧。"

凯文说："滚！扔了！"

好在爽哥穿着黑色的裤子，看不出来什么迹象。

走向下一目的地时，爽哥仍然惊魂未定，一句话也不说，走在他边上的陈夕看不下去了，说："都结束半个小时了，至于么你。"

爽哥说："你都没跳你在那说什么，400多米呢！什么感觉？"

凯文说："400多米？你回头都看不见地球了吧？"

爽哥说："我只是用夸张的手法比喻了一下。"

凯文说："那也太夸张了，那个蹦极最多50米。"

唐妮看看爽哥，又看看凯文。

我说："你想笑就笑。"

唐妮说："你们寝室的人挺好玩的。"

极地世界外观是个正方形的建筑，进入场地后，当凯文从包里拿出相机，我就知道他为北极熊而来。

稍微走了一段路后，爽哥指着前面一只企鹅，对凯文说："我和企鹅合个影，你站这里帮我照啊。"

说完爽哥慢慢地走向企鹅，像见不得人一样。凯文拿着相机等得着急，说："你快走两步行不行？"

爽哥对着我们做了个低调的手势："我怕企鹅跑了啊！"

这时候一切都看在眼里的场内保安终于忍不住了，上去对爽哥说："先生啊，这个是模型，跑不了。"

我们笑喷，爽哥像盯着妖精一样盯着企鹅模型，末了惊讶地“啊”了一声。

保安说：“企鹅都在低温玻璃室内，在外面早热死了啊，往里面走走就能看见了。”

爽哥点点头，连声“谢谢”都没说，凯文这时却按照爽哥要求啪地给他和“企鹅”来了一张合影。

我们赶上了海象表演“跳舞”，节目很幽默，主持人偶尔拿观众娱乐，气氛很好，凯文对于这个节目很是满意，说：“我感觉陈夕头发再长点，还真挺像海象。”

陈夕说：“你像海狗。”

爽哥一看凯文和陈夕互相攻击，连忙占便宜似的笑了几声。

出了极地世界，凯文拿相机照合影之后，每对男女单独照，轮到我和唐妮的时候，凯文拿着相机对着我们找了几次角度后，摇摇头说：“你俩能离得再远一点么，今天刚认识？”

我抱住唐妮，凯文按了快门。

晚上凯文请大家吃饭，这小子没安好心，叫了一箱啤酒，24瓶。

女生们说：“我们不喝酒。”

凯文说：“其实我一直没告诉大家，今天我生日，能不喝么？”

女生们说：“身份证拿出来看看！”

凯文说：“干吗那么认真，只要高兴，天天都过生日，来，倒上！”

女生们说：“不喝。”

凯文说：“没意思啊。”

爽哥的韩语妹妹，没有停留太久，在适当的时候提出该回去了，爽哥说要送她，她说不用了，让爽哥好好玩。

凯文说："多懂事的一个女生，而且有尺度，不像那些总找男生陪的女生啊。"

季雯新和唐妮看着凯文说："你这是骂我们呢？"

凯文说："不是，不是，我就是告诉爽哥，这女生适合他。"

爽哥说："现在都是咱们自己人了，我告诉你们啊，她现在已经基本被我拿下，已经站不稳了，只要谁轻轻推她一下，就倒在我怀里了。"

我们说："没问题，一定帮你推。"

结果，别说推一把，踹都踹了几百脚了，那姑娘还是坚挺地站着，摩天大楼一样。

表白的那天，爽哥和她都哭了，她说："你永远是我哥。"扭头跑回寝室。

爽哥也一路落泪回到寝室，灌溉了校园的草地，庇护了学弟学妹。

爽哥回到寝室后，缓步走到窗边，打开窗户，"啊啊"喊了一声。

凯文和陈夕正在一起坐着抽烟抖腿，节奏一样快，抖得像两个机器人，我看他俩抖腿一个多小时。爽哥这一嗓子，他们都不抖了。

接着，爽哥走到寝室中间，对着灯管又是"啊啊"一声。

凯文说："痔疮犯了？"

爽哥不说话，躺在床上，像等死一样。

凯文憋不住想乐，又怕刺激爽哥，跑到走廊扶着墙笑，很久没敢回来。

夜里，爽哥偶尔拿拳头打墙，简直是夜半鬼打墙。

我说："你能不能别打墙了？"

爽哥说："我心中有火。"

凯文说："我给你找人发泄，不然我受不了了。"

爽哥说："你找谁啊？"

凯文说："女的。"

爽哥说："怎么找？"

凯文说："我花钱找。"

爽哥说："那不是小姐么？"

凯文说："你就说你用不用。"

爽哥说："不用。"

凯文说："那你就别在床上来劲！"

天蒙蒙亮的时候，传来了爽哥的哭声。

我们都醒了，考虑到爽哥的心情，都忍着笑。

不过爽哥哭的时间太长了，还一喘一喘的，听得我想打滚。

凯文说："你别哭了，不就是一个女生么？"

爽哥说："她是我妹啊。"

凯文像爹骂儿子一样，怒斥："憋回去！"

爽哥没憋回去，凯文又说一次："憋回去！"

爽哥尽量憋着，憋得我想笑。

一天周末，我又宅在寝室休息，娃娃仍然要求陈夕陪她逛街，爽哥去了图书馆。

凯文对我说："我和季雯新该分了。"

我说："上次一起玩得挺高兴的，现在分是不是不太合适？"

凯文说："事物发展规律就是这样，达到一个顶点，然后开始下跌。"

我说："你当是股票啊？"

凯文说："不能再拖了，就当是留下点回忆吧。"

周一晚上，季雯新和凯文短信聊天的时候，凯文"回错"了短信。

季雯新一夜没回复。

早上凯文仍旧给季雯新打电话，季雯新没接。

不一会儿，季雯新发来短信：你别找我了。

凯文回短信说：我怎么了？

季雯新回：你别装了，你太让我伤心了。

凯文回：你误会了。

季雯新没再回复。

凯文说："结束了。"

这次凯文没高呼"我自由了"，自知理亏，不多言语。

不过因为季雯新和唐妮现在是朋友了，我以后还会接触她的，不知道会不会尴尬。

十

唐妮一定知道季雯新和凯文分手了，不过一起吃晚饭的时候她并没有提及这件事，过了两天后，唐妮才说："凯文和季雯新分手了。"

我说："我知道。"

唐妮说："你当然知道。"

我说："季雯新现在还好吧。"

唐妮说："还好，她也有心理准备，她感觉凯文最近开始心不在焉了。"

我礼节性地说："其实凯文挺在乎她的。"

唐妮说："在乎她，还联系前女友？"

我无中生有说："是那女生联系凯文的。"

唐妮说："哦，那是季雯新误会了，那我们帮他们复合吧，我回去帮凯文解释。"

我晕了，出于友情我帮凯文圆了两句谎，不想让凯文的名声太坏，唐妮居然提出这种要求。她真让季雯新同意复合的话，凯文能被我气死，而且凯文也不想复合，那样唐妮和季雯新又会更加生气，所以这个问题我回答不了。我说行，但事实上凯文根本不想复合；我说不必了，那么凯文特意寻求分手的目的就暴露了。

唐妮看我低头不说话，说："凯文就是故意想分手吧，才弄出个前女友什么的。"

我说："不是故意的。"

唐妮说："不是故意的话，他应该很后悔才对啊，主动请求原谅什么的，他都没有，就默认分手了。"

我说："我不清楚他现在怎么打算的，反正不是故意的。"

唐妮说："现在这种事情很多的，特别是发生在他这种人身上就更不奇怪了，只能说季雯新没有选好人，我也没说凯文有错，但是你最好别对我说谎。"

我说："我没有。"

唐妮不吃东西了，说："我再让你说一次，凯文是不是故意分手的？"

我说："不是啊。"

唐妮说："哦。"

看到唐妮有些要生气了，我缓解说："吃饭吧。" 低头准备吃面，唐妮拿起桌子上面买奶茶剩的三个一元硬币，突然扔进我的碗里，西红柿打卤面的汤溅我一鼻子，唐妮生气地看着我。

我说："怎么了？"

唐妮说："你还不说实话，你自己吃吧，我回去了，以后别找我了。"

唐妮起身往餐厅外面走，我起身追到她，抓住她的手臂，说："你干吗这么生气？"

唐妮说："你对男生都比对我好，我还跟你在一起干什么，松开手！"

原本我还担心以后见到季雯新尴尬，这下连见唐妮都尴尬了。我想唐妮可能会像一般女生那样过一段时间就不生气了，不过那是男女朋友之间发生的事情，恋爱中的人虽然会生气吵架，但最终还是难以割舍，可是唐妮根本没和我恋爱。

凯文知道后说："我就担心过这事，你怎么打算？"

我说："她不联系我，我就不联系她了。"

凯文说："我脸皮厚，我去找她承认我故意分手。"

我说："你不用承认了，她都知道了，她就是生气我不说实话，你认错没用。"

凯文说："你喜欢她么？"

我说："算是喜欢。"

凯文说："她喜欢你么？"

我说："不知道。"

凯文说："这就是问题所在，我还是劝你，别和她在一起了，你想想吧。"

凯文分手后接触过一些女生，都算一夜情性质的，没有能超过一周的。

还有一个女生加我QQ，说咱们以后会经常见面，我点了拒绝，你和凯文能处几天啊。

从这学期开始我变懒了，以前早上都是爽哥最先起来，我第二个起来，我和爽哥洗漱之后，叫陈夕和凯文起床。

特别是凯文，天没亮闹钟就开始响，要上课了还在被窝里，我叫他都是搧耳光，不然起不来。

现在居然沦落到凯文叫我起床了，偶尔我还因为想睡觉不去上课。

分手后我沉迷于篮球，认为自己是一个三分射手的苗子。每天练习一百记三分球，命中率在10%-20%之间浮动。

每次打比赛的时候，我一拿球，就听见一群人喊："射了，射了！"

十一

一次学校组织了足球比赛，学生会拉的赞助商。

我们系第一轮比赛对战英语系，我是门将，凯文是前锋。

比赛那天，开场不久对方一位速度快的队员就从左边路突破过来了，这种情况要封挡住他的射门角度。我移动到左门柱的门面，面向对方带球的队员，他如果射门一定打到我的身上，传球的话，后卫已经回防到门前了。

果然他选择了射门，我用膝盖挡住了，球又弹回对方脚下，他起球传中被我接住，连续两次化险让观众以为我还挺专业的，零星地有人鼓了鼓掌，我顿时兴奋起来，想手抛球扔给前场队员。

我冲刺了几步准备扔球，裁判却一声哨响说："手球了。"

我被气笑了，说："我是门将。"

裁判说："我知道，你抱着球跑出禁区，再跑几步都能射门了，点球。"

凯文说："不对，禁区外手球是任意球。"

裁判说："对，对，任意球。"

我们队简单摆个人墙，英语系一个穿专业足球鞋的队员站在球前，问裁判："我踢了？"

裁判点点头，我才反应过来，还在这站着看呢，我得回球门里守门，可是已经晚了，球顺着草皮滚入球门。

我说："这球不能算，我还没回门里呢 。"

裁判说："算，我让踢了。"

我说："你懂不懂啊？"

裁判说："顶撞裁判，罚黄牌。"

我领了一张黄牌回到门里，0：1。

落后第一个球之后做出回应的是凯文，他像疯狗一样追着球跑，跑了20多分钟就岔气了，在场边坐着看我们踢，场上少了一个人。不过，由一名朝鲜族同学攻入一球，扳平比分。凯文休息到终场前15分钟回到球场上，因为此时别人都累了，凯文凭借体力优势，踢进两球，3：1完胜。

观众们纷纷抱怨说："这也行？"

第二轮足球赛，我们对战金融系。我守门不利，丢了4个球，好在我们进了6个球。

临近结束时，一个后卫开大脚，但是不知道他怎么踢的，一下子进了我们自己的球门，乌龙球。

6：5，只领先一个球了，当裁判的老师是金融系的，他看见自己的学生差一个球就扳平，一直不宣布比赛结束。

超出比赛时间5分钟后，我们问："怎么还没到时间呢？"

裁判才支支吾吾地看下表，吹了哨子。

看完球后他们都聚在一起骂裁判，我整场捡球太累，回寝室睡觉。

路过长廊的时候，我看见唐妮和季雯新坐在木板凳上聊天，我停了一下，还是继续往前走，唐妮没说话，季雯新似乎觉得我们太尴尬，于是先开口说："哈罗。"

我说："你们没去看足球么？"

季雯新说："才不看呢。"

季雯新又看看我和唐妮说："我去超市买点东西，等我。"

我问唐妮："你还生气呢？"

唐妮说："不生气了。"

我说："那你好像心情不好的样子。"

唐妮说："和你无关。"

不该问的我便不问。

唐妮说："你坐下，是我们寝室的事情，有个女孩不知道有什么病，睡觉的时候偶尔会浑身发抖、抽搐，还吐白沫。我们寝室另外两位女生都不管她，每次都是我喂她吃药，帮她擦汗，直到她恢复知觉。昨晚她又出现症状了，我照顾她到半夜，看到她病情稳定了，我就睡觉了，结果那两个女生早上对她说，是她俩照顾她的，说我不肯管她，现在患病的那个女孩不和我说话了。”

我说：“漂亮女生在寝室都会受到排挤么？我发现很多美女都独来独往。”

唐妮说：“你挺喜欢观察美女。”

我说：“她们会嫉妒吧，你漂亮，成绩还好，还要去留学。”

唐妮说：“我不知道，反正在寝室都不怎么说话，到时间就睡觉，像旅店一样。”

我说：“我也见过你们一起吃饭啊？”

唐妮说：“女生表面都挺好的。”

我说：“多亏我不是女生。”

唐妮说：“好羡慕你们男生寝室啊，特别是你们寝室啊，很欢乐的样子。”

我说：“你过来住吧。”

唐妮说：“说真的，我考虑在校外住了，正在准备办走读手续。”

我说：“你还是和我在一起吧。”

唐妮说：“你是不是越来越喜欢我了？”

我说：“好像是。”

唐妮说：“这对你不公平，我不知道我会不会喜欢你，就算喜欢的话，你应该找一个陪你过完整个大学生活的女孩，你不和我在一起的话，会有女生喜欢你的。”

我说：“时间无所谓，喜欢就好，我可以陪你到你走。”

唐妮说：“听你说，怎么感觉我要死了。”

我说：“到你出国。”

唐妮说："你还是对自己好一点吧。我去找季雯新了，你不要把我想得和外表一样好，再见。"

娃娃最近要通过陈夕给凯文介绍一个女朋友，凯文不感兴趣。

不过娃娃好像也是受别人委托，不停地给陈夕施压，陈夕和凯文说："我在中间不好办，你就试试呗？"

陈夕说的女生叫周芷若，听名字人就不一般，身材很好，人也算漂亮，妖娆型的。

我看她身上江湖气太重，猜凯文不会喜欢。

果然，凯文说："我们不适合。"

周芷若说："不试一下你怎么知道不合适。"

凯文说："不试，我连不喜欢的衣服都不试。"

周芷若说："我是真心喜欢你啊。"

凯文说："我也是真心劝你，别考虑我了，我怕你。"

周芷若说："你怕我什么？"

凯文说："从头怕到脚。"

周芷若如果做销售的话，估计年薪百万没问题。

她常常给凯文打电话邀约，凯文应付说："没时间，玩魔兽世界，工会有活动。"

要是其他女孩儿，就生气地挂断了。

周芷若说："到网吧啊，我也会玩，一起玩。"

或者凯文说："不行，周末我去金州看足球。"

周芷若说：“我也是球迷，我们一起去。”

凯文说：“防不胜防啊。”

周芷若还有一点直逼凯文死穴，就是能喝酒。

凯文第一次和她约会，就喝得像个傻子似的，我以为周芷若找了多少人灌他呢，原来只是他俩喝了两打啤酒。

回寝室后，凯文就给她打电话，问回寝室了么，有事儿没有，早点睡觉，各种问候。

挂了电话，凯文从包里拿出两罐啤酒，自己在床上续杯。

我说：“你们小哥俩行啊！这下有人陪你喝酒了。”

陈夕说：“处上了？”

凯文说：“没处，周芷若挺不容易的。她妈现在有癌症，她刚上大一的时候，被一个大四的男生玩了，那男生把她弄怀孕后就跑了，咱学校还有这种人，我要是看见他，拿刀捅死他！”

我真想问周芷若说的是真的假的，我感觉不能全信。她如果被负心男伤害过，现在还主动示好凯文这种男生？那不是有自虐倾向么？

十二

周芷若还真没撒谎，她说的那个男生真实存在。

一天晚上那人给她发短信，说想约她出去谈谈。倒霉的是，那天周芷若和凯文正在喝酒，凯文这人本来就不安分，喝醉之后更是一个精神病。

晚上10点左右，我接到周芷若的电话，说：“你快来一趟。”

我以为凯文喝多了，找我背回寝室，就问：“在哪个饭店啊？”

周芷若说：“沙河口区派出所。”

凯文把那个男的打了，现在他蹲派出所，那男的蹲诊所。

我想这种情况还是找个大连本地人帮忙好。

我想起一个哥们儿。

大一的时候，有一人在草坪上弹吉他、唱歌，唱的是《廊桥遗梦》主题曲《此情永不移》。因为英语发音太烂，唱得也走调，没有人围观他。

我路过的时候，说了一句：“《廊桥遗梦》？”

他一把拉住我说：“知己啊，知己啊！”

后来他就像疯了一样，每次在食堂，或是周围的饭店看见我，都开一瓶啤酒跟我干杯，说：“知己啊！”

我大二他就毕业了，毕业的时候跟同学喝得泪流满面，一群要毕业的男生，在操场上躺着，对路过的女生吹口哨。

我从操场路过，他非要和我喝一杯，说：“知己啊。”

我看他喝傻了，拿起手里的一瓶绿茶说：“我干了啊。”

然后他给我留了个电话号说：“你以后有什么事儿，来电话。”

我心想，你可算是毕业了，我在学校最怕见到你。

我去派出所的时候，给遗梦哥打了电话。

遗梦哥听了情况说：“别上火，别着急，我从西岗往你那赶。”

凯文被关在临时的一个小屋，里面还有一个金毛哥，一直在打电话骂人，手机骂没电了，还跟我们借手机。

周芷若在门口站着，我对凯文说："醒酒了没？"

凯文说："我根本就没醉。"

说话间遗梦哥开着车来了，跟我打过招呼之后，出去买烟和饮料，去办公室跟值班的警察都客气一番。

然后问凯文："你把谁给呼了？"

周芷若说："03届外贸系的一个男的。"

遗梦哥又问："呼什么样了？"

凯文说："头出点血。"

遗梦哥说："拿什么呼的？"

凯文说："垃圾桶。"

遗梦哥说："你真会找凶器。没事，也没动刀，好办。那人现在在哪儿呢？去找他谈啊，赶紧撤案。"

周芷若说："在诊所呢，我知道路，我带你们去。"

遗梦哥说："小孙啊，你在这看着你兄弟，我跟这个小美女去诊所谈。"

我说："麻烦你了啊。"

遗梦哥说："咱是知已啊，等着请我喝几杯就完了。"

之后就剩下我和凯文。

我说："感觉如何，混这么多年，终于进来了吧。"

凯文说："没事儿，当体验了，我还没进来过呢。"

我说："体验点什么不好。"

这里不方便聊天，也没心情聊天，我就站着等遗梦哥谈判归来。

我用手机登陆QQ，在线的都是高中同学，已经很久不联系了，大学同学在线的只有唐妮，我想我都是局里捞人级别的了，就一个女生也不怕了，给唐妮发了消息。

誓死保卫平壤：还没睡呢？

魅力淡若水：一会儿就睡了，你怎么用手机上的QQ？

誓死保卫平壤：我电脑关了，在床上呢。

魅力淡若水：你睡前不和室友聊天么，怎么跟我聊？

誓死保卫平壤：他们睡了。

魅力淡若水：你该不是想和我说，我们继续在一起吧。

誓死保卫平壤：我没说。

魅力淡若水：为了公平，让你更了解我吧。

誓死保卫平壤：了解什么？

魅力淡若水：男女关系方面。

誓死保卫平壤：就是你的过去么，说真的，我不太在乎。

魅力淡若水：我告诉你一点吧，我感觉你对我印象过于好了。我高中去上海玩，睡了好多外国人，我有个前男友是英国人，他不过就是玩我，回国就再也不联系我了。我真挺喜欢他的，他特别喜欢拿我花痴开玩笑，以前还说等我去了英国，找一群帅哥朋友开坦克接我。我都告诉你吧，我最初就是想找你陪着我，我根本没想在出国前喜欢什么人。我看你有点着迷了，真不忍心了。

我看见遗梦哥回来，回复她说：先睡觉吧，以后再聊。

魅力淡若水：嗯，我睡觉了，晚安。

誓死保卫平壤：好，我也睡了。

遗梦哥很气愤的表情，说：“真能讹，就脑袋破点皮，要10000，做梦去吧！”

我说：“不赔钱，凯文不就出不去么？”

遗梦哥说：“不怕，跟他耗，真敢讹。”

又有打架的被关进来，值班队长说：“你们还没协商好么，别拖到明天，明天就不是我们班了。”

遗梦哥说：“我们也想协商啊，可是他要10000！”

队长说：“就刚才来报案那个小子？”

遗梦哥说：“是啊。”

队长也挺仗义的，说：“凭什么啊？不就是包扎了一下么？你给他打电话，我给你们调解，像你们这样的小事儿我赶紧处理了，一天我老多事儿了。”

周芷若拨通了他的电话。

队长拿过电话说：“小伙儿啊，你要10000太过了，咱们得实事求是，虽然你是被害方，但我得一碗水端平，听我的啊，你就要医药费1000，营养费1000，心理安慰费1000，我都给你算得明明白白的，你赶紧结案，我这老多事儿了。”

队长调解后，那个被伤的男生从诊所来到派出所，头上用白布包扎着，挺像嫦娥，队长把凯文放出来，监督两人签字按手印，解散。

遗梦哥说：“哎，你们这么一闹，让我想起当年寝室那帮兄弟们了。”感慨一番后，和我道别。

我对凯文说：“这事儿就咱俩知道就行了。”

到学校门口后，凯文拉着周芷若的手说：“我们在外面住。”

我看他们一眼。

周芷若说：“辛苦你了。”

十三

第二天下午我接到一个电话。

我说："喂。"

一个声音比较甜的女生问："怎么才接电话？"

我特别害怕是凯文又进去了。

我问："你是谁啊？"

她说："哦，我有点感冒，你听不出来么？"

我没说话，沉默着等着她说话。

片刻后，她说："人呢？"

我说："在。"

她说："我是有事情告诉你。"

我说："你说。"

她说："唐妮周末就搬到外面住了。"

我说："你是？"

她说："我是季雯新啊，你不是有我电话号码么？"

我是有她电话号码，凯文和她分手后，我觉得和她也没关系了，就把号码删除了。

我说："是，是你啊。"

她说："那还能是谁，你要不要帮她搬家啊？"

我说："她让我不用找她了。"

她说："你怕什么，你问问她吧。"

我说："看看吧。"

她说：“随便你了，反正我告诉你了，拜拜。”

我说：“谢谢。”

我想如果唐妮不主动叫我帮忙，我就不问了吧。

临近周末的时候，季雯新又给我打电话了，问：“你怎么还没问唐妮？”

我说：“我不是那种死缠烂打的人。”

季雯新说：“问吧，她会答应的，她挺喜欢你的，不过你别说我说了这些，搬家的消息可以说是我说的。”

我说：“知道了，谢谢。”

我给唐妮打了电话，问：“你办好走读手续了？”

唐妮说：“嗯，家长和学校同意就行。”

我说：“你是不是周末就搬出去了，我帮你啊。”

唐妮说：“不用，我打算请搬家公司了。”

我说：“你多少东西，还用请搬家公司？”

唐妮说：“那你一个人也搬不完。”

我说：“那用几个人？”

唐妮说：“两个。”

我说：“我叫爽哥就好了。”

唐妮说：“那好吧，谢谢你们。”

之后我和爽哥说这事，爽哥说：“行，简单，把床拆了几下就拿走了。”

我说：“我们交的钱只是租寝室住，并不是把寝室买了，你把床拆了，学校把你拆了。”

我只能叫爽哥，凯文不能见到季雯新，陈夕得陪着娃娃逛街。

爽哥拿起两个箱子就要往校外走，走了两步，回头问：“去哪儿啊？”

唐妮说：“我们坐车走。”

爽哥问：“你有车？”

唐妮说：“出租车。”

我们三个坐车去唐妮校外租的房子，我和爽哥也没费什么体力，只是把行李从楼下拿到她租的四楼房间。一室一厅的房间，比较新，能洗澡，能做饭，有电视，能上网，床被也都有，看上去房主也是个年龄不大的女生。条件跟寝室比是好多了，有自己的空间，能安静学习，弊端是一个人住会无聊。

安顿好之后，季雯新也来了，帮着打扫了下卫生。

唐妮说：“中午我请你们吃饭吧。”

季雯新说：“买菜，做着吃吧。”

唐妮说：“不会做。”

季雯新说：“本小姐会，你们男生去买菜。”

我说：“我从来没买过菜。”

季雯新说：“我给你们写纸上。”

我说：“行，那喝什么？”

季雯新说：“当然要喝酒啊，庆祝一下。”

我说：“喝多少？”

唐妮说：“你们能喝多少就喝多少。”

我没打算在这里喝酒，也就是象征性地每人喝一瓶多就好了，毕竟还没到一起喝醉的那种关系。我和爽哥买好东西，季雯新就开始做菜了，我们看电视等。季雯新看起来很专业的样子，速度也很快，有五道菜，但盛到盘子里都显得比较少，好像谁吃过一样。

我说："这菜怎么像从食堂打的一样啊，一小份儿一小份儿的。"

季雯新说："我也不知道啊，我很少做，不清楚量啊。"

唐妮说："是不怎么好看，不过毕竟是自己做的啊。"

季雯新说："是啊，你们尝尝。"

爽哥率先尝了一口，说："好吃，好吃，就像食堂的一样。"

我想爽哥你会不会夸人啊，大家骂食堂饭菜难吃不是一两天了。

不过错就一起错吧，我也说："是要赶上食堂了。"

季雯新说："哎，那就是不好吃啊。"

爽哥不怕生，一直在聊天，和唐妮、季雯新聊学习的事情，我一句都没插上。

一周后，唐妮有天中午说要一起吃饭。

吃饭的时候，唐妮说："不如我还和你在一起算了。"

我说："嗯。"

唐妮说："下午放学送我回家，周末偶尔去陪我。"

我说："可以。"

唐妮说："你开始复习了么？"

每到期末她都问我这个问题，我也一向应付说："开始了。"

唐妮说："你考试的平均分数够80分么？考虑留学么？"

我算了一下说："不到70分应该，想出国，但是不想上学。"

从义务教育开始，到大学的三年，我对学生的生活已经彻底够了。

想想离开这个学校后，还要再去另一个学校报到，就害怕，似乎这一生都在上学。

更主要的是我知道自己也学不出啥名堂来。

唐妮说：“那考研么？”没等我回答，她又说：“对留学都没兴趣，肯定是不考研了，本科毕业就工作了？”

我说：“应该是这样。”

唐妮说：“也好。”

十四

最近凯文像鬼一样，在哪儿都能看见他。

我送唐妮回家都能在附近碰到他，他像有病一样喊我们：“你们要去开房吧，哈哈哈，被我抓个正着！”

唐妮说：“不用开房，我们有房了。”

我问：“你在这里乱逛什么呢？”

凯文说：“买渔具，我要钓鱼。”

我说：“你这大学上的，别具一般风情啊。”

爽哥失恋后在网上一直和一个女网友聊天，不能自拔。

终于迎来女网友来学校找他见面，一亮相，吓我们一跳。

很高挑的一个女生，骑着摩托车。

爽哥有点痴呆了，女网友说：“上车！”

爽哥拘谨地坐在后面，像只兔子。

第二天，爽哥回来就倒床上，身上都是海边的沙子。

我们说：“怎么了爽哥，她是人鱼小姐么？你在海边挖洞了？”

爽哥第二次见这个女网友是在校外，陪她打保龄球。

爽哥从来没玩过这东西，拿起一个球，抡了一圈，直直地扔到天上，又直线掉下来，地板都被拍碎了。

爽哥第一反应就是：跑！

他拉着女网友就跑，飞快地坐在摩托车上，命令她：“走人了！”

女网友说：“走你妹！我在这儿上班，你给我从车上滚下来。”

爽哥下车说：“那我们？”

女网友说：“到此为止。”

陈夕那边也传来悲剧，娃娃移情别恋于外校的男生。

凯文说：“这是好事儿啊，之前我没好意思说，那个娃娃脸上涂抹的都是粉，面色白得像个公公，看着就不顺眼。”

陈夕冷笑一声：“嘿嘿！”

其实之前说提前备考，都是虚张声势的，临近考试，我才真正开始复习，亡命、拼命。

我们学校的考试很折腾，为了避免抄袭，和高考一样，每考完一科就重新分配一下座位。凯文连续三科考试都坐在同一个位置，说：“连庄？”

我考试成绩真的好险，61分，62分，还有一个60分。

倒数第二个寒假来了。

这个寒假我几乎没带学习资料回家，起初每天早上洗脸的时候还放英语听力CD，坚持一周后就搁浅了。

唐妮常常消失两三天没有动静，有时又突然出来和我聊QQ到很晚，我不怎么习惯晚睡，每次都困到不行。

有天我不到晚上12点就困了，我说今天先睡觉吧。唐妮说“可以，关了电脑睡觉吧”，不过还是用手机发短信接着和我聊。我很无语，这也叫让我睡觉啊，发短信比用电脑打字累多了。我发送一条短信，马上睡上一两分钟，唐妮回短信了后再睁眼看回复，到凌晨两点我实在受不了了，说手机没电了，睡觉吧，唐妮这才答应可以睡觉了。

差不多还有一周开学的时候，唐妮从QQ上给我发来消息。

魅力淡若水：哈哈哈，我订到2月27号的机票了，还便宜得不得了。

誓死保卫平壤：好，那我26号回学校，正好第二天接你去。

魅力淡若水：等等，好像不对。

魅力淡若水：晕啊，原来是3月27号的，我说怎么那么便宜。

誓死保卫平壤：那就3月27号走呗，不差那一个月了。

魅力淡若水：你滚！

魅力淡若水：唉，你说怎么办呢？

魅力淡若水：你干吗呢，回话这么慢！

誓死保卫平壤：看美职篮呢。

魅力淡若水：我都回不去学校了，你还有心思看？

誓死保卫平壤：我还能怎么办？

魅力淡若水：我还是自己解决吧，等回学校再和你算账！

誓死保卫平壤：我怎么了？你2月和3月分不清和我有什么关系！

唐妮在南京中转，和季雯新一起飞回来的，我去接她们。

季雯新一出来就亲热地问："想我们了么？"

我和唐妮还是比较正式的，像接客户一样，我把唐妮的行李箱拿过来说："给我吧。"

唐妮说："谢谢。"

然后就没话了。

出了机场，唐妮又和我说了一个字："冷。"

十五

大三下学期，是变化最大的一个学期。所有在寝室嘻嘻哈哈的人，都在考虑自己的前途。或者咨询留学，或者咨询考研，每个人都是电话不断，不过对于我们寝室而言，仍然是犯傻的一学期。

爽哥从这学期开始转运，在学校私人经营的第二食堂，被一个服务员妹妹喜欢上了。

小妹妹刚成年的样子，皮肤很黑，不过外表还可以，说话有中部地区的方言口音。

她好像很中意爽哥，知道爽哥喜欢吃什么菜，不用爽哥开口，只需递过餐盘，就把菜打给爽哥，而且量很多，比我们的都多。最初食堂老板也没计较，可是后来爽哥的菜多得太明显了，食堂老板有时候暗地里多收爽哥点钱，有时干脆大骂："这菜打的，都给他得了。"

爽哥吃饭的时候，她也找机会过来聊几句，十四五岁女孩子说话的样子，爽哥开始有所察觉。爽哥不喜欢她，开始躲，去别的食堂吃饭。

一次我去第二食堂，那个小黑妹对我说：“哎，让你们寝室的小哥哥来吃饭啊。”

我忍着笑说：“好，一定。”

此时我们才知道，陈夕和娃娃分手是因为他家里有了变故，父母经营的生意亏本了。

陈夕的生活费从每月3000元降到2000元，按理说也不算少，不过娃娃嫌少。

陈夕开始狂买商场的促销夏装，都是耐克、阿迪、彪马这些体育牌子，开始以为是陈夕想省钱，后来才知道陈夕是冲着卖促销服装的那个女生去的。陈夕去商场想买点新款，不过被促销的叫住了。她拿出的几款衣服都适合陈夕，价钱还便宜，陈夕就买了。没想到陈夕在学校又遇见那个女生，原来她是我们系同届的，周末兼职。

陈夕情感上正处于困难时期，这样自立的女生吸引了他。陈夕把需要买的东西都从她那里买了，后来那个女生说：“你别再来花钱了，即使你这样我也赚不到多少钱，我再不卖给你了。”

细心还体贴，陈夕对她好感更多了，每次在学校看见她都会跟她聊天。

她叫辛蕊，小时候父亲就去世了，母亲手有轻微残疾，找不到好工作，她都是靠兼职养活自己。商场周末促销从上午9点到晚上9点，十几个小时能赚100块左右，没有促销的时候就去肯德基或者李先生牛肉面之类的快餐店做小时工，一个月能赚到500多元。食堂的物价，吃饭是够了，娱乐什么的就别想了，时间上也不允许，她除了上课就上班。

有一天晚上，陈夕看见辛蕊快10点多才下班回来，说："你别再打工去了。"

辛蕊说："为什么？"

陈夕说："你和我在一起，就不用赚钱了。"

辛蕊说："我不想交男朋友。"

陈夕说："不交男女朋友，就是以后一起吃饭。"

辛蕊说："谢谢，再说吧。"

爽哥和食堂的小黑妹也算是交上了朋友，有时在食堂打打闹闹。小黑妹晚上还在食堂楼下卖包子和糖饼，爽哥每晚都去买包子，小黑妹和爽哥说："爽哥，你陪我卖一会儿呗。"

爽哥说："好吧。"

于是小黑妹负责收款，爽哥负责出货，一次陈夕晚上突然饿了去买包子，陈夕递给小黑妹钱说："两个素馅包子。"

爽哥闷头干活没注意到陈夕，低头找两个素馅包子，装好了拿给陈夕说："来，哥们儿，素馅包子。"

陈夕说："哎呀，爽老板忙啊。"

爽哥这才抬头说："是陈胖子啊。"

爽哥觉得被熟人看见卖包子不太体面，对陈夕说："我和你一起回寝室。"

小黑妹在后面喊："你不够意思！"

十六

最近食堂问题百出，吃出头发丝等现象已经见怪不怪了。凯文在吃西安凉皮的时候居然吃出一把锁头，对周芷若说：“你看你碗里有钥匙么？”

我吃炒饭的时候吃出一条青虫，我还以为是虾仁，吃了一口，感觉口感不对，仔细一看是青虫，头还被我吃了。我对唐妮说：“别吃了，我们的饭是一锅出的。”

出了食堂我就想把青虫吐出来，扶着墙吐了半个小时，什么都没吐出来。我觉得应该用凯文吃出的那把锁把食堂锁上。

唐妮说：“看你这么难受，我也害怕了，以后自己做饭吃吧。”

我说：“支持，支持。”

唐妮说：“那你陪我去买厨具。”

我说：“你租的房子里不是有么，你不喜欢用旧的？”

唐妮说：“我要买一个面包机和三明治机，做火腿三明治吃。”

我说：“这就是做饭？”

唐妮说：“对啊，国外都这么做饭的。”

我说：“在国外这也只能算早餐。”

买回面包机和三明治机后，唐妮就坐着看说明书。

我说：“原来你连机器都不会用啊。”

唐妮说：“嗯。”

现在唐妮放学后就在家里用牛奶和面粉调剂面包，拿个罐子不停地搅拌。

我说：“你家人同意你出来住，不是让你和面玩儿的。”

唐妮说：“我们马上有面包吃了。”

我说：“是不是直接在超市买比较方便啊？”

唐妮说：“有面包就有三明治了。”

我说：“那超市也有。”

唐妮说：“你就不会鼓励人么。”

在学校，课间的时候我和唐妮遇见了，我说：“我看你还是别做面包了。”

唐妮说：“怎么了？”

我说：“我现在一遇见你，就能感觉到奶味儿。”

唐妮说：“你滚！”

我说：“真的。”

唐妮说：“我调剂好了，晚上我们吃三明治。”

晚上唐妮烤了四个三明治，还用三明治机煎了些鸡蛋和火腿切片，倒了两杯牛奶。

唐妮问：“好吃么？”

我说：“我还没吃呢。”

唐妮说：“吃啊。”

我说：“烫。”

唐妮说：“要是好吃的话，我给你做一些拿回寝室吧，给他们吃。”

我说：“你怎么不推个车卖呢，你不嫌累啊？”

唐妮说：“哎，我发现你最近敢拿我开玩笑了。”

陈夕和辛蕊正式交往了，生活标准由好降到比较好之后，又降到比较差了。2000元两个人花一个月，吃饭是没有问题，不过不能吃好的，还要给辛蕊买点衣服。

陈夕除了中午在食堂吃饭菜，晚饭就和辛蕊吃点炒饭或者鸡蛋饼什么的，这些东西不用在食堂买，在校门口的小摊买，便宜还挺有风味的，不过就是买的人太多，每次都等很久。和娃娃交往的时候，陈夕也紧张，不过那个时候每天穿好的、吃好的，现在是吃差的、穿便宜的，是真正意义上的紧张。陈夕每天就早、中、晚抽三根烟，其余的时候有人给烟就抽，没人给就不抽了。

凯文说：“还能挺住么，我借你点钱？”

陈夕说：“我用的时候再说，现在不用。”

有一天回寝室发现陈夕的电脑没了，我问：“你电脑呢？”

陈夕说：“给辛蕊用了，我现在不玩游戏了，她从中学到现在都没玩过游戏，她们寝室的人还不爱聊天，有了电脑她就不至于无聊了。”

我说：“那你在寝室干什么？”

陈夕说：“看小说。”

陈夕拿出一本盗版合订本的《鬼吹灯》躺在床上开始看，乐在其中，熄灯的时候还意犹未尽，跑到自习室继续看。后来总听见别的班学生说，自习室有个精神病，占着位子不学习看《鬼吹灯》。

不过并不是每一本小说都好看，更多的时候拿着翻几页就不看了。一次陈夕找教授借书看，教授借他一本松下幸之助的自传《自来水哲学》。从小就知道松下电器，我忍不住翻了几页，问陈夕：“你看到哪儿了？”

陈夕说：“你看到哪儿了？”

我说：“我才看了两页。”

陈夕说："那你比我看得多。"

结果，《自来水哲学》是我看完后还给教授的。

因为每天送唐妮回家和陪她购物，我对学校周围的小路已经无比熟悉。距离考试还有两周的时候，唐妮说："你早上也来接我上学吧。"

我说："怎么又加条件了。"

唐妮说："这个随便你，反正就要暑假了。"

我说："那好吧。"

唐妮说："早上7点来找我，不用吃早饭。"

我说："时间倒是没关系，但是我能不能不陪你吃三明治了？"

唐妮说："随便，反正就要暑假了。"

季雯新周末去陪唐妮一起待着，主要是陪睡，她真的很能睡。我周末如果去看唐妮，一般都是10点以后。一次，唐妮穿着睡衣，坐在床上戴着耳机看电影。

我说："用音响多好，戴耳机多累。"

唐妮说："有人睡觉呢。"

我看了一下屋里没别人了，床上除了唐妮就是被子，说："哪有人啊？"

季雯新从被子里伸出手，向我摆了几下。怎么还藏起来睡啊，我马上到客厅坐着，不再打扰她睡觉。

12点多的时候，季雯新从屋里出来，睡眼蒙眬地说："我给你们做饭啊？"

我怀疑她都不知道现在是几点。

十七

早上我去接唐妮上学，唐妮问我：“你想一想，你最近有没有什么事情做得不对的。”

我各种想也没想出来我有啥错误，说：“没有啊。”

唐妮说：“再想。”

我说：“我昨天没吃三明治？”

唐妮一下乐了，说：“不对。”

我说：“那我就不知道了。”

唐妮说：“现在我们也算是情侣关系，你晚上睡觉前都不给我发个信息说晚安。”

我说：“哦，是我不对。”

晚上11点的时候，不管我睡不睡，我都会给唐妮发条信息：我睡了，晚安。

唐妮会回复：晚安。

不过有的时候和室友聊天聊投入了就忘了发信息，早上6点半起床才想起来，我给唐妮发短信说：昨天忘说晚安了。

唐妮回复：7点就见面了，还发什么发。

于是我定了晚上11点的闹钟，准时给唐妮发短信。

凯文在下铺说：“大半夜的，是闹钟响么？”

爽哥一直不去第二食堂吃饭了，不想再惹小黑妹。小黑妹还给爽哥写了纸条，在教学楼门口等着爽哥，爽哥下课后看见小黑妹在，担心别人议论他和食堂的女服务员在交往，拔腿就跑，惹恼了小黑妹。

下午上课的时候，小黑妹居然找到班级去了，说："爽哥，你出来。"

爽哥被惊得一动不动，全班也都感到意外。

老师说："有事你就出去。"

爽哥出去了一会儿，沉着脸回来。

开课这一段时间，我发现自己没什么心思学习，照这么发展，期末又要亡羊补牢了。于是我在寝室说："从这学期开始，我要用功了。"后来这句话成了笑话，因为我每个新学期都说这么一句，然后还是稀里糊涂地过。

我们的外贸学院仍然是报考热门，军训的新生和我们这届人数相仿，不知道学校这么小的面积，怎么装得下这么多人。我早上不喜欢吃早饭，一般就喝一瓶酸奶，一天我在去教室的路上边走边喝，突然听见身边有一群人冲着我大喊："教官好！"

吓得我差点把奶吐出来。我向右手边一看，一队新生正整齐地站着呢，再向左手边一看，一名教官正好被我挡住，一脸不爽地看着我。

到了3月末，大连的天气到了最舒适的月份，不冷不热，有点海风。

唐妮和其他女生相比，不怎么喜欢出去逛街，但是一逛就是一天，把东西买足了。

如今的几个大型健身中心，当年还处于新店宣传的阶段，广告铺天盖地。我和唐妮刚到商业街区就有一个少年追着我们发宣传单，说："健身了解一下，新开业免费体验，有礼品。"

我说："我们是外地的。"

这么拒绝最有效果，业务员一听也就不缠着你。可是没走几步，又过来一个少年推销，我又说了一次我们是外地人，少年马上离去。就连商场门口也有人在发传单，还是一个少年，我以同样的理由拒绝。

终于进了商场了，没想到这家健身中心请了这么多人发传单，商场的电梯口也有人在发，不过是女生了，还挺漂亮的，我们一路过电梯，她就递给我一张同样的传单，说："健身了解一下。"

我懒得推辞了，也多少因为是个女生，不好意思拒绝，接过传单，说："谢谢。"

我看了一眼，这家健身中心的确不错，刚开业的缘故，价位也低得很，我对唐妮说："这家挺好的。"

没有得到响应，我发现唐妮已经不在边上了，在往商场外面走，我跑了几步追上她，问："你去哪儿啊？"

唐妮说："不逛了，回学校。"

我不明白，问："为什么啊？我们不是刚来么。"

唐妮说："不逛了，你别跟着我，你去健身吧。"

我反应过来唐妮为什么生气了，我说："我不就是接张传单么，这也不行啊？"

唐妮说："刚才三个男生发，你不接，怎么一到女生发，你就伸手了？"

我说："他们一直在发，我怎么好意思拒绝这么多次？"

唐妮说："你就是看人家漂亮，是不是？"

又是这种问题，我说是，她生气，我说不是，她又会说我撒谎。我一犹豫，唐妮已经出了商场，我追出去说："传单我扔了，行了吧？"

唐妮说："扔了干吗，你让她带你去参观一下好了。"

我说："你别这么小气么。"

唐妮没理我，叫个出租车回学校了。街上人多，我也没拦她，拉拉扯扯的不好看。

我发觉我的钱包在唐妮包里，这下连公交都坐不起了，走回去要一个多小时。

走到离学校不远的时候，我觉得自己很笨，叫个出租车到学校再找人付钱不就完了，不过无所谓了，都走到了，我给唐妮发个短信：我从西安路走回来的，你满意了么，消气了吧。

唐妮回复：你到图书馆楼下。

看来是消气了，何必折腾呢。我走到图书馆楼下，没看见唐妮，楼上扔下一个钱包，差点砸到我头上，是我的。

杀人不过头点地，我也有点生气，直接回寝室。

周末我和唐妮都没有联系对方。

周一下午下课后我就拿着手机在寝室坐着，想着是给唐妮打电话还是发短信，想得入神，电话突然响了，吓得我心悸。居然是班主任打来的，今天都没课了还找我干什么?

我接通了电话，说："什么事儿？"

班主任说："学校门口出车祸了，有几个人受伤了，每个寝室长都把自己寝室的人员集合，然后给我打电话，我好确认咱班同学平安。"

我说："好，我马上找他们。"

凯文和爽哥就在校园内，接到我电话就回寝室，只有陈夕和辛蕊在校门口买小吃，我立刻打电话问陈夕："门口出事了么，谁被撞到了？"

陈夕说："出事了，死了四个人。"

我问："哪个班的？"

陈夕说："都不是我们学校的，我亲眼看见了事情的经过，回去详细说。"

我又给班主任打电话，说："我们寝室人都在。"

班主任说："都在个屁，我就在学校门口，陈夕还在排队买鸡蛋饼呢。"

我心想，你都知道人在哪里还折腾我打电话，真是有病。

我说："我们通过电话，我知道他在。"

班主任没回话，直接挂了。

十八

学校门口出了四条人命，一般女生都会受到惊吓，我给唐妮打电话。

唐妮不接我的电话，不过发了一条短信问：你想干什么啊？

我越来越不理解女生的思维了，不想理我就索性不理算了，不接电话却回短信。

我回复短信说：学校门口出事故了，没吓到你吧？

唐妮回复：没吓到啊，出什么事了？

原来是不知道啊，怪不得没吓到。

我回复：没吓到就好，出车祸了，有人身亡。

唐妮回复：哦。

我不知道怎么回复了，她就说个"哦"，我不能回个"嗯"吧，看来这次对话结束。

不过女生真是谜一样的生物，十几分钟后唐妮居然打了过来，说：“你干吗呢？”

我说：“在寝室待着啊。”

唐妮说：“要不你来找我啊，你想不想啊？”

我说：“好，等我。”

因为出了人命，校门口冷清多了，警车还停在出事的位置，死者已经被运走，留下被撞走形的小面包车。近年大连成为移民城市，外来人员增多，治安的确不好。

唐妮看到我的时候表情仍然很平淡，电视和电脑都是关着的，她就坐在床上，身边有几本插有书签的小说。我主动说话，问：“吃饭了么？”

唐妮说：“没吃。”

我说：“我也没吃，我们吃饭去啊？”

唐妮说：“不吃了，不饿。”

我说：“你不是还生气吧？”

唐妮说：“生什么气啊，早忘了。你生气么？对哦，我还没见过你发脾气呢。”

我说：“其实我脾气也不好，不过跟爽哥和凯文住一个寝室之后，完全没脾气了，和他们住一起，要是脾气不好，早气死了。”

唐妮说：“那有女生惹你生气怎么办？”

我说：“不理她就行，跟日本人学的，他们讨厌某个人的话，不会像在中国又打又骂的，他们就是孤立他，直到他心理崩溃。”

唐妮说：“这，这多心理扭曲啊，太压抑。你以后对我有意见就尽管发火，别哪天晚上睡觉时做梦打我。”

我说："好，那我现在就打你几下吧。"

唐妮伸脑袋过来说："打吧。"

我说："这么闹着玩儿没意思，晚上买一瓶白酒，我喝了酝酿一下，打媳妇让邻居听听。"

唐妮说："你滚！"

我说："不闹了，我们出去吃饭吧。"

唐妮说："不用出去吃，家里有……还是出去吧。"

晚饭后，我送唐妮上楼，她说："你住这儿吧，我无聊。"

唐妮整理着床说："这张床我们两人睡够了。"

据说是房东女儿以前住的，东西都是女性化的，虽然是双人床，但是长度实在是有限。我睡觉的时候两只脚悬在空中，只好把头紧靠床头，让脚落在床上，可是离床头太近了，一不小心头就撞在上面"咚"的一声，唐妮每次都像受惊的兔子一样，小声问："你要干吗呀？"

我说："什么也不干。"

床实在是太小了，天快亮的时候，我一翻身就掉地上去了。

唐妮又被吓了一跳，不满地说："你第一次在床上睡觉是么？以前睡山洞里吧？"

我说："床这么小，跟我有什么关系？"

唐妮说："那我怎么没掉地上？"

我说："那不是废话么，你睡里面，我在外面，你怎么可能掉地上？"

唐妮说："呵呵，应该让你睡里面是么？"

我说："你别跑题，咱就说掉地上至于这么大惊小怪么？"

唐妮说："那季雯新怎么没掉地上？"

我说："你就举这些极端的例子，男和女能一样么？"

唐妮说："行，不说男女，那蝙蝠睡觉挂墙上，它也没掉地上啊？你乱动什么啊？"

我气无语了，喝了口昨晚剩下的康师傅绿茶，解渴之后，继续说："你别说那没用的，还蝙蝠，那企鹅还不怕冷呢。你总说这些，根本没办法和你理论。"

唐妮说："你少喝点饮料吧，不环保，浪费资源，昨天看新闻，南极企鹅有热死的了。"

我说："这是真的新闻么？你在天涯论坛看的吧？就算是真的，跟我喝绿茶有啥关系。"

唐妮说："有啊，饮料都是工厂生产的，浪费资源、污染环境、不环保。以后企鹅灭绝了，都怨你们这些破坏环境的人。"

我说："你有病吧，你马化腾啊？一天企鹅企鹅的，烦不烦？"

她说："你给我滚！你思维水平不行，别跟我说话，今天不见你了。"

我说："刚认识你的时候，感觉你挺成熟的，现在怎么和小孩儿一样不讲理？你还说我思维不行，你现在思维就很乱，需要调整，你知道么？"

唐妮扔枕头打我，说："赶紧滚！"

我看她气得快背过气去了，也算是解气，看了下时间，现在回寝室收拾一下去吃早餐正好。

我猜她应该还会在床上躺一会儿，便捡起地上的枕头，准备给她扔到床上。

唐妮以为我要打她，拿被子挡着，说："你敢！"

我轻轻扔到床上说：“吓死你！”

十九

这次我是想好了，她不认错，我就不联系她。

我们学校是培养对外贸易人才的，出国的学生特别多，学生们拿学校为跳板，到国外再读几年。本身学校就和很多海外大学合作，再加上雇佣专业的留学策划师和文案，成功的概率特别大。算了一下，唐妮从大三开始申请美国的大学，应该再有一段时间就要走了，按照约定就会分手，早点分开也无所谓。

大学读到末尾，我也变成现实主义了。我和凯文分析过，如果离开学校，我和唐妮在地域上、性格上、条件上，都不可能在一起。

凯文说：“你就当玩儿了，也不吃亏，多睡几次你还赚了呢。既然分手是必然的，你就提前准备，给自己留条后路。别学爽哥回寝室打墙。”

下午唐妮给我发短信说：你来操场等着。

她找我，可以去，但是如果她态度不好，我就马上回寝室。

我到操场十几分钟，唐妮才到，我也没抱怨她让我等，等她先开口说话。

唐妮没说话，踢我一脚就走了。

之后我才看到一条短信：你要是觉得自己错了，就让我踢一脚。

这条短信是她在我下楼之后发的，我没看见，等于在不知情的情况下，向她认错了。

我打电话说：“你别当真啊，我没看见你第二条短信。”

唐妮说："那我不管，都踢完了，你晚上还要送我回去。"

我被逗乐了，说："才发现你脸皮挺厚。"

之后的几天，我都住在唐妮那里，唐妮每天晚上都看几集美剧，不过她下载的都是无字幕的，让我措手不及。

我说："不能看有字幕的么？我跟你看五集了，还不知道演什么呢。"

唐妮说："刚开始都不适应，逐渐你就听懂了。"

我说："我知道这个道理，不过那也需要一定的英语功底。"

唐妮说："我们系有个女生，英语六级都没过，现在看电影也不看字幕了。"

我说："她看的中文版的吧？我真看不懂，要不我回寝室把电脑拿来？"

唐妮说："我们各玩各的还住一起干什么？"

我说："你说得也对，我还是回寝室吧。"

最近寝室又有了新动作，凯文和爽哥喜讯连连。

凯文一直想和周芷若分开，只能用"分开"这个词，"分手"是情侣用的，他们是纯酒友加床友的关系。不过因为谣传周芷若有些暴力自虐倾向，偶尔用刀割自己的胳膊，凯文害怕刺激到她。

从开学就一直拖着，终于迎来喜讯，周芷若去澳大利亚了，主动提出分开。

我们说："她不是母亲有病，家里困难么？"

凯文说："所以她去赚钱去了。"

几年以后，听在澳洲的校友说周芷若从去留学起就在酒吧打工，已经存够钱买房了，工作也不错，再待几年就能入澳籍。

分开后凯文大为释怀，理了一个大光头回来，说要重新开始。

爽哥是班级里唯一去教室学习的男生，常被一群女生围着聊天。

凯文说："爽哥现在是咱班的玉帝哥哥。"

女生们发现爽哥这个人虽然有点呆，但是心眼不坏，甚至还有点可爱。

一位戴眼镜的优等生看上了爽哥，在众多女生的游说之下，爽哥和她确立了情侣关系。这女生的外表不丑，只是感觉有些奇特。爽哥说她戴眼镜看起来像杨千桦，我们都觉得像高晓松，瘦弱版的而已。我们在寝室都叫她晓松，爽哥不但不维护她，还跟着我们一起喊晓松。她姓高，准备考研毕业留校当老师，一想她以后会被叫高老师，我们就想笑。

爽哥经常说："我去找晓松了。"噔噔噔就跑。

爽哥这边刚震惊我们，凯文又给我们一个惊喜。

他和大学第一个女朋友又好了，就是那个强势的狮子座女生。我回想他们天天晚上打电话对骂都后怕。凯文说他要重新开始，果然说到做到，直接穿越回到大一那年夏天。狮子座要去美国了，在学校最后几个月不想自己过，找凯文当个同床情人。

我问凯文："你为什么答应她？"

凯文说："毕竟曾经相爱过。"

唐妮跟我说，她能确定去美国了，因为她的成绩好，帮她申请的老师说八九不离十，提前做准备吧。季雯新去墨尔本留学的事也基本确定。

我说："咱们学校要黄啊，人都跑没了。"

二十

凯文最近要成仙，每天下午都去和老头一起钓鱼。

有天下午听见凯文打电话说："喂，许大爷啊，今天水好么，鱼多么？"

对方说："今天不错，你快来吧。"

挂了电话，凯文背着渔具就走。

晚上回来，凯文多少会拿一点鱼，用一个小锅煮鱼吃，再喝点啤酒。

我说："你这绝对是院长的生活啊。"

后来老头们年纪大了，忙着研究延年益寿，合伙去炼丹，就剩凯文一个人。

没多久，凯文也不再钓鱼。

为了庆祝自己的重生，以及和狮子座的重逢，凯文要请大家吃饭。

凯文对我们说："这次来个大团圆，把唐妮、辛蕊，还有晓松都叫着。"

下午课结束后，我给唐妮打了电话，说："晚上寝室要在学校外面吃饭，都带女朋友。"

唐妮说："一会儿你来接我。"

我释然，说："好。"

唐妮说："我还用化妆么？"

我说："随便，反正也没外人。"

凯文选了家火锅店，每个人单独一个小锅那种，我叫了一辆出租车到唐妮寝室楼下，这样她出门就上车，下车就进火锅店，比到食堂走的路还少，唐妮没有化妆。

到火锅店后，我问："你喝酒么？"

唐妮说："喝几杯可以，多了不喝。"

我说："我可能需要跟他们喝酒。"

唐妮说："那我管不到，你喝多了也不是我难受。"

我说："那就这么定了。"

我和唐妮是最后到的，凯文已经红光满面地坐在椅子上，旁边是狮子座，好像旧社会的地主刚从穷人家买了一个漂亮的民女，召唤其党羽共赏。

狮子座这两年有点沧桑，没有了大一时那种野蛮少女的感觉。

火锅上来的时候，服务员拿出两瓶白酒放在桌子上。

我说："什么时候喝白酒了？"

狮子座说："哈，我点的，我陪你们喝。"

我看凯文一眼，凯文看着白酒也是一副不知情的样子。

陈夕给我们倒白酒，狮子座给其他女生分啤酒，我怀疑她家是卖酒的，或者做过公关，各种劝酒。她说要敬我们四个男生一杯，说了几句之后把一杯白酒喝光了，说："我干了，你们男生随便。"

凯文跟着嚷嚷："来，干了，干了。"

爽哥从来没喝过白酒，潜意识地随从着她，艰难地分了三口把白酒干了。我也只好干了。

喝了几杯后，辛蕊说："不喝啤酒了，我要喝饮料。"

陈夕说："别人都喝酒，怎么好让你喝饮料。"

我说："不想喝就不喝，唐妮也不喝了，你们喝饮料。"

我知道唐妮睡觉前都会看会儿书，或者影视剧，而且最近准备留学的事情很忙，8点刚过我就问唐妮："要不要送你先回去？"

唐妮说："好吧。"

辛蕊和晓松也跟着说要回去了，就剩下狮子座一个女生。

我送她们下楼，外面一辆出租车对我们按了下喇叭，询问我们坐不坐车，三个女生相互礼让地上了车，唐妮拉开车门说："那我先回去了。"

回到桌上，狮子座继续带领我们喝酒，爽哥已经失去了看清自我的能力，狮子座怎么喝他就跟着怎么喝，以为自己是韦小宝，跟狮子座划酒拳。

狮子座也不理他，只见爽哥手势起起落落，自言自语说："一夫当关啊，喝一个；双喜临门啊，喝一个；三羊开泰，喝一个；四季如春啊，喝一个；五福临门啊，喝一个；哎六六大顺，喝一个；七子团圆啊，喝一个；八仙过海，喝一个；九，九，九龙冰室。"这样从一到九循环一遍就是九杯啤酒。

9点，唐妮给我发了条短信：少喝点。

爽哥醉得连上铺都爬不上去，回寝室就倒在陈夕的床上。

陈夕看见爽哥睡在他的床上，只好睡爽哥的床了。陈夕也是醉得摇摇晃晃了，爬不动床铺上的梯子，我和凯文搬了个桌子，让陈夕先上桌子，我们再推他到上铺。

脱衣睡觉半个小时后，爽哥大喊一声，"哇"地就吐了。

陈夕在上铺喊："哎呀，我的枕头……"

爽哥"哇"地又是一口。

陈夕又喊："哎呀，我的床单……"

爽哥"哇"地又是一口。

陈夕崩溃地说："哎呀，我的被子啊……我也想吐啊。"

说完，陈夕就从上铺往地上吐。

凯文说："这弄的，咱们四个让一个女生喝成狗了，丢人啊！"

说着凯文喝了一口绿茶，然后狂吐一口说："我呸！刚才我往里面弹烟灰了，忘了。"

凯文拿起一个暖壶倒开水，里面却没有水，继续倒另一个暖壶。

我说："都没水，今天因为你组织喝酒，没人去打水。"

凯文郁闷地打开窗户。

我说："要跳？"

凯文说："透透气。"

二十一

老师考虑唐妮走读的情况，帮她拼了一个寝室，和两个马上要出国的女生一起住。

唐妮问我："我搬回寝室住么？"

我说："当然搬啊，还是专心准备出国吧，而且室友和你情况一样，大家应该有的聊。"

唐妮说："是啊，我答应老师了。"

我说："你都答应了，还问我。"

唐妮说："就是说一下么。"

我说："我帮你搬家吧。"

唐妮说："不用搬，反正房租都交过了，学校没事的时候，我们还去住吧。”

每到热得如狗一样的时候，就预示着期末快到了。

凯文热得在寝室穿泳裤，说正常的内裤穿一会儿就湿了，泳裤不怕。

爽哥总在寝室看成人电影，我说：“本来就热，你还看这个，再这样我告诉晓松。”

爽哥说：“别别别。”

晚上唐妮对我说：“我通知书到了。”

我说：“恭喜啊。”

唐妮说：“那我们，那个，那个啥……”一时找不到合适的词语。

我说：“我明白，你就专心去留学吧，我们就到此为止，正好从下学期开始，我也要投简历找工作了。”

唐妮说：“那我们以后是什么关系？”

我说：“同学啊。”

唐妮说：“嗯，我们做那种一直会联系的同学。”

走之前，唐妮还叫我出去过一次，让我帮她和季雯新拍一些照片。

暑假里，唐妮的QQ一直都在线，不过显示是忙碌状态。

有一天，唐妮发来消息说：别隐了，出来聊天，在家闲死我了。

我们从晚上10点，聊到早上快6点。

唐妮说：睡觉了，今天周几？

我说：不知道，暑假管它周几干嘛。

唐妮说：是周六，我要去给我表弟补英语。

我说：那你抓紧睡吧。

我关了电脑和手机，再关上房间的门，一直睡到下午6点。

睡醒后，看到唐妮刚发来一条短信：困哭了啊，可算挺过来了，我差点睡他家了，正坐车回家呢。

我回复说：那你好好回家睡觉吧，再聊。

7月末的时候，看见唐妮的QQ签名改成：终于起飞了。

她的QQ头像再没亮过，应该是在美国了。

二十二

大四开课后，教室在哪里我都快忘了，整天泡在网吧，和一群校友玩游戏。

一天，有位校友说："咱们换个网吧，坐几站公交，有个环境特别好的网吧，人还少，会员还便宜。"

我们说："走走走。"

走进这家网吧的第一步，我就决定常驻，因为收银员很漂亮。

她身材很高挑，皮肤很白，化过妆。

我在网吧办了会员卡，她在看书，我很好奇她看什么书，交钱的时候窥视了几眼。

她说："你找啥呢？"

我说："那个，那个，有雪碧么？"

她说："3块。"

来往几次后，我感觉这姑娘有点意思，再观察观察。

凯文听说后，对说我："你有什么毛病，咱学校这么多女生，你去研究一个收银员。"

陈夕说："一定很漂亮吧，我们明天去看看吧。"

第二天他们去了网吧，凯文对收银员说："听说你家服务不错，我们都是来给兄弟捧场的。"

爽哥还问我："我给你问电话啊？"

我说："你们别闹。"

晚上，凯文在寝室说："没感觉她漂亮，我对你的审美一直不太理解。再说吧台太暗，在阳光下你见过她么？"

我说："说实话，我也没太看清，就是有点暧昧的感觉。"

凯文说："哦，那就是想玩玩呗，那就无所谓了。"

不知道为什么，这件事儿就传开了，在寝室住了三年，大家互相之间都认识，有大批的男生慕名去看她。

一次我去网吧，看见有很多同学，就准备给大家买雪糕吃。

她问我："都要什么口味的？"

我慢慢跟她说。

大家看见我跟她一直说话，以为我在表白，网吧里爆发出一阵掌声，呼喊着我的名字。

她莫名其妙，我说："他们在打CS比赛呢，喊我一起。"

她说："那你去吧，雪糕给你送去。"

爽哥为了看我的热闹，又去了一次网吧。

她问爽哥："你怎么好久不来了？"

我比较震惊，爽哥才来过一次，她就问他为何好久不来，看来我也要消失几天。

通过这件事儿我发现，四年来我在学校还是交了不少朋友，好多男生为我跑前跑后，和她搭讪，关于她的信息都帮我问到手。

一个卧底了一个月的同学告诉我："孙爵，你算了吧，这几天我在通宵，发现她被老板包养了，老板到吧台各种摸。"

我说："那是应该算了。"

不过这件事儿对我没有太大影响，我只是对她的外表有欲望而已。在这之后，大四全年我都没再考虑过女友的问题。

大四上学期我都是在网吧过的，网管都感慨说："我们还倒班呢，你却天天在。"

寒假之后，唐妮在QQ上又现身了，是晚上12点，不知道在美国是几点。

和她聊到凌晨1点，我关了手机睡觉。第二天早上9点起床，发现唐妮还在回复我消息。

我问："你怎么还在线？你那边几点？"

二十三

凯文疯了，他说："大连有没有适合出家的神庙？"

我说："你去胜利地下商场当保安吧。"

凯文说："不开玩笑，我想找一种信仰。"

他买了一本《圣经导读》，每天晚上睡前看一段，最后决定成为一名基督徒。

最近的几个周末，他在附近的小教堂做了几次礼拜。

凯文问："谁知道基督教大连总舵在哪？"

我说："我就知道天地会总舵在福建。"

凯文说："我以后要是结婚，一定在教堂，不在酒店敲锣打鼓吹喇叭的。"

我说："你跟谁结啊？"

更受打击的是，凯文因为成绩不达标，肯定没有毕业证。

我们问："你怎么办？"

凯文说："办一个呗，咱又不是清华、北大毕业的，真的假的一个效果，我也不考公务员。"

我们说："也是。"

凯文说："我想出去。"

我们说："去玩吗？"

凯文说："不是，我要做点有意义的事，我要走遍全球。"

我们说："啥？"

凯文说："说错了，走遍全国。北方和南方都熟悉，可是中部和西部地区都没去过，我先去重庆、成都、丽江，再去西藏，然后去印度，从印度飞回浙江。"

我以为凯文在开玩笑，讽刺说："去印度膜拜一下基督教发源地，是么？"

第二天早上，就看见凯文在收拾行李。

我说："你真走？"

凯文说："真走。"

我们送凯文到学校门口，凯文叫了辆出租车，说："我走了！"

之后我们再没见过凯文。

除了凯文，四楼还有一个学生疯了，认了个师傅学看风水，每天拿着罗盘在学校看。一天，他走进我们寝室，指着爽哥的床位问："这是谁的床？"

爽哥说："我。"

他说："唉呀，你这个位置是死位啊，赶紧换换地方，不然肯定倒霉。"

爽哥没有听他的话，后来还真倒霉了——和晓松分了手。

也是一种必然结果，晓松考研成功之后，就一直认为爽哥配不上她了。在他们感情的末期，爽哥妈妈还来学校看过他们，看看宝贝儿子的女朋友长什么样。

陈夕说："爽哥，你快花钱租一个吧，晓松长得实在不行。"

爽哥说："学习好，我妈就喜欢。"

但是晓松不喜欢他了，提出了分手，她说如果爽哥想继续和她相处，就必须接受一些条件。

那些条件简直是蔑视爽哥到极点，夸张点说，以后爽哥连尿尿用什么站姿都得听她的。我和陈夕说这是《灭亡爽哥21条》。

我们说："爽哥，你敢同意这21条，咱们以后就当不认识！"

分手的时候，爽哥和晓松坐在校园里哭，地上面巾纸堆积如山。既然都哭成这样了，还分啥手啊，不知道。

唐妮最近好像失踪了，在网上看不见半点踪影，她到了美国之后，国内的电话号也不用了。又到了夏天的时候，才看见她更新了一条QQ签名："zhi shi zheng ming wo hai huo zhe！”“只是证明我还活着”的拼音。看来她的电脑是英文系统的，没有中文输入法。

即将毕业，我也想归零重新开始，羡慕凯文那种背包就走的勇气。我现在特别能睡觉，早上10点起床，下午还能从2点睡到5点。一天正准备吃午饭，接到班主任的电话。我以为她要质问我为什么不上课，就说：“我最近找工作呢。”

班主任说：“正好，明天学校有咱们外贸专业的招聘会，准备中英文两份简历，穿得正式点，通知你们寝室其他人。”

二十四

我的第一份工作，是在一家啤酒厂做外贸业务员。工作内容是用电子邮件和意向客户交谈促单，不过还没有上岗，要求培训三个月后再考试入职。爽哥和陈夕没有在招聘会中获得职位，继续在寝室里度日。

我厌烦了在学校的生活，甚至连工资都没问，就跟着他们去了啤酒厂。因为距离学校特别远，不能住在寝室，我在附近租了一间小屋，暂时先住着。走的那天，好多人送我，仿佛我和凯文一样，不会再回学校。每个人都跟我说了离别的话，结果我周末就返回学校玩，大家又见面了。

毕业的时候，我们问凯文要不要回来照个毕业照。

凯文说：“不照，看见他们就烦。”

8月的时候，爽哥和陈夕被学校赶出了寝室。

爽哥骂：“什么学校，还有赶学生走的？”

我说："差不多了，新生都快报到了。"

我正式入职后，在人事部的撮合下，和两位男同事合租了一套房子。陈夕和爽哥拉了一位叫"香瓜"的同学合租，隔壁寝室的，因为喜欢吃香瓜得来的外号。辛蕊读研，仍然住校。她的理想是在中学做一名英语老师。

初入职场，我运气非常好，签了一个不大不小的单子，经理当时就给我拿出10000元现金作为回报。加上底薪2500元，我第一个月拿了10000多元的薪水，很快在同学圈子里传开，随便一个同学看见我就说："都说你现在混起来了。"

还有根本就不认识的同学，给我发短信要和我做朋友，聊到最后，是让我介绍工作。

开单之后，我再无业绩，每个月就拿2500元的底薪，经理已经看我不顺眼了。一天开早会的时候，经理说："你最近这是怎么弄的，不能干就别干！"

我说："那就不干了。"

经理看我来真的，又把我拉到一边说："我没让你不干，就是激你一下，我还是非常信任你的。"

我心想，是怕不好招新人吧。

我辞职了之后，爽哥他们都有了不错的工作。

爽哥成了一名商务信函翻译，陈夕在一家外贸木材厂做总助，他们的室友香瓜在一家英语客服中心，天天接电话。

不到一个月，我也有了新工作，在一家对外事务所，主要接待到大连出差的欧洲人，帮忙安排酒店。如果常驻就帮他们租房子，平时给他们安排出租车和吃饭的饭店，偶尔还带他们去高尔夫球场。说白了，就是一个高级服务生。

公司就四个人：两个老板，员工除了我之外，还有一个朝鲜人，他的韩语和日语都特别棒。他负责亚太区业务，我是大欧罗巴区及大北美区客户总监，月薪3000元。我们老板总喜欢年薪这个概念，给我扣了个年薪三四万的帽子。

欧洲这个地方，语言太复杂，他们说英语我都听不懂，包括英国人。迫于压力，我还稍学了点法语和德语，也就是“你好，吃了么”的水平。

一次老板带我出去，向别人介绍我，说：“我这位员工，精通英语、日语、德语、法语。”

每次老板介绍完，对方都跟我握手，说：“人才，人才！”

一次来了两个韩国人，天天吃龙虾、打高尔夫球，我问：“他们在韩国也天天吃龙虾么？”

老板说：“吃个屁龙虾，狗虾都吃不上。”

那时候，欧盟和中国就外贸问题经常有纠纷，尤其是德法。紧接着中国跟日本也有争议问题。 我们的客源变得特别少，大家几乎天天在公司坐着，老板看谁都不顺眼。

终于，公司倒闭了，我又一次失业了。

又到了夏天，我决定休息一个月，无所事事地在网吧玩游戏。

班级的QQ群里弹出来消息，有人提出毕业一周年聚会。不知道是不是我眼花，唐妮突然发消息过来说：哈哈哈，好久没跟你聊了。

接着又发来了第二条消息：本少爷现在实在是太忙了！

我问：忙什么？

唐妮没回复。

我有些不满，不想聊，你突然蹦出来干什么。

过了两天，唐妮又发消息：你干吗呢？

我也没回复，我没当年那么傻了，只要她高兴，我就得陪到底。

见我不回复，唐妮的QQ头像黑了。

二十五

毕业后我就干成一件事，成为一位比较专业的股民。

刚毕业的时候，我爸给我一万块钱，让我找工作期间用。因为我没毕业就正式工作，工资也能满足基本生活，就没用上这钱。一位金融系的同学，在证券公司上班，满学校拉人买股票，其中就包括我。他保证年收益能在8%左右，上学的时候他就一直炒股，2008年牛市的时候，听说他还发了一笔。

当时我也想赚钱，想投机取巧，就听他的，把一万多闲钱都存进股市。我居然是他的第一个客户，他对我一心一意，天天给我看盘，打电话通知我买进卖出。现在我的账户里面已经快两万元了，他却辞职很久。

一天，证券公司打电话给我，让我去听理财讲座，到场的没几个人。那个销售部经理侃侃而谈，有时还向我们提问，全场就我回答他的问题。

讲座结束后，他问我："哥们，你是做什么的？"

我说："待业呢。"

他说："那你来我这上班吧，你干这个肯定行。"

我说："我对这行不感兴趣。"

他说："你不会两条腿走路？"

我说："什么意思？"

他说："你先做这个，赚个几十万元，然后再去干你感兴趣的呗。"

反正也失业，我就说：“行吧。”

这样，我从夏天进入证券公司，一直做到冬天，接到凯文婚礼的邀请电话。

上学的时候，我们说好，以后有人结婚，肯定全员参加。不过我感觉有难度，陈夕现在是总助，给经理做翻译兼司机，一天也离开不了。爽哥在一个变态的外企，迟到一次就开除的那种。就我做销售，时间比较自由。果然就像我预测的一样，陈夕和爽哥没有请假成功。

我知道爽哥压力很大，他经常出现翻译错误，每次都被骂一顿。

爽哥说：“我那个女主管有病，我翻译一出错，她就说我。”

我说：“你翻译错了她不说你，她还当什么主管啊。”

爽哥说：“你没见过她，你不知道，她有病。”

陈夕工作也很辛苦，跟老板干了一年，工资没涨，木匠活做得倒是不错。一次我和爽哥打闹，把书架碰坏了，我说：“这下房东得让你们赔钱了吧？”

陈夕二话没说，拿着工具就把书架修好，顺便还做了一个鞋架。

我说：“你干的真是翻译加助理么？”

陈夕苦笑说：“我也不知道。”

我已经不和同事合租了，自己住在中山广场一带。那天晚上，陈夕和爽哥从高新区赶过来，给我送婚礼份子钱，让我带给凯文。

出发前我给凯文打电话说：“陈夕和爽哥工作走不开，就我自己能过去。”

凯文说：“没事，现在你们刚毕业，情况我能理解。你也是请假了吧，坐飞机吧，火车太慢。”

我说：“我恐飞，时间不要紧，还是坐火车吧。”

凯文说："行，我去接你。"

我有个小习惯，每次路过车站的时候，都观察一下形形色色的赶路人，特别喜欢欣赏每个城市同龄人的风貌。

到了台州火车站，看到一对情侣正在大厅打闹，女生抓着男生衬衫领子，男生说："别闹了，快帮我找我同学。"

我看向说话的男生，说："不用找了。"

凯文看向我，我听到了那熟悉的脏话，顿感亲切。

二十六

我从台州回来后，第一天上班就迟到了。我很喜欢迟到的，偶尔还早退。有的时候说客户找我，就出去溜达溜达，反正待着也没什么事干，前几天我又请假去了浙江。总经理说："你这是当兼职干呢？"

办公室还是那个样子，我的电脑和电话机应该有人帮我清洁过，很干净。其余的电脑都是开机状态，屏幕上显示着股票、期货、黄金外汇交易的大盘。黑板上画着股市最近的大盘走势，后面还有一段虚线，不知道哪位老师又预测未来了。

公司的"波浪大师"喝着咖啡问我："今天的黄金你怎么看？"

他是一个沉迷于波浪理论的同事，每天看着大盘K线，数波浪，每数必错，错了重数，一坐就是一天，我们叫他波浪大师。不过大师的预测效果不怎么样，已经被套牢得挺深了。

我心想，我电脑都没打开呢，问我干什么，但嘴上客气地说："等一下啊。"

一位被我们称作短线明骚型的操盘手替我回答，就一个字：“空！”

然后大家开始边看大盘边写当日的交易策略，发给财经网站的编辑。很多投资者都有阅读财经网站上交易策略的习惯，什么名家专栏、必胜策略，其实写这些东西的人很多都没参与交易，或者在爆仓和不爆的边缘。

我们正忙碌着，公司的王美女走了进来，她大我两岁，和我同时来的公司，一起通过培训入职的，交情还可以。

王美女说：“回来了啊，浙江好玩么？”

我说：“好玩。”

王美女说：“你没事儿干是吧，一起去交行，今天交行的孟姐请假了，我要去替她，你在二楼待着就行，应该都没什么事儿。”

我根本就不想出去，可是此刻我电脑的页面是百度李毅吧，心里的那句“我正忙着呢”实在是说不出口，只能说：“行。”

公司在工行、交行、中行有业务驻点，交行是最冷清的一个。王美女到交行后就在服务窗口对面的一个办公桌坐下，桌子上有个“理财咨询”的金色牌子，以及一些债券基金、期货的宣传彩页。

我去了交行二楼，二楼有一个大会议室、交行员工的小食堂和几间办公室，其中有一间是给我们这样的外来合作单位用的，里面已经有一家期货公司的一男一女办事员了，我坐在他们边上，简单寒暄了一下。

我象征性地打开股市和外汇交易的大盘，继续浏览娱乐网站，王美女用QQ发信息叫我下楼，说有事儿问。可能遇见意向客户了，我走到一楼看到王美女还是自己坐在那里，就问：“什么事儿？”

王美女拿出手机说：“有个男的要请我吃饭，他特别有钱，今年才30岁，你说我去不去啊。”

没等我回答，她又说：“但是他长得一点也不好看，看着就烦，你看他早上发的短信。”

我看了下短信，收件时间是早上8点半，现在是10点半，我问：“还没回呢？”

她说：“嗯。”

我说：“你先随便回复个什么，回个哈哈也行，男的最讨厌等回复了。”

王美女回复了：哈哈。

之后那个男的马上拨过来电话，王美女说：“你什么破建议啊，他打来了，我说啥啊？”

我说：“你再不接，他就更生气了。”

回到二楼，我接到一个陌生来电，我用专业的口吻自报家门，然后问：“请问，您是哪位啊，有什么需要咨询的？”

对面是个女的，声音挺甜，说：“啊，你还在大连？”

我问：“你是谁？”

她说：“你不记得我了，还是把我的号删了？”

没等我说话，她自己说：“我这不是废话么，是我自己号码换了。”

我听出声音了，问：“季雯新？”

她说：“你还记得啊。”

我说：“就知道你去了澳大利亚，后来都不知道了。”

她说：“夏天回来的，本来回南京去了，我妈让我去相亲，当时我就凌乱了，说回来看同学，就跑回来了。我们寝室还有两个女生在这儿呢，正好有几个不错的工作推荐给我，就留在这里了，反正让我相亲我就不回去。”

我说："你做什么工作？"

她说："英语翻译，好累，你呢？我找时间去看看你啊。"

我说："我去看你吧，我时间自由，说见客户就能离开。"

凯文的前前前前女友，三年没见了，我居然要翘班去找她。

她公司的写字楼是玻璃外观，有四十层吧，楼下有喷泉和花池，一楼的大厅有为客人准备的沙发和报纸，我坐在沙发上随便看报纸。

电梯出来一位穿着黑色职业装的女性，穿着高跟鞋，戴着耳环，白衬衫的前两个纽扣是解开的，留海在眼眉附近，后面的头发是扎上的，没有化妆，只是涂了唇膏，右手带了白色的手表，这是季雯新么？我怕认错了人，继续看报纸。

她过来坐在我边上，也拿了一张报纸看，还真不是季雯新，这丫头怎么还不来？

一分钟后，她说："别装了，你早就认出我了是不是？"

我放下报纸，看了看她说："你整容了？"

季雯新说："你会不会说话？"

声音还是那个声音。

我说："你变化太大了。"

季雯新问："你们寝室谁还在这里啊？"

我说："基本都在。"

我没提凯文。

季雯新说："我们班就剩八个同学在这儿了，我工作挺累的，工资才10600。"

我说："你说这话的时候，考虑一下我这样工资2000左右的人的心理感受，行么？”

季雯新说：“周六有空么，陪我回学校转转，我走了再没回去过。”

我说：“学校都要放寒假了，比较荒凉。”

季雯新说：“谁管人了，景物还在就行。”

二十七

周六，按照约定我要陪季雯新回旧校区看看，可是等到早上10点多也没有电话，我给她打了过去，铃响七声，季雯新才接电话，说：“喂——”

我说：“你今天不是要回学校么？”

季雯新说：“知道啊，我还在睡觉呢，我周末都是中午12点多起床啊。”

我说：“那你再睡会儿吧。”

季雯新直接挂了，估计是闭眼又睡了。

直到下午1点多她才给我打电话说：“2点，学校门口见。”

季雯新不穿职业装还有些大学时期的样子，来北方时间长，适应气候了，穿得不多，还是有拿着女式包的习惯，不过这个年龄拿着包也是正常的。

她第一句话问我：“吃饭了么？”

我说：“当然，这都几点了，再不吃都要吃晚饭了。”

季雯新说：“我还没吃呢。”

我说：“我知道，你才起床。”

季雯新说：“那我们去吃饭啊。”

我说：“学校呢？”

季雯新说：“吃完再去。”

我说："这，好不容易到周末，这一天时间都等你了。"

季雯新说："那你还能不让我吃饭啊，附近有什么好吃的啊？"

我说："日式铁板烧和韩式酱汤。"

季雯新说："我们吃什么啊？"

我说："别说我们，你就想你要吃什么就行，我不吃。"

季雯新说："那喝酱汤吧，今天挺冷。"

季雯新吃饭也比较慢，下午3点的时候，我们还坐在饭店里，今天算是不能做别的了。我一般周末都会去爽哥他们那里，玩一天一宿。在说每句话都要三思的职场摸爬一段时间后，我最大的爱好就是和大学同学喝酒聊天。

季雯新边吃边问我："你现在住哪儿？和谁住？"

我说："中山广场，我自己。"

季雯新说："怎么不和同学住？"

我说："离我公司太远，他们在外企多的地方。"

季雯新说："我和两个寝室同学住，不过我最近准备出去住。"

我说："你上班也远？"

季雯新说："不是，她们在公司交男朋友了，有时候男朋友来找她们，我在不方便。"

我说："那倒是，那你出去一个人住啊？"

季雯新说："嗯，可是我从来没一个人住过啊。"

我说："上网找个室友。"

季雯新说："你不是一个人住么，要不你把你房子退了，我们租一套？"

我说："这，你不想找个女生么？"

季雯新说："没关系，咱们熟。"

我说："我考虑下吧。"

季雯新说："你就答应么，我不跟你抢电视。"

我说："我看电脑，不看电视。"

季雯新说："我帮你洗东西。"

我说："我都是干洗。"

季雯新说："我做饭给你吃。"

我说："等你12点多起床我都饿死了。"

季雯新说："那自己住没意思啊。"

凯文以前说她喜欢黏着人，果真如此。不过除了男女住一起不方便之外，我也没啥好的借口不答应，再说现在男女合租也是很普通的事情，反正也不睡一个房间。

我说："行，我找找房子。"

季雯新说："谢谢。"

学校不知道为啥锁着大门，只留了小门，门口停了几辆校车，综合办公楼贴满了外语培训、考级班、口语班、出国留学班的广告，人少得很，像一个被废弃的校区。

走到原英语系教学楼的时候，季雯新说："你们上学时说喜欢二十七八的御姐，我现在都要二十七八了。"

陪完季雯新，我到爽哥那里已经下午6点多了，在楼下打电话问用不用买点吃的。香瓜接的电话，说："拿一箱啤酒上来就行。"

接触一段时间，我发现香瓜简直就是小一号的凯文，天天满嘴脏话，叫嚣着要追美女，我都不知道他叫什么名，最开始叫小安徽，后来叫香瓜，他花钱大手大脚，每到月末都需要我们接济一点。

我很久没有做室外运动了，拿了一箱啤酒走到四楼差点累吐了，用脚踢门喊："快开门，拿不住了。"

陈夕开门，接过啤酒，香瓜和爽哥帮我拿餐具和杯子。

我刚坐下，陈夕就问我："你做金融见过最有钱的人什么样，我算是见到有钱的了，一个老板上坟烧纸，烧真钱。"

我说："烧多少？"

陈夕说："几万。"

我说："那不是有钱，是有病。"

香瓜这时拿出一沓钱，放在桌子上，目测7000元左右。

我说："你也要烧一点？"

香瓜说："烧个屁，我自己自焚都不可能烧钱。今天发工资了，该还钱了，陈夕2000，爽哥1000，你1000，我还得还咱班女生2000。唉！这个月就剩500了。"

我说："你钱都干什么了？还有一个多月过年，你不留钱回家？"

香瓜说："都请女同事玩了，就是一个没睡上，没事，年底我有年终分红，估计得万儿八千的。"

我说："准么？你可别像8班一哥们儿似的，年底发了一袋猫耳朵。"

香瓜说："别说别人了，帮我想想这个月剩这500能干点啥？要不孙爵你给我开个户，我也炒股票？"

陈夕说："你想把刚才还我们的钱再借回去就直说，炒饭都买不了几份。"

香瓜说："行，你把还你的2000拿来，我发年终奖了再给你。"

我说："那你也不够花吧，你不是每个月还要给北京的女朋友汇钱么？"

香瓜说："不用汇了，分了。"

我说："为什么？"

香瓜说："我几个月没看见她了，有天晚上让她拿手机拍裸照发给我，她不发，就分了。"

我说："这个理由我第一次听。"

香瓜说："一会儿把酒喝完，我请你们去唱歌。"

爽哥说："你还乱花钱？"

香瓜说："把我还你和孙爵的钱先给我，我发了年终奖再给你们，今晚肯定唱，你们公司有好看的女同事么，叫出来一起。"

爽哥说："那你刚才还钱干什么。"

陈夕说："我女同事都在开发区，到了天都亮了。"

我说："我公司那些女的你得租台宝马去楼下接，算了吧。"

爽哥说："我们公司有几个印度人，他们说晚上无聊，让我出去玩叫他们。"

陈夕说："叫啊。"

爽哥说："男的。"

香瓜说："我只请女的，叫不出同事，叫咱学校的女生也行。孙爵，以前你和凯文认识的那些英语系女生，现在都不联系了吗？"

我说："什么叫那些？就认识几个，别说，今天我还真遇见一个。"

香瓜说："有电话么，叫出来。"

我说："是凯文前女友。"

香瓜说："前女友就前女友，他那么多前女友，你回避得过来么？"

陈夕说：“是不是和唐妮挺好的那个？”

我说：“是她。”

香瓜说：“哦，那不叫了。”

二十八

我和季雯新租了一套房子，两室一厅，一人一个房间。

入住的第一天，季雯新就在客厅看电视，说：“我看《非诚勿扰》。”

我说：“我就看《天下足球》，不过用电脑看也行，我不和你抢电视。”

季雯新说：“我是说一起看啊。”

我说：“我不看那个。”

季雯新说：“看么，有个日本女人叫佐藤爱，不知道走了没有，你去带走她吧，我找朋友在南京给你报名。”

我知道季雯新周末为什么起那么晚了，因为前一天睡得太晚了。

我周六早上5点起床去卫生间，看到季雯新抱着抱枕，穿着睡衣蜷在沙发上看电视，像只小狗，我说：“看到现在？”

季雯新说：“我本想看两集就睡觉，谁知道一下子演了七集，看完这集，我就睡了。”

9点我起床准备出门的时候，看见季雯新还在沙发上，不过已经睡着了，连个毯子都没有。

我碰醒了她，说：“怎么在这儿睡啊？”

季雯新说：“我不想走到屋里，累了。”

我说：“到屋里就五米。”

季雯新说："那也不想走。"

我说："我抱你进去？"

季雯新伸手说："抱吧。"

我把季雯新抱到床上，说："你多少斤？"

季雯新说："106。"说完闭眼睡觉了。

我想起大学的时候去海边玩，唐妮说沙滩扎脚，让我背着她走。背了好长时间，加上我没吃饭，最后我回头看了下我的足迹，真是一步一个脚印儿。

季雯新上班的时间起床也好困难，闹钟十分钟响一次，她就是不起来，闹钟响得我也睡不好，真想进她房间，给她拽起来。

一次她起床的时候，做了个难过的表情，说："晚上睡觉我把电脑从床上踢掉地上了，显示屏摔坏了。"

我说："那去修啊。"

季雯新说："那要周末才有时间啊。"

我说："那就中午找个时间。"

季雯新说："时间不够，你白天见不见客户啊？"

我说："哈，你想让我去给你修电脑？"

季雯新说："晚上我给你做好吃的。"

我说："把电脑给我吧。"

季雯新说："谢谢啊。"

我白天说给客户安装交易软件，就去了趟电子城把季雯新的电脑修好了。

下班的时候，季雯新给我打电话，说：“你能不能来商场接我啊，我买了两瓶啤酒拿不动了。”

我说：“两瓶啤酒怎么拿不动？坐个出租吧，我白天也走累了。”

季雯新说：“好吧。”

我先到的家，季雯新回来的时候，拿了好多东西，原来她说的啤酒是桶装的黑啤，有几十斤了，她说：“哎呀，我手指要断了。”

我有些愧疚地说：“你怎么没说清楚啊，这哪是两瓶啊，这是两小桶啊。”

季雯新说：“谁让你不接我。”

我说：“你买这么多啤酒干什么啊？”

季雯新说：“喝啊。”

我说：“我们哪能喝那么多。”

季雯新说：“怕什么，我们都多大了。”

季雯新做了一条水煮鱼和其他几个菜，水平比几年前好太多了。

我说：“我们吃不了的。”

季雯新说：“叫你同学啊，你们不是喜欢喝酒么。”

我说：“不叫了，他们住得远。”

季雯新说：“你是不是不想让他们看见你和凯文前女友住在一起？”

我默认。

季雯新说：“你还总回忆学校的事呢？”

我说：“也不是总回忆。”

季雯新说：“是不是当初我不应该帮你，不让你去帮唐妮搬家，就没有后来了，就好多了？”

我说：“都一样。”

二十九

季雯新有的时候也挺忙的，回到家里还要加班，翻译文件和接打电话。

晚上我和她说话，她就“嗯嗯”地应付。第二天跟我说：“我昨天不是不想跟你说话，只是白天电话打太多了，累。”

我说：“我知道。”

公司要开年会了，我真不想去，现在就特别不喜欢闹。圣诞聚餐就没去，我不信教，觉得没有必要过圣诞节，而且圣诞期间的娱乐场所和交通都很繁忙，我发自内心地想在家里待着。

我当时和经理说：“我圣诞不参加公司聚会了。”

经理说：“有什么事啊？”

我撒谎说：“陪女朋友。”

经理说：“我怎么不知道你有女朋友？”

我说：“新交的。”

经理说：“那正好，叫过来和我们一起聚会，给大家介绍下。”

我说：“她内向，我还是单独陪她吧。”

经理不爽地说：“哦，那你随便吧。”

公司的年会也挺另类，不像别的公司都是自己的员工出节目表演，而是请的演艺公司，一首歌一千元，唱的嘎嘎小姐（Lady Gaga）的歌。各种Gaga之后开始抽奖，我中了一个智能手机，拿着去了爽哥那里。

陈夕说："我昨天去你那儿找你，怎么是个女的开门，说你搬家了？我手机没电，找不到你。"

我说："对，我现在和一个朋友一起住。"

陈夕说："男的女的？"

我说："女的。"

陈夕说："会做饭么？"

我说："会。"

陈夕说："那正好，我开年会中个微波炉，我们不用，你给那个女生用吧。"

我说："行，我中个智能手机，给你了，当我们换了。"

陈夕说："哈哈，这还弄上商品交易了呢，那女生是谁啊，你女朋友？好看么，哪天我们买点礼物去看看？"

我说："你们见过。"

陈夕说："谁？"

我说："季雯新。"

陈夕说："这，这也无所谓，你喜欢我们就支持。"

爽哥说了一句："你不用管凯文，山高皇帝远。"

简直风马牛不相及。

晚上我抱着微波炉回家的时候，季雯新已经在屋里了，玩着电脑，一点声响都没有，我问她："你们年会开完了？"

季雯新说："没有吧，现在应该在唱歌呢。"

我说："那你怎么回来了？"

季雯新说："我不喜欢。"

我看季雯新好像喝了点酒，脸色有些红，还显得有些疲惫，我问："怎么了？”

季雯新说：“公司有个美国人想带我出去，我不想去就回来了。”

我说：“和美国人出去玩不是挺好的么，美国人都很有趣。”

季雯新说：“他就是想玩我，我不想。”

她是说那个美国人想和她开房。

季雯新抱着膝盖说：“我要睡觉了，你出去吧。”

我来到客厅看了下时钟，已经是2012年了。

第二天是元旦，我们男生要聚会。辛蕊也从学校过来，她马上要回家过寒假了。

看她和陈夕的状况，结婚是迟早的事。

到了爽哥家，就听见香瓜在骂：“不靠谱的公司，年终奖就发了5000，肯定算得不对，我怎么算都得10000多。”

我说：“你还知道公司怎么算奖金的？我从来都不知道。”

陈夕说：“少点就少点吧，明年能涨工资就行。”

香瓜说：“涨什么了？我这个工资就封顶了，服务外包行业就这样，我再做10年也是这个工资，6000加项目提成，一年提不到几毛钱，累得要死。”

爽哥说：“我也做够了，我们主管有病。”

我说：“给自己那么大压力干什么，我们买不起房子的话，合钱买一个算了，把同学们都叫到一起，分两个寝室住，一辈子住寝室算了。”

陈夕说：“我看行。”

三十

晚上我回到家里，季雯新坐在沙发上看电视。

我说："怎么每次聚会你都比我先回来？"

季雯新说："我今天哪里都没去。"

我说："不是和你大学室友聚会了么？"

季雯新说："她们和男友过的。"

我说："那早上你怎么不和我一起去我们男生的聚会？"

季雯新说："你带我不是难堪么？"

我说："我都告诉他们了，以后就一起聚吧。"

季雯新说："我困了，抱我回屋里睡觉了。"

我抱住她的腿和腰，准备把她放到床上。季雯新的睡衣穿得有些不整，身体很松弛，感觉很柔软，引发出我的欲望，我亲了她脸一下，马上又后悔了，说："对不起。"

第二天早上，我看着季雯新有些尴尬地说："我昨晚喝酒了。"

季雯新拿着包，着急上班，说："嗯。"

到公司打开电脑，我的QQ里，唐妮的头像在跳动，我点击出来查看，内容是：新年快乐。

时间是2012年，1月1日零点。

我知道她是复制的，因为她上学的时候，每到1月1日，就给高中同学发QQ消息送祝福。

我说："你不累么？用手机发短信呗。"

唐妮说："我没有他们电话，都是不常联系的，才用QQ发。"

元旦后季雯新有天晚上回家比较晚，她说："我老板刚才也想约我出去。"

我说："出去干吗？"

季雯新说："还能干什么？怎么日本人、美国人、中国人都想法克我？"

我说："You ask me，I ask who？"

季雯新说："我明天不去上班了。"

我说："我看也不要去了，换一家男同事比较正常的公司吧。"

季雯新说："但愿吧。"

之后几天，季雯新一直待在家里玩，挺开心的。

季雯新说："我真不想再去上班了。"

我说："你看，你其实挺适合嫁给有钱人待在家里的。"

季雯新说："那要是我喜欢的有钱人才行。"

我说："不如你先回南京过年吧，马上到春运了，票又紧张了，你现在没事情做，何必等着和别人挤呢？"

季雯新说："是啊，那我回南京了。"

我送季雯新到机场，陪着她等待检票。

随便聊了几句后，季雯新说：“我其实挺喜欢你的。”

我说：“正常，毕业后见到校友很容易喜欢上，这种亲切感，可能会带来错觉。”

季雯新说：“毕业后？”

我说：“怎么了？”

季雯新说：“我说大学，我发现你对唐妮太好了，我没见过那么听话的男生，我要是她，早就喜欢你了。”

这时机场广播通知到南京的航班开始检票。

我说：“你检票去吧，年后再见吧。”

季雯新说：“我不知道我爸妈还让不让我回来了。”

我说：“那你看情况吧，别勉强。”

季雯新说：“再见。”

三十一

说不上来我对季雯新的感觉，从大学到现在。

反正我做不到和她在一起，可能是因为凯文。她要是其他同学的前女友，哪怕是陈夕或爽哥的，我都不在乎。但是凯文这个人实在太特殊了，想想她曾经和凯文这样的男生睡过，我就感觉奇怪。这虽然是一种偏见，不过我无法想通。还因为唐妮，她总让我想起唐妮，几次抱她，都有一种抱唐妮的幻觉。

这些可能都是借口，根本原因还是没喜欢上，不然这些都不是理由。而且我现在一个人都没活明白，还是先别谈恋爱了。

公司没有年终奖，经理开会讲话哭了，他说："我是三孙子，在客户面前是孙子，在老板面前是孙子，在老婆、孩子面前也是孙子。"

有些同病相怜的中年同事跟着哭起来，听得我想笑。

爽哥的公司也没有发年终奖，因为他被开除了。

我问："为什么？"

爽哥说："一份邮件发错地址了。"

我说："就因为这个？你们公司也太严格了吧？"

爽哥说："第七次了。"

我说："那不冤枉。"

爽哥说他不想回大连了，回家考公务员。

陈夕说："都什么年代了。"

爽哥说："我家条件不好，现在父母身体也不好，我不回老家不行。"

我和陈夕说："也好。"

陈夕有年终奖，老板承诺有60000给他。

放假前的一天，陈夕到公司，没有看见老板，只有老板留下的一封信。

信上写：亲爱的家人们，当你们看到这封信的时候，本人已经在加拿大了。因为本人能力有限，公司经营不善，没能兑现给大家的承诺，在这里说声对不起。

陈夕说："我还有钱没报销呢！"

之后陈夕变得寡言，很久不和我说话。

春节假期来临，我回到老家。

按照惯例，要去奶奶家团聚，我倒是希望这只是一个普通的假期，可以睡到下午，然后想做什么就做什么。

小时候每长一岁都好有成就感，特别是17岁的春节，第二天上网迫不及待地把资料改成17岁。

新春12点的钟声响起了，我记得有一场曼联和阿森纳的英超比赛要看，和亲友们说："我想回家先睡了，不陪你们通宵闹了。"

我用10分钟跑回自己的家里，打开电脑看比赛，一天之中终于做了一件自己喜欢的事情。

看到阿森纳，突然想起凯文是个阿森纳球迷，而且从他死忠阿森纳后，阿森纳一个冠军都没得到。不过凯文现在成了家，估计应该不会有心思看比赛了，只能专注陪同家人过节，不像我这种单身，行动自由。

我登陆了QQ，凯文果然不在线，很多好友第一时间发来了新年祝福，我也马上回复他们。

不过有一条不是新年祝福，是唐妮。

魅力淡若水：在？在就出来吧。

誓死保卫平壤：在。

魅力淡若水：春节好啊。

誓死保卫平壤：新年大吉。

魅力淡若水：吃什么好吃的了？

誓死保卫平壤：就是那些呗。

魅力淡若水：你猜我在吃什么呢？

誓死保卫平壤：这我去哪儿猜啊。

魅力淡若水：我在煮方便面吃。

誓死保卫平壤：这，你有病啊。

魅力淡若水：突然不想吃肉了，就想吃方便面，你干吗呢？

誓死保卫平壤：看英超呢。你干吗呢，你们那儿过年几点睡？

魅力淡若水：我在美国。

誓死保卫平壤：自己过春节？

魅力淡若水：有个叔叔在这边，我在他家。

誓死保卫平壤：那还可以。

魅力淡若水：来美国旅游啊？

誓死保卫平壤：太远。

魅力淡若水：来么，来么。

誓死保卫平壤：我有恐飞症，坐船去美国多久？

魅力淡若水：我晕，你干脆游过来算了！

誓死保卫平壤：你给设计路线，我游过去。

魅力淡若水：你从北海往左游，一直游到东沙群岛休息一个星期，然后再游到台湾休息一个星期，然后继续游到夏威夷，然后继续游到旧金山的金门大桥。准备地图、食物啊，一年怎么也到了。到达金门大桥的时候，小心遇到洋流，那样你就永远也回不来了。

誓死保卫平壤：行，我就从厦门出发吧。最近美国管得严么，被警察抓到怎么办？

魅力淡若水：遣返呗。

誓死保卫平壤：那我不说话呢，死也不开口，他们不知道我从哪来的，送我去哪儿？是不是就留下了。

魅力淡若水：送你去死。

誓死保卫平壤：你说话怎么这样?

魅力淡若水：你那边几点了?

誓死保卫平壤：凌晨1点多。

魅力淡若水：睡觉吧。

誓死保卫平壤：嗯，晚安。

魅力淡若水：再见。

我开始在家看HBO的《黑道家族》。大学时期一个学长反复向我推荐，说是超级经典，我从大三时开始看，一直到毕业都没看进去。

我想学长一定有他推荐的理由，我重新找出来继续看，一下子欲罢不能，一口气看完六季，看得感慨万千，在QQ上找学长聊天，说："我看完了。"

学长说："晕，你看了几年？"

剧中的克里斯托弗简直是我的写照，永远活不明白的一个人。

我突然找回了大一时的激情，想重走凯文的路。

我给凯文打电话，说："把你大四那年走遍全国的路线给我。"

凯文愣了一下，说："好，我给你发邮件，把路线和心得都发给你。"

我说："谢了。"

我终于也坐飞机了，并没有害怕的感觉。